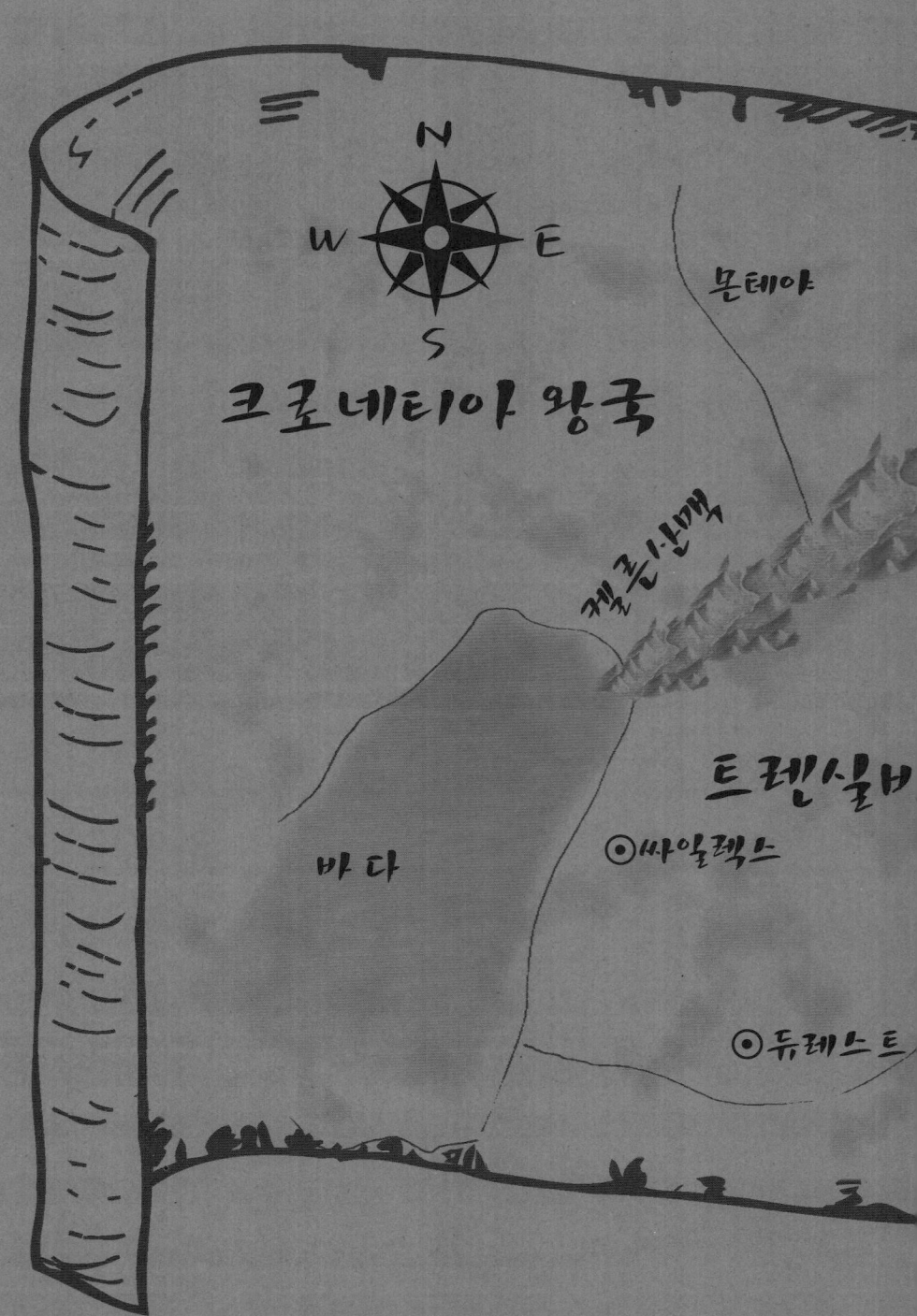

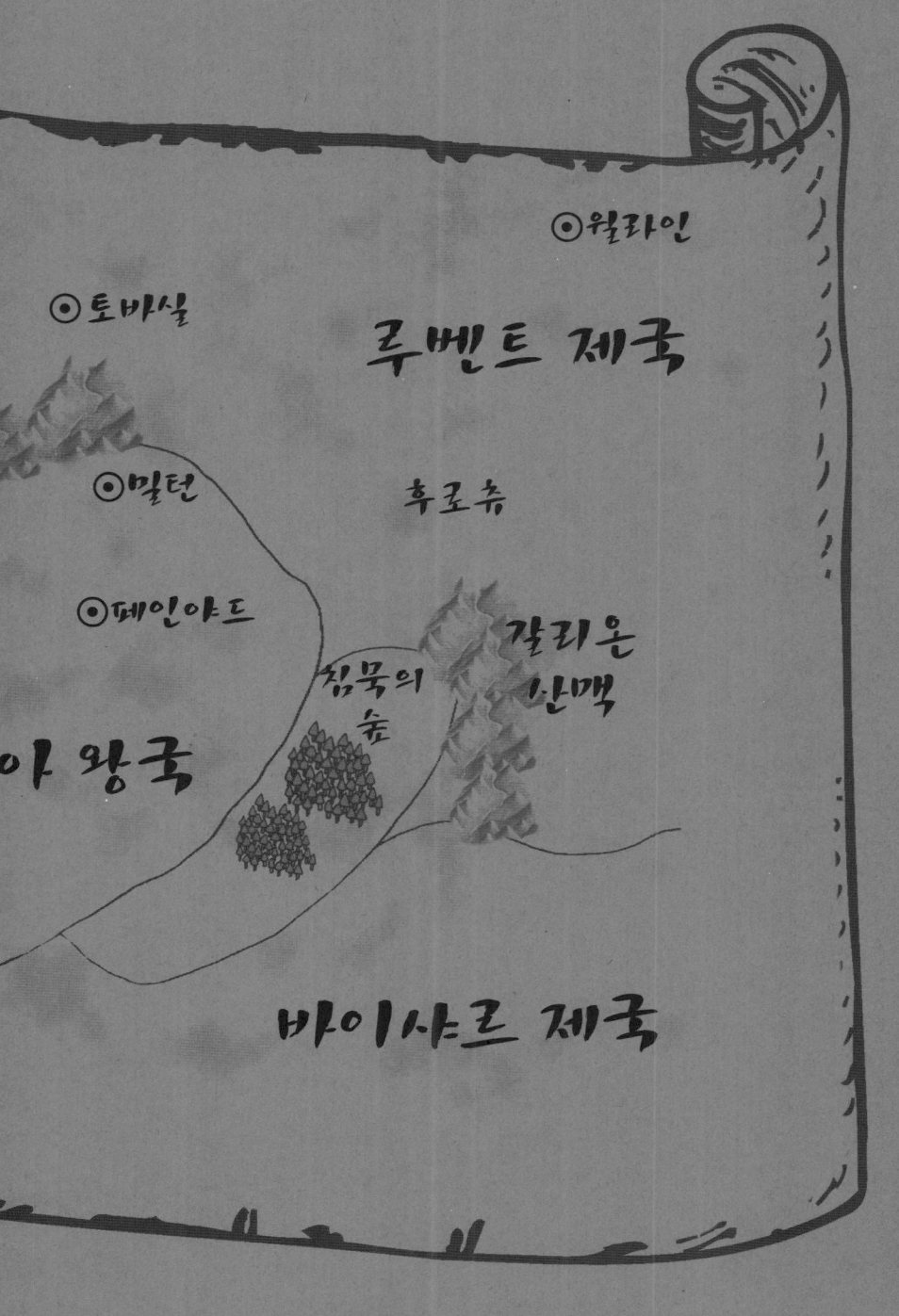

드래곤 체이서
6

드래곤 체이서 6
최영채 판타지 장편 소설

초판 1쇄 찍은 날 § 2001년 3월 12일
초판 1쇄 펴낸 날 § 2001년 3월 25일

지은이 § 최영채
펴낸이 § 서경석
펴낸곳 § 도서출판 청어람
편집 § 문혜영·허경란·박영주·김희정·권민정
마케팅 § 정필·강양원

등록번호 § 제1081-1-89호
등록일자 § 1999. 5. 31
어람번호 § 제1-0087호

주소 § 경기도 부천시 원미구 심곡1동 350-1 남성B/D 3F (우) 420-011
전화 § 032-656-4452   팩스 § 032-656-4453

ⓒ 최영채, 2000

값 7,500원

※ 잘못된 책은 바꿔드립니다.
※ 저자와 협의하여 인지를 붙이지 않습니다.

ISBN 89-88818-93-8 (SET) / ISBN 89-5505-074-7 04810

최영채 판타지 장편 소설

드래곤 체이서

6
제국 전쟁

도서출판
청어람

목 차

제51장 이건 뭣에 쓰는 물건입니까? / 7
제52장 전장에 남겨진 것은 / 37
제53장 알력 / 67
제54장 신들의 무기에 대한 단서 / 95
제55장 혈전 / 121
제56장 신의 무기를 찾아서 / 153
제57장 바람의 활, 파륜느 / 181
제58장 태양의 방패, 블레이즈 / 209
제59장 마지막 전투 I / 237
제60장 마지막 전투 II / 261
제61장 이스턴 대륙으로 / 299

제51장
이건 뭣에 쓰는 물건입니까?

　데미안은 아직도 어둠에 쌓여 있는 들판을 조금은 멍한 시선으로 바라보고 있었다.
　후로츄 지방으로 진격하는 11군단의 군단장이 되기 위해 이곳에 온 것이 어제 저녁의 일이었다. 데미안은 도착하는 즉시 부관으로 예정되어 있는 문슬로 드 테이스 자작에게 부대 전반에 대한 설명과 11군단의 인원 편성에 관한 보고를 듣고, 샤드 공작에게서 받은 명령서의 내용을 확인하느라 거의 잠을 자지 못했다.
　부관의 도움을 받아 난생처음 풀 플레이트 메일을 걸친 데미안은 개전 시간이 될 때까지 잠시 쉬고 있던 중이었다.
　단체 생활을 경험해 본 것이라고는 왕립 아카데미에서의 생활과 대여섯 명에 불과한 동료들과 여행을 해본 것이 전부인 데미안에게 책임져야 할 부하가 백 명도 천 명도 아닌, 6만 명에 이른다는 사실을 어제 저녁 불안한 얼굴로 자신을 바라보던 수많은 병사들의 눈길을 발견하고서야 겨우 그 사실을 깨달을 수 있었다.

데미안의 고민은 그때부터 시작되었다. 어느 한 병사의 실수나 부주의라면 혼자 목숨을 잃는 것으로 끝난다. 그러나 군단장인 자신이 만약 실수를 하게 된다면 자그마치 6만 명에 이르는 병사들이 허무하게 목숨을 잃게 되는 것이다. 단지 마브렌시아를 뒤쫓을 생각뿐이었던 데미안으로서는 전혀 뜻밖의 일이 아닐 수 없었다.

가장 안전한 방법으로 부하들을 보호함과 동시에 가장 완벽한 방법으로 적을 물리치는 것, 물론 그것이 바로 병사들의 목숨을 책임지고 있는 지휘관들이 반드시 명심해야 할 사실이란 것을 데미안도 잘 알고 있었다. 하지만 데미안은 불안해하는 병사들의 모습을 발견하고서야 그 자신이 부하들의 상관인 군단장이란 사실을 겨우 깨달은 것이다.

될 수 있으면 아군의 피해를 줄이고 적들을 물리칠 방법을 찾느라 지금 데미안의 머리 속은 엉망이었다. 게다가 지금 그의 곁에는 아무도 없었다.

데보라는 자신의 부상과 네로브를 돌봐야 하기 때문에 따라오지 못했고, 헥터와 라일은 제롬을 돕기 위해 레토리아 왕국의 병사들과 합류한 상태였다.

로빈과 레오는 데미안의 부탁으로 데미안의 어머니와 나머지 사람들의 안전을 지키기 위해 싸일렉스에 남아 있었고, 뮤렐은 차이렌의 신들이 봉인한 장소에 대한 단서를 찾아야 한다는 의견을 받아들여 왕립 아카데미에 있는 도서관으로 향한 후였다.

각기 나름대로의 이유로 뿔뿔이 흩어지고 나니 왠지 허전하고 텅 빈 것 같다는 생각을 떨쳐 버릴 수가 없었다. 데미안은 지난 일 년이 넘는 시간 동안 여러 가지 일들을 함께 겪으면서 자연스럽게 그들에게 진한 동료애를 느끼고 있었다. 그러나 생각이 거기에 이르자 자신을 버린 마브렌시아에 대한 원한 역시 더욱 짙어만 갔다.

불과 일 년밖에 사귀지 않은 사람들과 잠시 떨어져 있는 것만으로도 이렇게 복잡하고 미묘한 감정을 느끼는데, 어떻게 자신이 낳아 15년 동안이나 키웠던 자식인 드라시안을 버릴 수 있는 것인지 아무리 이해를 하려고 해도 이해할 수 없었다.

밤하늘의 별들이 조금씩 흐려지는 것을 보니 오늘 하루 동안 날씨가 좋지 않을 듯했다. 난생처음 걸쳐 보는 풀 플레이트 메일 때문에 몸을 움직이는 것이 상당히 어색했지만 곧 그런 생각을 지웠다.

이제 불과 30분만 있으면 루벤트 제국과의 전쟁에 돌입한다. 이미 병사들은 두 시간 전부터 잠시 후면 벌어질 전쟁에 대비해 가볍게 몸을 풀고 있었다.

데미안이 군단장으로 있는 11군단은 루벤트 제국에서도 꽤나 강한 전력을 가지고 있다고 알려진 15군단이 주둔하고 있는 쿠루이겨 지방에서 대치하고 있는 상태였다. 쿠루이겨는 평야 지대라고 알려진 후로츄 지방에서도 특이하게 완만한 구릉 지대가 밀집해 있는 곳이었다.

게다가 막강한 창기병들을 보유하고 있는 15군단은 완만한 구릉의 위쪽에 포진하고 있었고, 데미안의 11군단은 상대적으로 아래쪽에 포진하고 있었다. 보병에 비해 월등한 전투력을 지닌 창기병을 다수 보유하고 있는 것으로 알려진 15군단이 구릉의 위쪽에

포진하고 있다는 것은 창기병의 숫자가 상대적으로 적은 11군단으로서는 처음부터 불리한 상황에서 전투를 시작해야 하는 것을 의미했다.

객관적인 시각으로 보아도 전력이 6 대 4 정도로 11군단에게 불리했다. 15군단의 창기병들을 막을 방법만 있다면 15군단도 한번 붙어볼 만한 상대였지만 역시 창기병이 문제였다.

데미안이 나직하게 한숨을 내쉬고 있을 때 부관인 테이스 자작이 누군가와 함께 막사로 다가오는 것이 눈에 띄었다. 데미안 앞으로 온 그들은 곧 한쪽 무릎을 지면에 대고 고개를 숙인 채 데미안에게 인사를 했다.

"군단장님, 알렌 기사단의 5조 조장인 가르시아 다이몬 자작이 부르심을 받고 도착했습니다."

그는 격렬하게 살아온 지난날의 흔적인지 뺨에 두 줄기의 작지 않은 상처를 가지고 있는 40대 중반의 사내였다. 탄탄하게 느껴지는 몸매 때문인지 풀 플레이트 메일이 가르시아와 잘 어울려 보였다.

"다이몬 자작, 지금 귀하가 데리고 있는 부하들이 모두 몇 명이오?"

"예, 모두 194명입니다."

그 말을 들은 데미안은 한참 동안 굳은 얼굴로 뭔가를 고심했다. 그 모습에 가르시아는 슬쩍 고개를 들어 데미안의 얼굴을 훔쳐보았다.

이제 겨우 스무 살이 지나 보이는 아름답게 생긴 애송이가 바로 자신의 상관이라니, 가르시아는 그런 자신의 신세가 너무 한심해서 하품이 나올 지경이었다. 물론 상대의 신분이 백작이고, 11군단의 군단장인 이상 그의 명령에 따라야 하는 것은 분명하지만, 그렇다고 애송이에 불과한 데미안의 실력을 보지도 않고 무조건 인정할 정도로 만만한 성격의 소유자는 아니었다.

 전쟁터에서 무능한 상급자를 만난다는 것은 상대할 수 없는 적을 만나는 것보다 훨씬 위험하다는 것을 가르시아는 그동안의 경험을 통해 잘 알고 있었기 때문이다. 데미안의 가문이 싸일렉스가(家)라는 것은 자신이 전쟁터에서 살아남는 데 아무런 도움도 안 된다고 생각을 하면서 가르시아는 애송이인 데미안이 대체 무슨 일로 자신을 부른 것인지가 의문이었다. 가르시아가 그런 생각을 하고 있을 때 데미안이 입을 열었다.

 "내가 귀관에게 어려운 부탁을 해야겠소."

 "말씀하십시오."

 "일단 잠시 후 총사령부에서 루벤트 제국에게 선전 포고를 한 후 전 전선에서 총진격이 있을 것이오. 우리의 상대는 귀관도 잘 알고 있다시피 막강한 창기병을 보유하고 있는 것으로 알려진 15군단이오. 냉정하게 전력을 비교하자면 우리가 열세인 것은 사실이오."

 데미안의 말에 가르시아는 그래도 데미안이 비교적 상대의 실력을 정확하게 평가하고 있다는 것을 알고는 자신이 데미안을 너무 경시한 것은 아닌가 하는 생각을 했다.

 "해서 다이몬 자작이 어려운 임무를 수행해 주었으면 하오."

 "말씀하십시오, 사령관 각하."

 가르시아는 자신도 모르게 데미안을 사령관이라고 호칭하고 있다는 것을 전혀 깨닫지 못하고 있었다.

 "개전을 하게 되면 저들은 틀림없이 자신들이 보유한 막강한 창기병을 전열에 세울 것이 분명하오."
"소관이 판단하기에도 그렇습니다. 하지만 저들의 창기병을 막을 힘이 저희에게는 없지 않습니까?"
"나름대로 생각을 해보았소. 그래서 난 개전이 되면 어느 정도 싸우다가 후퇴할 생각이오."
데미안의 그 말에 부관인 테이스 자작이나 가르시아의 얼굴에는 노골적인 비웃음이 어렸다. 역시나 이 애송이는 자신들에게 모든 것을 떠맡기고 도망칠 생각부터 하고 있는 것이 분명했다. 데미안은 그들의 얼굴을 보고 그들이 무슨 생각을 하고 있는지 곧 깨달을 수 있었지만 굳이 변명하지는 않았다.
"우리가 후퇴를 한다면 아마도 저들의 창기병들은 우리의 뒤를 바싹 뒤쫓아올 것이오. 그때 다이몬 자작은 적의 기병과 보병 사이를 차단하시오. 그리고 그때 우리가 타이밍을 맞춰 반격을 한다면 적의 창기병들을 어렵지 않게 물리칠 수 있을 거라고 생각하는데, 귀관들은 어떻게 생각하시오?"
"예? 예, 조, 좋은 생각입니다, 사령관 각하."
"상황이 위급하다고 판단이 되면 5조에서 보유하고 있는 골리앗을 사용해도 좋소. 귀관은 반드시 창기병과 보병 사이를 차단해 우리들이 반격할 시간을 벌어주어야만 하오. 내 말뜻 알겠소?"
"명심하겠습니다, 사령관 각하."
"그럼 어서 준비를 하도록 하시오. 내가 귀관에 1개 보병 여단을 주겠소."
"알겠습니다, 사령관 각하."
가르시아는 고개를 갸웃거리며 막사를 물러났고, 그때까지 데미안의 의도를 깨닫지 못하고 있던 문슬로는 어리둥절한 표정을 짓고 있었다.

"테이스 자작."

"예?"

"내가 준비하라고 한 것은 준비했소?"

"이것 말씀입니까?"

문슬로가 대답과 함께 앞으로 내민 것은 어린아이의 팔 굵기 정도 되는 두 개의 말뚝에 조금 굵은 밧줄이 묶여 있는 아주 단순한 물건이었다. 데미안은 문슬로가 내민 물건을 들고 말뚝의 크기나 밧줄의 강도를 시험하고는 만족스럽다는 표정을 지었다.

"모두 몇 개나 만들었소?"

"일단 2천 개를 만들도록 했습니다. 그런터 이것이 대체 뭣에 쓰는 물건입니까?"

"하하하, 이것 말이오? 우리를 살려줄지도 모르는 물건이오. 귀관은 각 부대 지휘관들에게 이렇게 전하시오. 우리가 후퇴를 할 때, 바로 이 지역에 왔을 때 일제히 설치하도록 하시오. 그리고 궁수 부대를 이곳과 이곳에 배치하도록 하고, 11군단에 있는 모든 창기병들이 이쪽에서 이쪽으로 공격하도록 하시오. 그리고 남은 병사들을 둘로 나누어 하나는 적 15군단의 창기병들을 공격하도록 하고, 다른 하나는 다이몬 자작을 도와 15군단의 보병들을 막도록 하시오."

작전 지도를 보고 지시를 내리는 것을 열심히 숙지한 문슬로는 그래도 데미안의 작전을 완전히 이해할 수 없었다. 과연 이 허름한 물건이 막강한 적 창기병을 막아낼 수 있을까 하는 의심이 드는 것도 사실이었다.

"알겠습니다. 일단 각 부대 지휘관들에게 그렇게 전하도록 하겠습니다, 사령관 각하."

 문슬로가 막사를 떠나고도 한참의 시간이 지날 동안 데미안은 꼼짝도 하지 않았다. 이제 결전의 시간이 얼마 남지 않았다. 천천히 자리에서 일어선 데미안은 자신의 흰 색 망토를 걸치고 천천히 막사를 벗어났다.

 통신용으로 비치되어 있던 수정 구슬에서 갑자기 붉은빛이 터져 나왔다. 그 붉은빛을 발견하는 순간 데미안은 아직 어둠에 쌓여 있는 자신의 전면을 향해 등에 메고 있던 바스타드 소드를 뽑아 들고 우렁찬 음성을 토해냈다.
 "전군 공격!"
 데미안의 명령은 전령들에 의해 각 급 지휘관들에게 신속하게 전달이 되었고, 어둠 속에서 웅크리고 있던 트렌실바니아 왕국의 병사들은 일제히 자신들의 전면을 향해 달려갔다. 최대한 소음을 죽인 채 앞으로 달려가는 병사들의 모습은 마치 검은 해일이 육지를 덮치는 것처럼 위협적으로 느껴졌다.
 유난히 하얀 망토를 걸친 데미안은 말 위에서 그 모습을 조금은 굳은 눈으로 바라보고 있었다. 그리고 그런 데미안의 곁에 있는 문슬로의 얼굴엔 간혹 불안한 빛이 흐르곤 했다.
 "아마도 많은 사람들이 이 전쟁에서 목숨을 잃겠지······."
 "예?"
 갑작스런 데미안의 말에 문슬로는 반문을 하지 않을 수 없었다.
 "방금 뭐라고 하셨습니까, 사령관 각하?"
 "왜 인간들이 그렇게 오랜 세월 동안 서로의 목숨을 빼앗으며 지냈는지 테이스 자작은 아시오?"

난데없는 질문에 문슬로는 잠시 멈칫거렸지만 곧 고개를 돌려 어둠을 뚫고 달려가는 병사들의 모습을 보며 대답했다.

"아마도 인간이기 때문일 거라고 전 생각합니다."

"인간이기 때문에?"

"그럴 겁니다, 사령관 각하."

이번에는 데미안이 이해가 가지 않는지 고개를 돌려 문슬로의 얼굴을 바라보았다. 이제 2, 3년만 있으면 오십 대로 접어드는 문슬로의 얼굴이 조금씩 밝아져 오는 태양빛에 드러나고 있었다. 고생을 한 탓인지는 모르지만 나이보다 늙어 보이는 얼굴이었다.

"아마 인간이 장래에 대한 꿈을 가지는 유일한 동물이기 때문일 겁니다. 그것도 자신의 꿈을 위해 동족을 죽일 수 있는 동물이기에 전쟁이라는 것이 일어나는 걸 겁니다."

"자신의 꿈을 위해 동족을 죽인다? 그럴지도 모르겠군."

문슬로의 설명에 데미안은 그제야 이해가 되는 듯 고개를 끄덕였다. 물론 그가 말하고자 하는 것을 모두 이해할 수는 없었지만 대체적으로 공감하고 있었다.

자신의 꿈을 위해 상대의 꿈을 가로막는 것은 물론 지금처럼 상대의 목숨까지 빼앗으려고 하는 것이 인간이란 문슬로의 말이 모두 옳은 것은 아니지만, 그렇다고 궤변처럼 느껴지지도 않았다.

지금도 과거의 영토와 화려했던 옛 명예를 되찾겠다는 트렌실바니아 왕국 국민들의 꿈이 모여 루벤트 제국을 침공하고 있지 않은가? 혹시 트렌실바니아 왕국 사람들은 자신들의 꿈을 위해 비옥한 영토를 가지길 원하는 루벤트 제국 국민들의 꿈을 꺾고 있는 것은 아닐까?

물론 누가 옳고, 누가 그른가 하는 문제를 따질 정도로 어리석은 데미안은 아니었다. 그렇게 따진다면 왜 인간은 자신의 영토, 마을의 영토, 나라의 영토를 따져야 하느냔 원론적인 문제에까지 이르기 때문이다.

과거 프레드릭이 자신에게 했던 말이 갑자기 생각났다. '인간은 뭘 위해서 사는가?' 하는 질문에 당시 그의 동료들은 각자의 생각을 이야기했던 적이 있었다. 그렇다면 혹시 그것이 그들의 꿈은 아니었을까?

데미안은 머리 속이 혼란스러워지는 것을 느끼고는 사정없이 고개를 저었다. 타는 듯한 붉은 머리가 조금씩 밝아오는 햇빛을 받아 더욱 붉어 보였다. 게다가 망토의 흰 색과 어울려 데미안의 모습은 환상적일 정도로 아름다워 보였다.

현재 데미안이 해야 할 가장 큰일은 전력을 최대한 아끼고 보존한 상태에서 루벤트 제국의 15군단을 격파한 후 진격하는 것이다.

"적과 조우하기까지 남은 시간은?"

"앞으로 두 시간 후입니다."

문슬로의 대답에 데미안은 잠시 뭔가를 생각하더니 가볍게 말의 옆구리를 찼다.

"우리도 어서 출발하도록 합시다."

"예."

문슬로는 그렇게 불안하게 생각했던 데미안의 능력에 대한 불신이 어느샌가 사라졌다는 것을 깨달았다. 그의 능력을 확인한 것도 아닌데 이상하게도 말 몇 마디 나누는 사이에 불안했던 마음이 많이 가라앉은 것이다.

나름대로 곰곰이 생각해 보았지만 영문을 알 수가 없었다. 다만 인간에 대해 그렇게 깊게 생각할 정도라면 아무런 계획도 없이 자신의 부하들을 죽음으로 내몰지는 않을 거라는 막연한 생각 때문이었다.

이미 조금씩 멀어지는 데미안을 향해 문슬로는 황급히 말을 몰았다.

얕은 구릉에 몸을 바짝 붙인 채 텔레스코프를 이용해 전면을 살피던 기사 하나가 전진했을 때와 마찬가지로 몸을 돌리고는 잔뜩 긴장하고 있는 병사들에게로 다가갔다. 그곳에는 선임 기사인 자신의 부하들 가운데서 뽑은 대략 삼백여 덩 정도의 병사들이 숨을 죽인 채 긴장한 얼굴로 대기하고 있었다.

정찰을 마친 기사는 11군단에 소속된 열두 명의 남작 가운데 한 명인 조르쥬 드 페니힐 남작에게 다가가 자신이 본 것을 보고했다.

"아직 적들은 기상을 하지 않은 상태입니다. 몇몇 병사들이 보초를 서고는 있지만 신경 쓸 정도는 아닙니다."

부하의 보고에 조르쥬는 조금은 굳은 얼굴로 고개를 끄덕였다. 출전하기 전 데미안에게서 간단히 작전 계획에 대해 듣기는 했지만 조르쥬는 그가 계획하고 있는 것이 무엇인지 전체 계획을 정확히 파악하고 있지는 못했다.

그가 받은 명령은 간단한 것이었다.

일단 다른 두 남작이 이끄는 병사들과 함께 적의 본진을 급습한 후 30분이 지나면 지체없이 지정된 장소로 후퇴를 하라는 것이었다. 물론 말하기는 편하지만 겨우 만오천 명의 병사로 6만의 적을 공격하는 것은 그리 간단한 문제가 아니었다. 부하의 보고로는 적들이 아직 잠에서 깨지 않은 상태라니 조금은 유리한 입장이긴 하지만, 지금 자신이 이끌고 있는 병사의 대부분이 실전을 경험해 보지 못한 초보자들이라는 것이 문제였다.

훈련이 잘된 병사와 실전을 많이 경험해 본 병사는 하늘과 땅만큼의 차이가 있다는 것을 모를 조르쥬는 아니었다. 물론 그나마 훈련이라도 마쳤다는 것이 유일한 위안이었지만 그 기간이라는 것이 고작 한 달에 불과해 병사들이 전투 중에 얼마나 자신의 뜻대로 움직여줄지도 의문이었다.

조르쥬는 부디 데미안의 계획대로 상황이 전개되었으면 하는 생각이 간절했다.

"별다른 명령은 내리지 않겠다. 선임 기사들은 휘하 기사들과 병사들을 확실하게 통제해 작전을 수행하는 데 이상이 없도록 해라. 그리고 레드문Red-Moon 조는 후퇴할 때 미리 지시받은 명령을 확실하게 수행하도록. 알겠나?"

"예, 명심하겠습니다."

비록 작고 낮은 음성이었지만 그들의 음성엔 굳은 각오가 담겨 있었다. 자신의 말에 오른 조르쥬는 주위를 한번 둘러보고는 자신의 허리에 차고 있던 롱 소드를 뽑아 들었다.

"공격!"

"와—!"

"루벤트 놈들을 모조리 죽이자!"

"와~!"

수천 명이 지르는 함성으로 고요했던 아침의 정적은 사정없이 깨어졌다. 졸면서 보초를 서고 있던 경계병들은 갑자기 들린 함성 소리에 정신을 차리지 못해 허둥거렸고, 막사 안에서 꿈나라를 헤

매던 병사들도 잠에서 완전히 깨지 못한 상태에서 우왕좌왕했다.

또 함성과 함께 수백 발이 넘는 불화살이 하늘을 갈랐고, 불화살에 적중이 된 막사들은 금세 시뻘건 불길에 휩싸여 버렸다. 그런 상황에 15군단에 소속되어 있던 병사들은 더욱 당황해 속옷 차림에 무기만 들고 나오질 않나, 출구를 찾지 못해 막사의 벽만을 미친 듯이 더듬질 않나 정말 가지각색의 모습을 보이고 있었다.

먼저 불화살 공격을 퍼부은 조르쥬는 자신의 예상보다 훨씬 당황하는 적들의 모습에 안도의 한숨을 내쉬고는 병사들과 함께 그대로 전면을 향해 말을 달렸다.

불과 10여 년 전까지만 해도 자주는 아니지만 간간이 국경 지대에서 국지전이 벌어지곤 했었다. 그러나 루벤트 제국의 비위를 건드릴 수 없는 트렌실바니아 왕국의 입장에서는 대항보다 참아야만 했고, 루벤트 제국의 도발을 피하는 쪽으로 결정을 내릴 수밖에 없었다. 그런 후부터 싸움은 거의 일어나지 않았고, 그래서인지 15군단의 혼란은 상당한 것이었다.

전날 각 부대의 지휘관들과 늦게까지 술을 먹고 새벽에야 잠이 들었던 15군단의 군단장 빅터 마벡 백작은 갑자기 들린 함성 소리에 놀라 자리에서 벌떡 일어났다. 커다란 그의 몸집이 밖에서 비친 불빛에 길다란 그림자를 만들었다. 그리고는 자신의 부관을 불렀다.

"루이지 남작! 어디 있나?"

"여, 여기 있습니다."

그의 부관인 가르덴 드 루이지 남작이 제대로 옷도 걸치지 못한 모습으로 나타났다. 그런 그의 얼굴에도 당혹한 기색이 완연했다.

"대체 어떻게 된 일인가?"

"주위가 너무 혼란스러워 아직 자세한 것은 알 수 없지만 아마도 적의 침입인 것 같습니다."

"적의 공격? 대체 누가 감히 우리 루벤트 제국에게 검을 들이댈 수 있단 말인가?"

"저희와 국경을 맞대고 있는 트렌실바니아 왕국의 군대가 아닌가 판단됩니다."

"뭐라고? 트렌실바니아 왕국이? 그들이 갑자기 미치기라도 했단 말인가?"

비록 가르덴에게 언성을 높이고는 있었지만 빅터 역시 당황하기는 마찬가지였다. 재빨리 플레이트 메일을 걸친 빅터는 가르덴이 건넨 검을 받아 든 채 막사를 빠져나갔다. 그런 그의 눈에 비친 주위의 모습은 한마디로 지옥이었다.

사방에서 불타오르는 막사의 불꽃들, 이미 화염에 휩싸인 채 비명을 지르고 있는 병사들, 너무도 당황한 나머지 막사에 붙은 불을 끌 생각도 못하고 허둥대기만 하는 병사들의 모습에 빅터는 할 말을 잊었다.

"뭘 멍청하게 보고만 있는 것이냐? 각 급 지휘관들은 부하들을 통제해 막사에 붙은 불을 끄고 적의 공격에 대비하라!"

빅터의 우렁찬 음성에 그제야 정신을 차린 지휘관들은 겨우 부하들에게 지시를 내리기 시작했다. 막사에 붙은 불이 하나둘 꺼져 겨우 안도의 한숨을 내쉬기 시작할 때 커다란 함성과 함께 헤아릴 수 없이 많은 트렌실바니아 왕국의 병사들이 자신들을 향해 달려드는 모습이 눈에 들어왔다.

15군단의 병사들은 모두 굳어버린 듯 아무런 말도 하지 못한 채 그 자리에 서 있었다. 그러는 동안 11군단의 병사들은 성난 파도처럼 15군단의 병사들을 휩쓸었다. 15군단의 병사들은 미처 정신도 차리지 못한 상태에서 11군단의 병사들에게 속수무책으로 당해야만 했다.

그 모습을 발견한 빅터는 주먹을 불끈 쥔 채 이를 악물었다. 도저히 자신의 눈앞에서 벌어지고 있는 광경을 믿을 수 없었다. 누구보다 막강하다고 생각해 왔던 자신의 병사들이 이렇게 무참하게 무너질 것이라고는 단 한 번도 생각하지 않았었다. 그런데, 그런데······.

이를 악문 빅터는 자신도 모르게 크게 소리 질렀다.

"창기병들은 어서 진열을 갖춰 적을 물리쳐라!"

빅터의 외침에 15군단에 소속된 창기병들은 신속하게 무장을 갖춘 채 자신들의 말을 찾아 진열을 맞춰갔다. 비록 허둥거리기는 했지만 평소의 훈련 탓인지 진열을 갖추는 속도는 그야말로 눈 깜짝할 사이였다.

검은색 플레이트 메일을 걸친 창기병들이 끝도 보이지 않게 늘어선 모습은 무시무시해 보였다. 15군단에서 창기병들이 차지하고 있는 비중은 상당한 것이다. 전체 6만의 병사 가운데 무려 만 5천 명에 이르고 있었다. 일반적으로 군단의 병사를 편성할 때 보통 3천 명 정도이고, 많아봐야 5천 명 정도인 것을 감안해 보면 지나치게 창기병에 치중하고 있다고 볼 수 있었다. 그렇지만 쿠루이겨 지방이 주로 평야 지대와 완만한 구릉 지대이기에 군단장인 빅터의 의견을 받아들여 창기병 위주의 군단을 주둔시킨 것이다.

진열을 갖춘 창기병들은 지체없이 전면을 향해 말을 몰았다. 수천 명의 창기병들이 몇 개의 열을 지은 채 달려드는 모습은 보기만 해도 무시무시했다. 15군단을 공격하던 11군단의 기습 부대도 즉시 대항을 하기 시작했지만 15군단의 창기병들에게는 역부족이었다.

몇 번의 접전을 벌이는 동안 11군단의 기습 부대는 심각한 타격을 입었고, 충분히 시간을 보냈다고 생각한 조르쥬는 재빨리 부하들에게 후퇴 명령을 내렸다.

"적에게 충분한 타격을 입혔다. 신속하게 이 지역을 이탈해 약속 장소로 후퇴하라. 빨리 후퇴하라!"

조르쥬의 외침에 그의 부하들은 신속하게 후퇴를 했다. 잠시 우왕좌왕하던 11군단의 병사들은 재빨리 몇 개의 대열을 지어 전장을 이탈하기 시작했다.

처음 진열을 갖추어 11군단의 기습 부대를 상대하던 15군단의 창기병들은 곧 흩어져 트렌실바니아 왕국의 병사들을 공격했다. 11군단의 기습 부대 병사들도 15군단의 창기병들을 맞아 용감하게 싸웠지만 숫자나 전력적인 면에서 열세인 것만은 사실이었다.

그들이 밀고 밀리는 접전을 벌이고 있는 동안 부하들을 수습한 빅터는 부관인 가르덴과 부하를 둘로 나누어 자신들을 기습한 트렌실바니아 왕국의 병사들을 포위하려고 했다. 그러나 이미 후퇴하기 시작한 기습 부대의 병사들을 포위하기란 그리 간단한 문제가 아니었다.

몇 번의 위험을 겪기는 했지만 조르쥬는 부하들과 함께 무사히 후퇴할 수 있었다. 물론 많은 부하들이 목숨을 잃었지만 자신이 맡은 임무를 확실하게 성공한 것이었다. 죽은 부하들에게 미안해할 시간도 없이 임무를 성공한 것에 만족을 느끼며 부상당한 부하들을 부축해 약속된 곳으로 후퇴했다.

정신없이 후퇴를 하다 보니 자신이 가고 있는 곳이 약속한 장소인지, 아니면 엉뚱한 곳으로 가는 것인지 확인할 방법이 없었다. 그렇지만 조르쥬는 부상당한 부하들을 돌보느라 고민에 빠질 새도 없었다.

부상과 피곤으로 지친 모습을 보이는 부하들에게 잠시 동안 휴식을 명하고서야 조르쥬는 겨우 한숨을 돌리고 주위를 둘러볼 수 있었다. 현재 자신들은 완만한 구릉과 구릉 사이에 위치한 비교적 평지에서 휴식을 취하고 있었다. 어디에도 루벤트 제국의 병사들의 움직임은 보이지 않았다.

조르쥬는 다시 고개를 돌려 신음을 토하고 있는 자신의 부하들을 보았다. 자신에게 소속된 부하는 모두 5천 명. 잠깐의 기습으로 인해 6백여 명이 목숨을 잃었고, 천여 명이 부상을 입었다. 잠깐 사이에 자신의 부하 가운데 3할이 죽거나 부상을 입은 것이다.

불과 30분 동안의 기습 작전을 펼친 것으로 입은 피해치고는 너무 막대한 피해였다. 물론 명령을 받은 대로 따를 수밖에 없는 것이 군인이지만 부상을 입고 신음을 토하는 어린 병사들의 모습에 조르쥬는 가슴이 아팠다.

그렇다고 언제까지 이곳에서 있을 수도 없는 일이었다. 주위를 둘러보니 아직 후퇴하기로 되어 있던 곳까지 얼마간의 거리가 떨어져 있었다.

자신과 같이 기습 임무를 맡았던 다른 두 남작이 이끄는 기습 부대가 어떻게 되었는지 전혀 알 도리가 없었다. 이미 후퇴하기로 한 장소까지 이동한 것인지, 아니면 자신들처럼 아직 이동하기 전인지 알 수는 없었지만 지정된 장소로 이동하기 위해서는 지금 즉시 출발해야만 했다.

아직까지 겁에 질려 있는 병사들이나 부상을 치료하고 있는 병사들에게 이동을 명령하는 건 내키지 않는 일이지만 애써 마음을 다잡고 이동을 명령했다. 그와 동시에 레드문 조의 조장을 호출했다.

"준비는 확실한가?"

"예, 저희에게 맡겨주십시오."

삼십 대 초반의 기사가 황급히 대답했다.

"그렇다면 자네는 부하들과 함께 후방을 맡아주게."

"명령에 따르겠습니다."

대답을 한 기사는 뭔가를 잔뜩 실은 마차 쪽으로 달려갔다. 그 모습을 잠시 바라본 조르쥬는 이미 이동을 시작한 부하들과 함께 이동했다.

이동하는 대열의 뒤쪽에 남아 있던 기사는 부하들과 함께 마차에 실려 있던 말뚝들을 끌어내리기 시작했다. 그리고는 주위에 흩어져 말뚝을 설치하기 시작했다. 한참의 시간이 지나고서야 겨우 설치를 마칠 수 있었다. 기사는 다시 부하들에게 지시를 내려 마차에 실려 있던 건초를 내리고는 자신들이 설치해 놓은 말뚝 위에 뿌려 위장하기 시작했다.

나이가 오십은 훨씬 넘어 보이는 병사 하나가 조금은 불안한 얼굴로 기사에게 입을 열었다.

"앙드레님, 이게 효과가 있을까요?"

"글쎄."

"제 생각에는 헛수고를 하는 것 같은데……."

"우리가 무슨 힘이 있는가. 그저 위에서 시키는 대로 할 뿐이지. 휴우, 작업을 모두 마친 것 같군. 만약 상황이 계획대로 진행된다면 이제 곧 적의 창기병들이 들이닥칠 것이네. 어서 후퇴할 준비나 하도록 하게."

"알겠습니다."

늙은 병사가 다른 병사에게 자신의 말을 전달하는 것을 보면서 앙드레는 다시 한 번 자신들이 설치해 놓은 말뚝을 바라보았다. 바람에 날려가지 않도록 말뚝에 건초를 묶어놓기는 했지만 과연 적들이 속아줄지 의문이었다. 그렇지만 자신이 걱정할 문제는 아니었다.

자신이 할 수 있는 일은 모두 마쳤다. 그 일을 성사시키는 것은 신이, 그 일에 대한 책임은 군단장이 질 문제였다.

"이동 준비가 끝났으면 어서 후퇴하도록 해라."

앙드레의 명령에 병사들은 신속히 마차와 말에 올라 곧 그 자리를 떠났다.

그리고 얼마의 시간이 지나지 않아 십여 명의 검은색 플레이트 메일을 걸친 15군단의 창기병들이 모습을 드러냈다. 그들은 15군단에 소속된 창기병들 가운데 첨병으로 도주한 적의 흔적을 찾는 임무를 맡고 있었다.

십여 명의 창기병들은 말을 멈추고 그 자리에서 주위를 훑어보기 시작했다. 잠시 주위를 살피는 동안 대지가 흔들리는 듯한 진동과 함께 지평선 전체에서 흙먼지가 피어 올랐다. 그리고 엄청난 소음이 들려왔다.

두두두두—!

마치 지평선 전체가 움직이는 듯 보였던 것은 15군단이 자랑하는 창기병들의 모습이었다. 첨병으로 한발 앞서 출발했던 창기병들은 그 자리에서 자신들의 동료들을 기다리다 그들이 다가오자 천천히 그들을 향해 말을 몰았다.
 재빨리 말에서 내린 그들은 가장 앞쪽에서 말을 몰던 기사를 향해 무릎을 꿇었다.
 "트렌실바니아 쥐새끼들의 흔적은 찾았느냐?"
 "찾았습니다. 주위에 흩어져 있는 흔적으로 보아 부상자의 숫자가 상당한 것 같습니다. 기습을 했던 놈들이 세 무리로 흩어지기는 했지만 말들의 수가 적은 것으로 보아 그리 멀리 도망가지는 못한 것 같습니다."
 부하의 보고에 빅터는 이를 부드득 갈았다.
 "쫓아라! 그래서 모조리 까마귀 밥으로 만들어줘라!"
 "하앗!"
 "이랴!"
 두두두두—!
 검은색의 풀 플레이트 메일을 걸친 창을 든 기사와 같은 색의 철갑을 두른 말. 마치 악마와 같은 모습을 한 창기병 대열의 모습이 처음에는 천천히 움직이는가 싶더니 점차 속도를 높여 종내에는 엄청난 속도로 달려갔다.
 평야 지대, 그것도 조금은 완만하게 아래쪽으로 향한 지역이기 때문일까? 게다가 완전히 중무장을 한 탓에 그들의 모습은 무시무시해 보였고, 그들의 앞을 가로막는 것은 그것이 무엇이든 순식간에 박살날 것만 같았다.
 변괴가 생긴 것은 15군단의 창기병들이 20여 분 정도를 달렸을 때였다. 가장 앞쪽에서 달리던 말과 창기병들이 갑자기 흙먼지에 휩싸여 버렸던 것이다.
 히히히힝!

"으악!"
"크악!"

갑작스런 상황에 뒤따라오던 15군단의 창기병들은 당황하지 않을 수 없었다. 창기병들은 황급히 말고삐를 잡아당겨 말을 멈추려 했지만 그러기에는 그들이 달려온 속도가 너무 빨랐고, 더구나 그들이 걸치고 있는 강철로 된 플레이트 메일과 말에 두른 마갑(馬甲) 때문에 더욱 불가능한 일이었다.

불과 몇 미터 뒤에서 따라오던 창기병들은 결국 흙먼지 속으로 뛰어들어야만 했고, 혼란스런 상황은 더욱 가중되었다. 가까스로 말을 멈춘 빅터는 자신의 눈앞에서 일어난 상황에 대해 아무 말도 할 수 없었다.

대체 무슨 일이 일어난 것인가?

빅터가 주먹을 불끈 쥐었을 때 갑자기 사방에서 소나기처럼 화살이 쏟아지기 시작했다. 플레이트 메일과 마갑에 부딪치는 화살 소리에 귓전이 따가울 정도였다.

따따따— 땅—!

대부분의 화살이 플레이트 메일과 투구에 부딪쳐 맥없이 지면에 떨어졌지만 간간이 투구에 난 틈을 파고드는 화살에 처절한 비명을 지르며 말 위에서 굴러 떨어지는 창기병들도 없지는 않았다. 그러나 자신들의 상대가 절대 없다고 생각해 왔던 15군단 창기병들의 공포는 이루 말할 수 없을 지경이었다.

날아오는 화살이 자신의 플레이트 메일을 뚫지 못할 것을 알면서도 자신을 향해 날아오는 화살을 피하려 말을 몰았기에 질서정연했던 대열은 순식간에 엉망으로 변했다.

빅터가 그 모습에 주먹을 움켜쥐며 막 분노를 터뜨리려고 할 때, 자신들의 대열 반대 편에서 흙먼지가 일어나는 것을 발견할 수 있었다. 그 모습에, 아니, 자신의 예상을 벗어나는 일들이 계속해서 일어나는 것에 빅터는 갑자기 가슴 한구석이 불안해지는 것을 느꼈다.

채채채챙—!

"크아악!"

"죽어라!"

"으악!"

창과 창, 창과 검이 부딪치는 소리와 함께 비명 소리가 조금씩 흐려지기 시작하는 하늘에 울려 퍼졌다. 누가 공격하는 것인지는 묻지 않아도 뻔한 일이었다.

멀리서 들리던 금속음이 시간이 지날수록 점점 가까워졌다. 빅터는 이를 악물고 들고 있던 창을 버린 후 허리에 매고 있던 롱 소드를 뽑아 들었다. 그리고는 말의 옆구리를 찼다.

잠시 앞발을 들고 거친 숨을 내뿜던 말은 힘차게 지면을 박차고는 전면을 향해 달려갔다. 여전히 화살은 소나기처럼 쏟아지고 있었지만 빅터는 아랑곳하지 않고 말을 몰았다. 그의 앞길을 가로막던 15군단의 창기병들은 빅터가 휘두른 롱 소드의 칼등에 맞아 사방으로 날아갔다.

빅터는 지금 연이어 계속되는 적의 공격 때문에, 그리고 그 공격에 번번이 당하는 무능한 자신과 자신의 부하 때문에 그야말로 미치기 일보 직전이었다.

"비켜! 비키란 말이야!"

빅터의 호통 소리에 놀란 창기병들은 급하게 말을 몰아 길을 열어주었고, 빅터는 그대로 성난 폭풍처럼 그 길을 따라 말을 몰앉다. 그런 그의 눈에 주위를 향해 사정없이 창을 휘두르는 트렌실바니아 왕국 창기병들의 모습이 보였다.

대략 3천여 명 정도로 보이는 트렌실바니아 왕국의 창기병들이 자신들의 대열을 거의 관통하기 직전이었다. 갑작스런 공격 때문에 야기된 혼란은 좀처럼 진정되지 않았고, 그 모습을 보던 빅터의 얼굴이 더욱 붉어졌다.

"공격! 공격하란 말이다!"

빅터는 롱 소드를 휘두르며 말의 옆구리를 세차게 걷어찼다. 고통을 이기지 못한 말은 그대로 앞으로 달려나갔고, 그 여세를 몰아 빅터는 11군단의 창기병들을 향해 세차게 검을 휘둘렀다. 분노에 싸인 그의 심정을 대변이라도 하듯 그의 롱 소드는 새파란 마나에 휩싸여 있었다.

갑자기 나타난 빅터의 모습에 한 창기병은 소스라치게 놀라며 창을 들어 빅터의 롱 소드를 막으려고 했지만 도저히 그럴 만한 시간이 없었다.

빅터의 롱 소드는 병사의 왼쪽 어깨에서 오른쪽 옆구리까지 사정없이 갈라 버렸다. 그리고 그 여력으로 말 머리까지 단숨에 날려 버렸다.

솟구쳐 오르는 선혈을 뒤집어쓴 빅터는 개의치 않고 자신의 뒤를 향해 힘차게 소리쳤다.

"어서 적들을 물리쳐라!"

그제야 정신을 차린 15군단의 창기병들은 진열을 갖춰 11군단의 창기병들을 공격하기 시작했다. 11군단의 창기병들은 잠시 당황하기는 했지만 곧 원형의 대열을 이루어서 15군단 창기병들의 공격을 막아내기 시작했다.

그렇지만 워낙 상대의 숫자가 많아 11군단의 창기병들은 금방이라도 몰살당할 것만 같았다. 기가 살아난 15군단 창기병들은 더욱 수중의 창을 휘둘러 댔고, 그 모습을 보고서야 빅터는 조금 마음을 놓을 수 있었다.

휘이익—!

퍽!

날카로운 소리와 함께 11군단의 창기병들을 공격하던 루벤트 제국의 창기병들 가운데 한 병사의 등에 무엇인가가 날아와 박혔다. 공격을 받은 병사는 비명도 남기지 못한 채 말 위에서 굴러 떨어졌고, 곧 아군이 모는 말에 밟혀 형체도 알아볼 수 없게 짓이겨졌다.

휙휙휙!

갑자기 화살이 쏟아지기 시작했다. 그러나 조금 전 쏟아졌던 화살과는 전혀 다른 화살이었다. 화살의 촉 부분만 강철로 만들어진 것이 아니라 화살 전체가 강철로 만들어진 화살이었던 것이다. 게다가 반발력이 강한 컴포짓 보에서 발사된 강철 화살은 창기병들의 강철로 된 플레이트 메일을 너무도 간단하게 꿰뚫어 버렸다.

그 모습에 놀란 빅터가 뒤를 돌아보니 어느 틈엔가 자신들을 포위하고 있는 트렌실바니아 왕국 병사들의 모습이 보였다. 두 개의 커다란 반원으로 늘어선 채 자신들을 향해 활시위를 당기고 있었다.

자신들을 공격한 트렌실바니아 왕국의 창기병들을 공격하기에 여념이 없던 15군단의 창기병들은 당장 혼란에 휩싸였다. 게다가 이번에는 사상자가 속출하고 있어 그 혼란은 더욱 가중되고 있었다.

갑작스런 상황에 당황한 빅터는 자신도 모르게 15군단에 소속되어 있는 보병 부대를 찾았다. 그러나 자신들의 이동 속도가 너무 빨랐는지 어디에도 보병 부대의 병사들 모습은 보이지 않았다.

이미 자신 주위에 있던 많은 창기병들이 강철 화살에 목숨을 잃고 있어 재빨리 후퇴를 해야 할 상황이었다. 그러나 치미는 분노 때문에 쉽게 퇴각 명령을 내릴 수 없었다.

넓은 쿠루이져 평야는 루벤트 제국의 병사들과 트렌실바니아 왕국의 병사들이 부딪치는 무기들 소리로 귀가 따가울 지경이었다. 게다가 흐려지기 시작한 하늘에서 11월의 날씨와는 어울리지 않게 이슬비가 내리기 시작했다.

어두운 밤하늘과 부슬거리며 내리는 이슬비, 그리고 대지가 붉게 물들었음에도 불구하고 상대의 목숨을 빼앗기 위해 내뻗는 검과 창은 멈출 줄을 몰랐다.

상황은 루벤트 제국의 병사들에게 점점 불리해져 갔다. 더 이상 퇴각 명령을 미룰 수는 없었다. 결심을 굳힌 빅터는 부하들에게 명령을 내렸다.

"후퇴! 모두 후퇴하라!"

빅터의 외침을 들은 창기병들 가운데 누군가가 말머리를 돌려 달아나자 그 곁에 있던 창기병들도 달아나기 시작했다. 그런 움직임은 곧 전체로 퍼져 나가, 얼마 지나지 않아 루벤트 제국은 퇴각을 시작했고, 잠시 후 그곳에 남은 것은 비참하게 목숨을 잃은 시체들뿐이었다.

대지를 덮고 있는 사람과 말들의 시체에서 흘러나온 선혈이 지면을 시뻘겋게 물들였고, 그 위로 차가운 초겨울의 비가 내리기 시작했다. 직접적으로 전투에 참가했던 경험이 없는 11군단의 병사들은 그 모습에 욕지기가 나는 것을 느꼈다.

 차가운 초겨울의 비, 그리고 비릿하기 이를 데 없는 피 냄새가 주위에 풍기자 병사들의 얼굴에 착잡한 빛이 어렸다. 비록 지금은 자신들이 목숨을 잃은 저들을 바라보고 있지만, 내일은 누군가가 비참하게 목숨을 잃은 자신들을 바라볼지도 모르는 일 아닌가?

 전쟁의 비참함이야 옛이야기나 노래에서 들어 충분히 알고 있지만 자신의 눈으로 직접 본 지금 자신들이 들었던 이야기는 이 비참함의 몇십 분의 일도 제대로 표현하지 못했다고 느끼지 않을 수 없었다.

 잘린 팔다리와 흘러내린 내장, 지면을 물들이는 선혈……

 15군단의 창기병들을 공격할 때만 하더라도 정신없이 공격에 열중하던 11군단의 창기병이나 보병 부대의 병사들은 막상 급한 상황이 지나자 자신이 벌인 일의 결과에 침울한 마음을 감추지 못하고 있었다.

 "뭐 하고 있는 것이냐? 지금 이러고 있는 사이에도 아군들이 죽어가고 있다는 것을 모르는가?"

 문슬로의 외침에 병사들은 고개를 숙인 채 이동할 준비를 했다. 그러나 그들의 움직임은 느릿하기 이를 데 없었다.

 챙! 챙! 챙!

 귓전을 찢을 듯한 금속음이 계속해서 울렸다.

 게다가 골리앗이 움직일 때마다 지축이 흔들리는 듯했다. 보병들은 감히 골리앗에 가까이 갈 생각도 못한 채 뒤로 뚝 떨어져 골리앗끼리의 전투를 지켜보고만 있었다. 마치 골리앗의 대결로 승패를 결정짓기로 한 사람들처럼 수만 명의 병사들이 두 패로 나뉜 채 조금은 두려움이 섞인 눈초리로 30여 대의 골리앗이 난투를 벌이고 있는 모습을 지켜보고 있었다.

제52장
전장에 남겨진 것은

    데미안은 부하들이 마련해 둔 자리에 앉아 골리앗끼리의 대결을 지켜보고 있었다. 물론 부관인 문슬로가 맡기로 한 곳의 전황도 어떻게 되었는지 궁금했지만 이곳의 상황도 그리 유리한 것은 아니었다.
    4만 명에 이르는 15군단의 보병 부대를 맞아 3만 명의 병사들로 접전을 벌이고 있었다. 불리한 상황을 극복하기 위해 가르시아가 자신과 부하들이 소유하고 있던 스무 대의 골리앗을 호출해 냈지만 15군단의 병사들도 보고만 있지는 않았다.
    그들 역시 재빨리 골리앗을 동원해 가르시아와 부하들을 막아 냈고, 그 순간 양군 사이의 전투는 흐지부지되었다. 골리앗끼리의 싸움에 끼어든다는 것은 그야말로 자살하고 싶어서 라이칸스롭의 입에 머리를 집어넣는 것과 마찬가지다.
    가만히 전황을 살피던 데미안은 빨리 결정을 내려야 했다. 가르시아가 호출한 골리앗은 상대에게 가로막혀 별다른 도움이 되지 못했으며, 자신의 계획대로 모든 일이 진행되었다면 지금쯤 빅터가 그의 부하인 창기병들과 이곳으로 돌아올 시간이었다.

천천히 자리에서 일어난 데미안은 가볍게 주위를 둘러보았다. 비록 병사들이 골리앗끼리의 싸움에 정신을 팔고 있는 듯 보였지만 불안한 마음을 채 감추지 못한 그들의 얼굴에는 어두운 그림자가 드리워져 있었다.

"선더볼트!"

데미안의 외침과 동시에 그의 앞에 짙은 청동 색의 거대한 철기사가 모습을 드러냈다.

"선더볼트, 나에게 문을 열어라."

선더볼트의 가슴에 새겨져 있던 새의 문양에서 한줄기의 푸른 빛이 데미안을 감싸는 순간, 데미안의 몸이 순식간에 사람들의 눈에서 사라졌다. 선더볼트가 천천히 움직이기 시작하자 11군단의 병사들은 황급히 길을 열어주었고, 선더볼트는 달리는 속도가 점점 빨라져 종내에는 한줄기 선으로 보일 정도로 빨라졌다.

선더볼트는 골리앗끼리 격투를 벌이고 있는 도착하자 그대로 점프했다. 하늘 높이 뛰어올라 허공에서 등에 메고 있던 검을 뽑아 들고는 자신 앞에 있던 루벤트 제국의 골리앗을 그대로 두 쪽으로 갈랐다. 그리고는 골리앗들 사이로 뛰어들었다.

가르시아는 갑자기 나타난 골리앗이 루벤트 제국의 골리앗을 공격하자 골리앗의 주인이 누구인지 궁금해하며 부하들에게 뒤로 물러서라는 명령을 내렸다. 가르시아의 부하들이 뒤로 물러서자 데미안은 본격적으로 루벤트 제국의 골리앗을 사냥하기 시작했다.

먼저 자신의 공격에 놀라 멈칫하는 루벤트 제국의 골리앗을 향해 자세를 낮추며 힘껏 검을 찔렀다. 검이 상대의 가슴 한가운데를 뚫었다고 느끼는 순간 데미안은 재빨리 몸을 회전시키며 자신의 머리 위로 떨어지는 상대 골리앗의 검을 막았다.

그와 동시에 선더볼트는 지면을 굴러 상대의 공세에서 벗어나며 검에 마나를 주입하고는 자신의 주위를 향해 사정없이 휘둘렀다. 선더볼트의 검이 그리는 푸른 색의 궤적에 걸린 루벤트 제국의 골리앗들은 허리가 잘리고, 검을 든 팔이 잘려 나갔다.

선더볼트의 행동은 그야말로 눈이 부실 정도로 빨랐다.

상대 골리앗이 검을 드는 순간 이미 선더볼트의 모습은 사라지고 없었다. 상대의 공격을 피해 상대의 뒤로 돌아선 선더볼트는 데미안에게서 전달받은 마나를 증폭시켜 그것을 검에 집어넣어 거대한 검광을 만들었다. 그리고는 자신의 앞에 있던 상대 골리앗의 다리를 향해 휘둘렀다.

툭, 하는 가벼운 소리와 함께 다리가 잘려 나갔고, 다리가 잘린 상대의 골리앗은 중심을 잡지 못하고 앞으로 넘어졌다. 선더볼트 안에서 그 모습을 본 데미안은 지체없이 검을 힘껏 내질렀고, 선더볼트의 검은 상대 골리앗의 가슴 한가운데를 꿰뚫고 등으로 빠져나왔다.

선더볼트의 검이 상대 골리앗의 심장을 파괴하자 상대 골리앗은 천천히 움직임이 멎어갔고, 골리앗 라이더는 죽임을 당한 채 골리앗 밖으로 빠져나왔다. 그러나 데미안은 상대의 시신은 확인하지도 않은 채 다시 다음 제물을 찾았다.

처음 선더볼트를 누가 모는 것인지 궁금해하던 가르시아는 얼마 후 데미안이 선더볼트를 조종하고 있다는 것을 알게 되었고, 은연중에 데미안을 무시하고 있던 가르시아는 데미안의 눈부신 활약에 눈이 튀어나올 지경이었다.

조금 전 자신들과 팽팽하게 접전을 벌이던 루벤트 제국의 골리앗들이 마치 허수아비처럼 쓰러지는 모습이라니……. 그러는 사이 열여덟 대의 골리앗 가운데 벌써 반 수 정도의 골리앗이 파괴되었고, 나머지 골리앗들도 선더볼트의 검을 피하기에 전전긍긍했다.

가르시아는 그 틈을 놓치지 않고 부하들에게 지시를 내려 루벤트 제국의 골리앗을 포위하도록 명령했다. 그리고는 일방적인 공격을 퍼부었다.

얼마 지나지 않아 루벤트 제국군에 소속된 골리앗은 모두 파괴되었고, 골리앗 라이더들은 모두 목숨을 잃었다. 그 모습을 본 15군단 소속 병사들의 얼굴은 새하얗게 변했다. 그리고 트렌실바니아 왕국의 골리앗들이 천천히 몸을 돌리는 순간 그들의 눈에는 공포가 어렸다.

골리앗을 상대할 수 있는 인간은 지상에 존재하지 않는다. 소드마스터도, 7싸이클 이상을 익힌 마법사라 할지라도 상대할 수 있는 상대가 아니다. 겨우 도망이나 칠 수 있을 뿐 상대할 생각은 아예 할 수도 없었다.

공포에 질려 얼어붙은 15군단의 병사들에게 다가온 골리앗은 사정없이 검을 휘둘렀고, 그 검에 수십 명의 병사들이 짓이겨져 날아갔다.

선혈이 허공으로 뿌려지고, 끊어져 나간 팔다리가 자신의 곁에 떨어져 내리자 얼어붙었던 15군단의 병사들은 자신도 모르게 뒷걸음질치기 시작했다. 그런 움직임은 곧 전체로 번져 갔고, 루벤트 제국의 병사들은 비명을 지르며 사방으로 도망쳤다.

비명 소리에 정신을 차린 트렌실바니아 왕국의 병사들은 도주하는 루벤트 제국 병사들을 향해 화살을 쏘고, 검을 휘두르며 추격을 시작했다.

도주하던 아군의 발에 밟혀 죽고, 적군의 화살에 목숨을 잃고, 검에 목숨을 잃은 루벤트 제국 병사들이 부지기수였다.

선더볼트에서 내린 데미안은 조금은 우울한 눈으로 그 모습을 지켜보았다. 전쟁이라는 것이 유쾌한 일이 아니라는 것쯤은 이미 알고 있었지만 이렇게 비참하고, 불쾌하고, 사람의 기분을 답답하게 만들 줄은 미처 몰랐다.

"다이몬 자작!"

자신의 골리앗에서 내려 전황을 살피던 가르시아는 데미안의 부름에 재빨리 그의 곁으로 다가갔다. 그리고 자신도 모르게 공손한 음성으로 입을 열었다.

"부르셨습니까, 사령관 각하."

"이제 곧 테이스 자작에게 패한 15군단의 군단장인 마벡 백작이 이끄는 창기병 부대가 이곳에 도착할 것이오. 병사들에게 추격을 멈추고 어서 예정된 곳으로 이동하도록 지시하시오."

"알겠습니다, 사령관 각하."

왜냐고 묻지도 않았다. 15군단이 보유하고 있는 창기병 부대가 루벤트 제국 내에서도 몇 손가락 안에 들 만큼 강한 부대라는 것을 알면서도, 이제는 데미안이 말했으니 그렇게 될 것이라는 생각뿐이었다.

황급히 명령을 전달하기 위해 달려가는 가르시아를 보며 데미안은 자꾸만 약해지려는 마음을 다잡았다. 잠깐의 접전만으로도 이미 주변은 허무하게 목숨을 잃은 병사들의 시신으로 뒤덮여 있었다.

두두두—!

 요란한 말발굽 소리와 함께 엄청난 수의 기마들이 부슬부슬 내리는 이슬비를 뚫고 쿠루이져 평야에 모습을 드러냈다. 앞장서서 말을 달리던 빅터는 시간이 지날수록 가슴이 답답해지는 것을 느꼈다.

 이미 부하 중 몇 명을 인근 부대에 트렌실바니아 왕국의 침공 사실을 알리기 위해 보내기는 했지만 그들이 무사히 갔는지는 확인할 방법이 아무것도 없었다. 게다가 이미 보였어야 할 15군단 소속 보병 부대의 모습이 보이지 않자 가슴은 더욱 답답해지기만 했다. 부하들이 무사하기를 빌며 빅터는 달리는 말에 박차를 가했다.

 그들이 막 야트막한 두 개의 구릉 사이를 통과하려고 할 때 휘파람 소리 같은 날카로운 소리가 들렸다.

 휙휙휙—!

 그와 동시에 수십 명의 병사가 비명도 남기지 못한 채 말 위에서 굴러 떨어졌다. 앞에서 달리던 빅터는 미처 그 사실을 깨닫지 못하고 있었지만 대열의 중간 부분은 일대 혼란에 휩싸였다.

 "적이다!"

 "엄폐물을 찾아 화살을 피해라!"

 "으아악!"

 비명 소리와 고함 소리가 울리자 대열은 삽시간에 흐트러졌고, 그제야 적의 공격을 깨달은 빅터는 재빨리 말을 멈추고 빗살처럼 화살이 쏟아지는 구릉 위를 바라보았다.

구릉 위에는 수천 수만 명의 병사들이 자신들을 향해 연신 컴포짓 보의 활시위를 당기고 있었다. 그들이 발사하는 화살은 조금 전 자신들을 퇴각하게 만든 바로 그 강철 화살이었다.

이를 부드득 갈았지만 적을 공격할 방법이 없었다.

적을 공격하려면 구릉을 올라가야 하는데 비에 젖은 지면은 미끄럽기 그지없어 자신과 말, 그리고 플레이트 메일의 무게를 도저히 견디낼 수 없었다. 게다가 우선 빗살처럼 쏟아지는 화살 공격을 막아내야만 했다.

그렇지만 방패나 플레이트 메일마저 뚫어버리는 적의 화살을 무슨 수로 막아낸단 말인가? 소드 익스퍼트 중 최상급의 실력을 가지고 있는 자신마저도 몸을 안전하게 피할 수 있다고 장담하지 못할 상황이니 부하들이야 말할 것도 없었다.

잠깐 사이 사지에서 겨우 목숨을 부지하고 도망쳤던 부하들이 다시 허무하게 목숨을 잃는 모습에 빅터는 미칠 지경이었다.

"으아아아—!"

빅터는 더 이상 참지 못하고 말에서 뛰어내려 구릉 위를 향해 쏜살같이 달려갔다.

그의 모습을 발견한 몇몇 병사들이 그에게 화살을 쏘긴 했지만 모두 그의 롱 소드에 가로막혀 튕겨 나가고 말았다. 병사들이 재차 화살을 발사하려 했지만 이미 빅터의 롱 소드는 병사들의 목을 향해 휘둘러지고 있었다.

투투툭!

미약한 소리와 함께 병사들의 목은 너무도 간단히 잘려 허공으로 치솟았고, 주위에 있던 병사들은 재빨리 검을 뽑아 빅터의 앞을 가로막았다. 하지만 빅터는 그들이 막을 수 있는 상대가 아니었다.

빅터의 일방적인 칼부림이 계속되는 사이에도 15군단 소속 창기병들은 계속 목숨을 잃어가고 있었다. 더군다나 그들을 추격해 오던 11군단의 병사들이 문슬로의 명령을 받아 대열의 후미에서 공격을 퍼붓고 있어 변변히 반항도 하지 못한 채 목숨을 잃어갔다.

부하들이 혼란에 싸인 것을 발견한 가르시아는 상황을 파악하기 위해 이동했다. 그리고 전신에 선혈을 뒤집어쓴 빅터의 모습을 발견할 수 있었다.

새파란 마나에 싸여 있는 롱 소드는 자신의 앞을 가로막는 것이라면 그것이 무엇이든 무조건 두 동강 내며 전진했다. 빅터의 상대가 되지 못하는 병사들은 지레 겁을 먹고 뒤로 물러서고 있는 상황이었다.

"받아라!"

가르시아는 재빨리 자신의 롱 소드를 뽑아 마나를 집어넣고는 빅터를 향해 달려들었다.

챙—!

날카로운 금속음이 울리고 새파란 마나에 싸인 롱 소드는 허공에서 멈추어졌다. 롱 소드를 사이에 두고 마주친 두 사람은 서로의 눈을 노려보았다.

선혈에 뒤덮인 빅터의 얼굴은 무시무시하기 이를 데 없었지만 가르시아의 얼굴도 그리 만만해 보이는 얼굴은 아니었다. 가르시아의 검을 막아낸 빅터는 상대의 신분이 궁금했다.

"네가 우리 군단을 공격한 놈이냐?"

"본인은 트렌실바니아 왕국의 11군단 소속 가르시아 다이몬 자작이다."

"자작? 그럼 11군단의 군단장이 아니란 말이냐?"

"흥! 사령관 각하께서는 지금 바쁘시니 너 같은 놈은 내가 상대를 해주지."

병사들은 가르시아가 빅터를 막아내는 것을 보고서야 다시 루벤트 제국군을 공격하기 시작했다.

"죽기 전에 이름이나 남겨라."

"으드득! 나, 빅터 마벡의 앞을 가로막은 죄로 네놈의 목을 잘라주마. 이얍!"

가르시아보다 20센티미터쯤 큰 빅터가 힘을 쓰자 가르시아는 조금씩 뒤로 밀리기 시작했다.

"이 멧돼지 같은 놈이……."

가르시아는 버텨보려고 했지만 힘에서 자신이 상대에게 밀린다는 것을 인정하지 않을 수 없었다. 재빨리 뒤로 물러선 가르시아는 자신을 향해 달려드는 빅터의 목을 향해 롱 소드를 휘둘렀다. 그러나 가르시아의 롱 소드는 빅터의 롱 소드에 막혔다. 재차 뒤로 물러서려던 가르시아는 자신의 머리를 향해 떨어지는 롱 소드를 보고 어쩔 수 없이 자신의 검으로 막아야만 했다.

챙!

귓전을 찢는 듯한 소리와 함께 가르시아는 자신의 손목이 꺾이는 것을 느끼고는 재빨리 왼손으로 롱 소드의 날을 잡아 찍어 누르는 듯한 빅터의 힘에 대항했다. 가르시아의 왼손에서는 당장 선혈이 흘러내렸지만 그렇다고 몸을 뺄 수도 없었다.

빅터는 자신의 롱 소드를 막아내는 가르시아의 실력을 인정하지 않을 수 없었다. 그러나 자신이 상대하지 못할 정도는 아니었다.

쿵!

빅터는 결코 찍어 누르는 힘을 빼지 않았고, 결국 가르시아는 무릎을 꿇고 말았다. 팔에 힘을 주어 빅터의 힘에 대항하려고 했지만 가르시아의 팔은 점점 더 구부러질 뿐이었다.

빅터의 롱 소드가 가르시아의 머리에서 불과 몇 센티미터가 떨어지지 않았을 때쯤 빅터의 등 뒤에서 조금은 묵직한 음성이 들려왔다.

"멈춰주시겠소?"

빅터는 그 소리에 깜짝 놀라며 뒤로 물러섰다. 황급히 상대를 확인하고 보니 번쩍이는 은색의 풀 플레이트 메일에 흰 색 망토를 걸친 붉은 머리를 한 젊은, 아니, 어린 청년이었다.

상대의 복장은 전쟁터의 분위기와는 전혀 어울리지 않았다. 마치 무슨 파티에 초대되어 가는 기사의 복장이었다.

"넌 누구냐?"

"본인은 트렌실바니아 왕국의 11군단 군단장인 데미안 싸일렉스 백작이라고 하오. 귀하는?"

"본인은 15군단의 군단장인 빅터 마벡 백작이다. 이 모든 것이 네 작품인가?"

"그렇소. 15군단에서 보유하고 있는 창기병 부대가 워낙 위력적이라 이렇게 할 수밖에 없었소."

담담한 음성으로 대답하는 데미안의 모습에 빅터는 왠지 가슴이 무거워지는 것을 깨달았다. 젊은 나이임에도 불구하고 백작이란 지위를 가지고 있는 것이나 전방에 주둔하고 있는 부대의 군단장이 된 것은 단순히 권력의 힘만으로는 어림도 없는 일이다.

"성이 싸일렉스라면 자렌토 싸일렉스의 아들인가?"

"그렇소."

데미안의 대답에 빅터의 얼굴은 굳어졌다.

"그대의 솜씨를 보고 싶다."

빅터는 자신의 롱 소드를 자신의 가슴 앞에 세우고는 데미안을 바라보았다. 데미안 역시 바스타드 소드를 뽑아 자신의 눈앞에 세워 기사가 결투를 벌이기 전 취해야 할 예의를 보였다.

잠시 두 사람은 서로를 노려보다가 천천히 원을 그리듯 움직이기 시작했다. 두 사람 모두 풀 플레이트 메일을 걸치고 있었지만 마치 가벼운 가운을 걸친 사람들처럼 매우 빠르게 움직였다. 그리고 어느 순간 서로를 향해 달려들었다.

챙!

두 사람의 롱 소드와 바스타드 소드가 부딪치며 불똥이 튀었다.

이미 사방은 어둠에 싸여 있었고, 또 주위에선 언제부턴가 아무런 소리도 들리지 않고 있었다. 보이는 것이라곤 마나에 휩싸여 새파랗게 빛나는 두 자루의 검뿐이었다.

검은 허공에 무수한 궤적을 그리며 상대를 향해 날아갔고, 서로의 검이 부딪칠 때마다 불똥이 튀었다. 그때마다 드러나는 두 사람의 얼굴은 딱딱하게 굳어 있었다.

데미안은 빅터의 실력이 보통은 아니라고 생각했지만 그렇다고 자신의 적수라고는 생각하지 않았다. 상대는 치미는 분노를 이기지 못하고 롱 소드의 끝이 흔들리고 있었다. 그렇기 때문에 데미안은 별로 어렵지 않게 그의 롱 소드를 막아낼 수 있었다. 대결을 빨리 끝내기로 결심한 데미안은 재빨리 스펠을 캐스팅했다.

"파이어 볼!"

캐스팅이 끝나는 순간 데미안의 왼손에는 사람의 머리보다 훨씬 큰 불덩이가 떠올랐다. 갑작스럽게 불덩이가 나타나자 빅터는 깜짝 놀랐다.

 방금 자신이 확인한 데미안의 검술 실력만 하더라도 오히려 자신보다 뛰어날지도 모르는 일이었다. 그런데 마법까지 사용하다니…….

 빅터가 당황하는 순간 불덩이가 날아왔다. 빅터는 자신의 롱 소드에 마나를 잔뜩 집어넣고는 힘껏 불덩이를 내려쳤다. 펑! 하는 소리와 함께 빅터의 주위는 순식간에 화염으로 휩싸였고, 한순간이긴 하지만 빅터는 데미안의 모습을 놓쳤다. 그 순간 당황하던 빅터는 자신의 가슴에서 타는 듯한 통증을 느꼈다.

 천천히 고개를 숙이고 보니 날카로워 보이는 레이피어가 플레이트 메일을 뚫고 자신의 심장에 박혀 있었다. 다시 고개를 들고 상대를 확인하니 그는 조금은 착잡한 표정을 짓고 있었다.

 "크윽! 왜 그런 표정을… 짓고 있는가? 으음, 자넨 승자야. 좀… 더 당당한……."

 빅터는 말을 다 잇지 못하고 마치 통나무가 쓰러지듯 뒤로 쓰러졌다. 한동안 빅터의 모습을 바라보던 데미안은 뒤를 돌아보았다. 이미 주위는 완전한 어둠에 싸여 있었고, 부슬거리며 내리던 이슬비는 어느새 그쳐 있었다.

 "적의 창기병들은 모두 해치웠습니다. 도주한 적은 얼마 되지 않습니다. 병사들 가운데 일부가 잔당들을 추적하고 있습니다."

 문슬로의 보고에 데미안은 고개를 끄덕이고는 가볍게 레이피어를 휘둘러 피를 털어내고는 검집에 집어넣었다. 그리고는 어둠 속에 묻혀 있는 15군단 소속 창기병들의 시신을 바라보았다. 왠지 우울해짐을 느낄 수 있었다.

"오늘은 이곳에서 야영할 준비를 하도록."
"알겠습니다, 사령관 각하."
문슬로의 대답에는 진한 존경심이 묻어 있었다. 오늘 새벽까지만 하더라도 애송이에 불과했던 데미안의 모습이 갑자기 크게 느껴진 것이다.
불안하기만 했던 모든 계획들이 마치 정교한 톱니가 맞물리는 것처럼 맞아 들어가 15군단을 격퇴시킬 수 있었던 것이다. 빅터 마벡 백작의 검술 실력이나 용맹성은 트렌실바니아 왕국에도 잘 알려져 있었다. 그런데 데미안은 그 마벡 백작을 물리친 것이니 문슬로가 데미안을 존경하게 된 것도 무리는 아니었다.
문슬로가 부하들에게 지시를 내리기 위해 멀어져 가는 모습을 바라보는 데미안의 얼굴에는 피곤함이 잔뜩 묻어 있었다. 그렇지만 그 피곤은 단순히 육체적인 피곤함이 아니라 마음의 피곤함이었다.

*　　　*　　　*

"전황은?"
"트렌실바니아 왕국과 크로네티아 왕국의 접경 지대 전역에서 전투가 벌어졌습니다."
"결과는?"
빈센트의 짧은 질문에 근위 기사단의 단장인 제이슨 디 타코지나 후작은 고개를 숙이고 대답했다.
"말씀드리기 죄송하지만 총15개 군단이 적들의 기습을 받고 분하긴 하지만 모두 후퇴한 상황입니다."

그 말에 빈센트의 얼굴은 딱딱하게 굳어졌다.

"모두 말인가?"

"네……."

"피해는?"

"…인명 피해는 사상자가 모두 20여 만, 파괴된 골리앗의 숫자도 100여 대에 달합니다."

비상 상황실에 모여 있던 사람들은 제이슨의 대답에 기가 막혀 아무런 말도 하지 못했다.

"아니, 대루벤트 제국의 병사들이 트렌실바니아 왕국과 크로네티아 왕국군 따위에게 패했단 말이오?"

"게다가 골리앗이 100여 대나 파괴되었다니, 이게 말이나 되는 소리요?"

당장 사람들의 입에서 고함 소리가 터져 나왔다.

"조용!"

빈센트가 다소 큰 소리로 입을 열자 금세 비상 상황실은 쥐 죽은 듯 조용해졌다. 주위가 조용해지자 빈센트는 고개를 돌려 제이슨에게 질문을 했다.

"이상하지 않은가?"

"무슨 말씀이신지……?"

"내가 알기로 트렌실바니아 왕국에는 20대, 크로네티아 왕국에 22대, 모두 합쳐 42대의 골리앗밖에 없는 것으로 알고 있는데 어떻게 아군의 골리앗을 100여 대나 파괴시킬 수 있었단 말인가?"

빈센트의 지적에 사람들의 입에서는 그제야 탄성 비슷한 소리가 터져 나왔다.

"그렇군. 저들이 보유하고 있는 골리앗은 겨우 40여 대에 불과한데 대체 무슨 수로 아군의 골리앗을 파괴할 수 있었지? 드래곤이라도 동원시켰단 말인가?"

"아무리 기습을 당했다고 해도 그렇지, 어떻게 대루벤트 제국의 군대가 패배할 수 있단 말이오?!"

비상 상황실은 사람들의 항의 섞인 외침으로 다시 정신을 차릴 수 없을 만큼 소란스러워졌다. 그런 모습을 바라보는 스캇의 눈에는 경멸의 빛이 완연했다.

'전쟁터에는 두려워 나서지도 못하는 작자들이 뒷전에선 큰소리를 치는군.'

스캇이 그런 생각을 하는 동안 빈센트의 얼굴에도 비웃음이 걸렸다.

"그렇다면 리아드 백작을 전방 부대의 군단장으로 임명해 줄 테니 백작이 한번 그들을 막아보겠나?"

빈센트의 비웃음 섞인 지적에 큰 소리로 항의 섞인 주장을 하던 중년 사내의 얼굴이 금세 창백하게 변했다.

"화, 황제 폐하……."

"나가서 그들을 막을 자신이 없으면 이제 그만 입을 닥쳐 주시지, 리아드 백작."

빈센트의 노골적인 조롱에 리아드는 얼굴을 붉히고는 고개를 숙였다. 고개를 돌린 빈센트는 스캇에게 입을 열었다.

"형님, 전군의 배치는 어떻습니까?"

"트렌실바니아 왕국과 크로네티아 왕국에 22개 군단이, 그리고 바이샤르 제국과의 접경 지역에 20개 군단이 집결해 있습니다, 황제 폐하."

스캇이 허리를 숙이며 대답하자 빈센트는 그를 제지하려 했지만 자신들의 모습을 주시하는 귀족들의 눈 때문에 그럴 수 없었다. 곧 그 생각을 접고 자신이 궁금하게 생각하는 것을 물었다.

"그럼, 바이샤르 제국도 침공을 시작했겠군요."

"제 생각에도 그렇습니다. 누가 배후에 있는지는 모르지만 바이샤르 제국도 그들과 행동을 같이 했을 가능성이 클 것입니다."

그들이 막 그런 대화를 주고받을 때 기사 하나가 제이슨에게 귓속말을 했고, 부하의 말에 제이슨의 얼굴은 어두워졌다.

"황제 폐하, 말씀드리기 죄송스러우나 바이샤르 제국과 국경을 접하고 있는 동부 전선에서 바이샤르 제국의 침공이 있었다고 합니다."

제이슨의 말에 비상 상황실에 모여 있던 사람들의 얼굴은 순식간에 창백해졌다.

"그렇지만 다행히도 동부 전선 사령관이신 지오르니 폰 루트리히 공작께서 그들의 침공을 막아내고 계시다고 합니다."

"루트리히 공작이?"

반문하던 스캇은 그가 수도에 없음으로 해서 쿠데타가 성공할 수 있었음을 떠올렸다. 루벤트 제국의 제1공작인 지오르니가 만약 수도에 있었다면 자신들의 쿠데타는 거사를 일으키기도 전에 봉쇄당했을 것임을 모를 스캇은 아니었다.

그 역시 황태자인 앤드류나 네포리아 황비(皇妃)를 좋아하지는 않았지만, 황실을 전복하려는 빈센트나 스캇의 행동을 그냥 두고 볼 사람이 아니라는 것만은 분명했다. 하지만 이제는 루벤트 제국의 존속을 위해 서로의 힘을 합쳐야만 할 상황이었다.

"형님, 어려운 부탁을 드려야겠습니다."

"말씀하십시오, 폐하."

"소드 마스터인 라이포트 공작과 함께 서부 전선을 맡아주십시오. 동부 전선에 있는 루트리히 공작을 뺄 수는 없을 것 같습니다. 몇 명의 소드 마스터를 함께 데리고 가시면 많은 도움이 될 겁니다."

빈센트의 말에 스캇은 생각할 것도 없이 고개를 끄덕였다.

"알겠습니다, 폐하. 저에게 맡겨주십시오."

스캇의 대답에 빈센트는 조금은 미안스럽다는 표정을 지었다. 담담한 미소로 화답을 하던 스캇은 제이슨에게 조금은 굳은 표정으로 입을 열었다.

"타코지나 후작."

"말씀하십시오, 대공 각하."

"그대는 황제 폐하의 안전에 목숨을 걸어라. 아직도 루벤트 제국의 황제 폐하가 누구라는 것을 모르는 멍청한 작자들이 어리석은 행동을 할 가능성이 있다. 알겠나?"

"명심하겠습니다, 대공 각하."

제이슨의 대답을 들은 스캇은 고개를 돌려 비상 상황실에 있던 귀족들의 얼굴을 일일이 살펴보았다. 마치 그들 사이에 있을지도 모르는 스파이라도 찾아내는 듯한 스캇의 눈초리에 귀족들은 고개를 돌려 버리고 말았다.

천천히 고개를 돌린 스캇은 다시 한 번 빈센트를 향해 허리를 숙였다.

"폐하, 이만 저는 물러가겠습니다."

"수고해 주십시오, 형님."

빈센트의 환송을 받으며 스캇은 곧 황궁을 빠져나왔다.

* * *

 데미안은 차가운 공기를 느끼며 눈을 떴다. 조금은 낮게 보이는 천장을 바라보고는 잠시 자신이 어디에 있는 것인지 어리둥절해했다. 그러나 곧 자신이 누운 곳이 막사 안이라는 것을 깨닫고 천천히 자리에서 일어났다.
 가볍게 몸을 움직여 굳은 근육을 풀고는 막사를 빠져나왔다. 그의 막사 주위에서 경계를 서고 있던 병사들은 데미안을 발견하고는 그 자리에서 한쪽 무릎을 바닥에 대고 인사했다.
 "사령관 각하, 편안히 주무셨습니까?"
 "수고가 많네. 그런데 아직 기상하기 전인가?"
 "그렇습니다, 각하."
 "그럼 좀 더 수고해 주게."
 데미안이 그 말을 남기고 걸음을 옮기자 무릎을 꿇고 있던 병사들은 어리둥절한 표정을 지었다. 군대에 들어온 지 얼마 되지는 않았지만 평소 귀족들이 얼마나 평민들을 무시해 왔는지 잘 알고 있었다. 그런데 자신들보고 수고하란 말을 하다니 도저히 믿을 수 없는 일이었다.
 그렇지 않아도 어제 데미안의 절묘하기 이를 데 없는 작전 덕분에 11군단은 별 피해 없이 15군단을 물리칠 수 있었다. 은근히 데미안의 실력을 의심하던 지휘관들이나 병사들은 데미안의 절묘한 작전에 그 막강한 전력을 자랑하던 15군단이 무력하게 무너져 버린 것에 경악을 금치 못했다.
 점점 멀어져 가는 데미안의 뒷모습을 바라보는 병사들의 눈에 진한 존경심이 묻어 있었다.

"일어나셨습니까, 사령관 각하."

아직 어둠에 쌓여 있는 평야를 바라보던 데미안은 뒤에서 들리는 음성에 뒤를 돌아봤다. 문슬로였다.

"어서 오시오, 테이스 자작."

문슬로는 벌써 하프 플레이트 메일을 걸치고 있었다.

"각하, 아직 날이 밝으려면 시간이 많이 남았는데 좀 더 쉬시지 그러셨습니까?"

"아침 공기가 상쾌해서 그런지 잠이 일찍 깨었소."

"그러셨군요."

문슬로 역시 자신의 눈앞에 펼쳐져 있는 평야를 바라보았다. 끝도 없이 펼쳐진 평야의 지평선은 아직 짙은 어둠에 쌓여 있었다.

"정말 넓지 않습니까?"

데미안은 고개를 끄덕이다가 생각이 난 듯 문슬로에게 질문을 던졌다.

"참! 어제 우리 군단의 피해는 얼마나 되오?"

"저희들이 올린 전과에 비하면 피해는 거의 없는 편입니다. 목숨을 잃은 병사는 2천여 명이고 부상자는 5천여 명 정도입니다만, 빠른 조치를 취해 대부분 상처를 치료하고 쉬고 있는 상태입니다."

문슬로의 보고에 데미안은 고개를 끄덕이기는 했지만 그의 표정은 그리 밝지 않았다. 문슬로는 그런 데미안의 태도를 이해할 수 없었다.

자신들은 불과 7천 명의 사상자를 냈지만 15군단은 그야말로 괴멸을 당했다는 표현이 적합했다. 군단장인 마벡 백작은 데미안의 손에 목숨을 잃었고, 15군단이 자랑하던 창기병 부대는 전원이 몰살을 당했다. 또 도주했던 보병 부대 가운데 2만여 명이 목숨을 잃었고 8천여 명을 포로로 잡았다. 그야말로 완벽한 승리였다.

그럼에도 불구하고 우울하게 보이는 데미안의 얼굴은 대체 무엇 때문이란 말인가?

"사령부에서 내려온 명령이 있소?"

"아직 새로 도착한 명령은 없습니다. 그보다 어제의 승리를 축하한다는 샤드 공작 각하의 말씀이 계셨습니다."

"샤드 공작 각하께서? 다른 곳의 상황은?"

"대부분 저희들의 기습이 성공했다고 합니다. 물론 가장 완벽하게 적을 물리친 부대는 저희들입니다."

문슬로의 대답에 데미안은 쓴웃음을 지었다.

"오늘 우리가 진격해야 할 곳은 어디요?"

"이곳에서 40킬로미터쯤 떨어진 곳에 있는 리에포스라고 불리우는 작은 마을입니다."

"그곳에 주둔하고 있는 적의 부대는?"

"저희 작전 지도에 의하면 리에포스에는 주둔하고 있는 적의 부대는 없습니다. 그렇지만 마을의 약 30킬로미터 후방에 적 55군단이 주둔하고 있습니다."

"알았소. 어제 전투로 병사들이 피곤해할 테니 출발은 아침 식사 후 충분히 쉰 후에 하도록 하시오."

"알겠습니다, 각하."

문슬로가 대답과 함께 멀어져 갔지만 데미안은 어둠에 묻힌 평야에서 눈을 떼지 않았다.

잠시 후 아침 식사를 마친 데미안은 한잔의 차를 마시며 휴식을 취하고 있었다. 간간이 그의 막사 곁을 지나는 병사들이나 지휘관들은 힐끔거리며 데미안의 얼굴을 엿보곤 했다. 그러나 그들의 얼굴에는 어김없이 진한 존경심이 묻어 있었다.

어제와는 달리 화창하게 맑은 초겨울의 하늘은 눈이 아릴 정도로 새파란 색이었다. 단 한 점의 구름도 보이지 않는 하늘은 너무도 넓어 보였다. 그리고 그 하늘 위로 가족과 동료들의 얼굴이 하나둘씩 스치고 지나갔다.

자렌토 싸일렉스와 마리안느, 그리고 제레니의 따스한 미소가 걸린 얼굴, 믿음직한 헥터의 얼굴, 사랑스런 데보라와 네로브의 얼굴, 귀여운 로빈의 얼굴, 항상 미안함을 느끼게 하는 레오의 얼굴, 존경하는 라일의 얼굴, 소심하지만 주위에 있음으로 마음이 든든하게 해주는 뮤렐의 얼굴이 눈앞을 스치고 지나갔다.

"사령관 각하, 이동할 준비가 끝났습니다."

데미안의 회상은 문슬로의 보고로 더 이상 이어질 수 없었다. 천천히 자리에서 일어난 데미안은 지나가는 듯한 투로 물어보았다.

"어제 우리와의 전투로 목숨을 잃은 루벤트 제국의 15군단의 전사자들의 시신은 어떻게 처리했소?"

"예? 무슨 말씀이신지?"

문슬로는 데미안이 지금 무슨 말을 하는지 이해할 수 없었다. 자신의 질문에 문슬로가 오히려 반문하자 데미안은 가볍게 눈살을 찌푸리며 입을 열었다.

"그럼, 시신을 그대로 방치했다는 말이오?"

은은한 노기가 섞인 데미안의 음성에 문슬로는 자신이 무엇을 잘못한 것인지 알 수 없었다.

"15군단의 병사들이 우리의 적이긴 했지만 그들은 전쟁터에서 용감히 싸워 목숨을 잃은 사람들이오. 그들의 시신을 짐승이나 몬스터들에게 훼손되도록 그냥 둘 수는 없소. 이동이 늦어지더라도 그들의 시신을 모아 화장(火葬)이라도 해주도록 하시오. 알겠소?"

"아, 알겠습니다, 사령관 각하."

엉겁결에 대답한 문슬로는 뒤로 물러서며 머리를 긁적였다.

잠시 후 너른 들판 곳곳에서는 산처럼 쌓인 시신을 모아 태우는 냄새가 코를 찔렀다. 그 모습을 바라보는 트렌실바니아 왕국의 병사들도, 포로로 잡힌 루벤트 제국의 병사들도 착잡한 표정을 감추지 못했다.

바로 내일 자신이 그곳에 누워 있지 않을 것이라고 누가 장담할 수 있겠는가? 특히 포로로 잡혀 있던 15군단의 병사들의 얼굴엔 고마움과 감사함의 빛이 완연했다.

전쟁터에서 패해 목숨을 잃는 것은 병사라면 감수해야만 하는 일이었지만, 벌판에 버려져 짐승이나 몬스터들의 먹이가 되는 것만은 피하고 싶은 것이 모든 병사들의 바램이었다.

불이 꺼지자 뼈들을 수거해 한곳에 모은 다음 커다란 무덤을 만들어주었다. 그리고 이동 준비를 마친 부대부터 리에포스로 이동하기 시작했다.

부대의 절반 정도가 이동한 후 데미안과 문슬로는 대열에 끼어 이동했다. 가벼운 라이트 레더를 걸친 위에 흰 색의 망토를 걸친 데미안의 모습은 보는 사람으로 하여금 탄성을 지르게 하기에 충분했다.

붉은색 머리, 흰 색 망토, 검은색 라이트 레더, 그리고 백마……. 그 모든 것이 조화를 이루어 환상적인 아름다움을 이루고 있었다. 데미안은 자신을 바라보는 지휘관들이나 병사들의 눈이 자신의 얼굴이나 모습을 보고 탄성을 지르고 있다는 것을 알고는 있었지만 굳이 그들의 눈길을 피하지는 않았다.

"리에포스 외곽 500미터 지점에서 야영을 하도록 하시오."

"그럼, 사령관 각하께서는 마을에서 쉬실 생각이십니까?"

"아니오. 무슨 일이 있어도 일반 국민들에게 피해를 입혀서는 안 되오. 병사들에게 만약 마을 사람들에게 피해를 끼치는 사람이 발견된다면 지휘고하를 막론하고 교수형에 처한다는 내 말을 분명하게 전달하도록 하시오."

"며, 명심하겠습니다, 각하."

시무룩하게 있던 아침과는 또 달랐다. 무섭도록 위엄에 찬 모습이었다. 문슬로는 오로지 샤드에게서만 느꼈던 공포스러울 정도의 위압감을 데미안에게서도 느낄 수 있었다.

문슬로는 황급히 지휘관들에게 데미안의 지시 사항을 전달했다. 지휘관들은 의연한 자세로 말을 타고 있는 데미안의 모습을 힐끔거리고는 고개를 끄덕였다.

그들이 리에포스의 외곽에 도착한 것은 저녁 9시경이었다. 그리고 그들을 맞이한 것은 1,400여 명의 마을 사람들이었다. 그러나 어디에도 젊은 청년의 모습은 찾아볼 수 없었다. 가장 앞쪽에는 마을의 촌장으로 보이는 칠순의 노인 하나가 젊은 여자의 부축을 받으며 서 있었다.

"어느 분이 사령관 각하이십니까?"

노인의 힘없는 소리에 데미안은 천천히 말을 몰아 앞으로 나섰다. 그리고는 말에서 내려 노인 앞에 섰다.

"제가 사령관입니다만… 무슨 일입니까?"

"전 이 마을의 촌장입니다. 다름이 아니라…… 저희 마을에는 곡식이 없습니다. 어젯밤 늦게 갑자기 들이닥친 병사들이 마을에 있는 곡식과 가축들을 거의 가져가 버렸습니다. 제발 저희 마을의 사정을 살펴주십시오."

"아마도 도망치던 15군단의 패잔병들이 이 마을을 습격한 것 같습니다."

문슬로의 말에 고개를 끄덕이던 데미안은 촌장에게 고개를 돌렸고, 말을 마친 촌장은 뒤에 서 있던 마을 사람들에게 명령했다.

"어서 그걸 가져오도록 해라."

촌장의 말에 마을 사람들이 뭔가를 끌고 왔다. 그들이 끌고 온 것은 세 대의 마차에 가득 실린 곡식들이었다.

"저희 마을에서 긁어모을 수 있는 곡식 전부입니다. 이걸 받으시고 저희 마을 사람들은 제발……."

데미안은 촌장이 하고자 하는 말이 무엇인지 알 만했다.

일반적으로 마을을 점령한 부대가 하는 짓은 거의가 뻔했다. 살인, 약탈, 강간, 방화…….

리에포스 같은 작은 마을에 부대가 한번 휩쓸고 지나가면 초토화되는 것은 그야말로 시간문제였다. 그러니 촌장이 겁을 먹는 것도 당연한 일이었다.

"걱정하지 마십시오. 마을에는 아무런 피해도 드리지 않겠습니다."

그리고는 문슬로에게 지시를 내렸다.

"우리 식량은 여유가 있소?"

"조금의 여유는 있습니다만……?"

"그렇다면 일부를 이 마을에 지원하도록 하시오. 그리고 후방의 지원 부대에게 식량을 지원하라고 전하시오."

"그렇지만 여긴……."

"이곳은 우리의 점령지요. 점령지의 주민들을 보살피는 것은 점령군의 사령관으로서 당연히 해야 할 임무 가운데 하나요. 그래도 내 말이 무슨 뜻인지 모르겠소?"

"명심하겠습니다, 각하."

조금은 무표정하게 변한 데미안의 모습에서 문슬로는 순간적으로 서늘함을 느꼈다.

재빨리 병사들에게 눈짓으로 신호를 보낸 문슬로는 슬쩍 곁눈질을 했다. 겁을 먹은 마을 사람들을 설득하기에 여념이 없는 데미안의 모습에 문슬로는 고개를 저었다.

자신의 상식으로는 좀처럼 데미안을 이해할 수 없었다. 이틀 전 그를 본 것이 처음이었지만 그에 대한 이야기는 그가 11군단의 군단장으로 오기 전에도 여러 번 들을 수 있었다.

그의 아버지인 자렌토에 비해 뒤지지 않는 공적을 쌓았기 때문에 백작의 작위를 받았다는 이야기는 들은 적이 있지만 그것은 단순히 재수가 좋았기 때문이거나, 아니면 아버지인 자렌토의 입김이 있었기 때문이라고 생각했었다. 데미안을 애송이라고만 생각했던 문슬로의 생각은 어제 있었던 전투로 인해 완전히 바뀌어졌다.

빈틈없는 작전 계획과 데미안의 놀라운 검술 실력, 그리고 의아할 정도로 데미안의 예상을 벗어나지 못하는 루벤트 제국군의 대응…….

그러나 격전 후 지친 병사들을 위하는 것이나 죽은 루벤트 제국군들의 시신을 수습해 화장한 것, 또 마을 사람들을 위해 군량을 나눠주는 데미안의 모습은 쉽게 한 사람의 모습이라고 인정하기 어려운 면이 있었다. 게다가 어린 나이에 맞지 않게 위엄이나 위압감을 지니고 있는 것까지 그 모든 것이 문슬로로서는 처음 대하는 인간형이었다.

좀처럼 상대를 인정하지 않는 가르시아가 데미안에게 존경심을 품는 것을 이해하면서도, 또 지금 같은 모습을 대할 때는 데미안을 어떻게 대해야 할지 짐작할 수 없었다.

부하들에게 야영할 준비를 지시하고는 멀어져 가는 마을 사람들의 뒷모습을 바라보았다.

"전쟁은 군대가 하는 것 아니오? 무슨 일이 있어도 전쟁에 일반 국민들을 끌어들이는 것은 피하도록 하시오. 그리고 조금 전 내가 심하게 대한 것을 이해해 주기 바라오."

"아닙니다, 사령관 각하. 소관의 생각이 짧았습니다."

"테이스 자작, 오늘 한잔하시겠소?"

"예?"

"마을 촌장이 고맙다는 인사로 80년 된 포도주 한 병을 주고 갔소이다. 달리 마실 사람도 없고, 다이몬 자작을 불러 셋이서 가볍게 한잔합시다."

그 말을 하는 데미안의 얼굴에서는 훈훈하게 느껴지는 매력적인 미소가 걸려 있었다. 그리고 문슬로는 그런 데미안의 얼굴을 황홀한 듯 바라보았다. 한참 동안 문슬로가 정신을 차리지 못하자 데미안은 가볍게 헛기침을 했다.

"흐음, 다이몬 자작을 내 막사로 불러오겠소?"

"알겠습니다, 사령관 각하."

멀어져 가는 데미안의 모습을 바라보며 문슬로는 붉어진 자신의 얼굴을 어루만지며 당혹감을 감추지 못했다.
"내가 왜 데미안 각하의 얼굴을 보고 붉어진 거지? 혹시 내가 각하를? 아니야. 절대 아니야. 그럴 리가 없어."
그러나 문슬로의 음성에는 힘이 빠져 있었다.

제53장
알력

"휴우~ 이제 끝난 것인가?"

제롬의 말에 헥터는 바스타드 소드에 묻은 선혈을 털어내며 주위를 둘러보았다. 팔다리가 잘린 시신이나 내장을 쏟고 죽은 시신들이 즐비했다. 상처를 입고 신음을 토하는 병사들은 동료들의 부축을 받으며 후방으로 이동하고 있었다.

"적 8군단은 완전히 후퇴한 듯합니다."

헥터의 말에 제롬은 고개를 끄덕이고 검집에 검을 집어넣고는 선혈을 뒤집어쓴 채 허탈한 모습으로 서 있는 병사들을 바라보았다. 난생처음 사람을 죽였다는 것에 대한 죄책감 때문인지 병사들의 얼굴은 모두 어두워져 있었다. 게다가 자신들의 예상보다 참혹한 광경에 병사들은 치미는 구역질을 억지로 참아야만 했다.

지휘관으로 보이는 중년의 기사가 그들에게 뭐라고 소리치고 있었지만 병사들의 표정은 여전히 어두웠고, 그 모습을 지켜보던 제롬이나 헥터는 답답함을 느껴야만 했다. 물론 자신이 원해서 이곳까지 온 병사들도 있겠지만 남들에게 떠밀려서 반강제적으로 온 이도 적지 않음을 잘 알고 있었다.

원하지도 않은 상태에서 끌려와 적과 싸워 다행히도 오늘은 목숨을 부지했지만 자신의 친구가, 동료가, 부하가, 상관이 목숨을 잃고 누워 있는 모습은 결코 받아들이기 쉽지 않은 일이었다. 적이지만 사람을 죽임으로 느껴야 할 죄책감도 견디기 쉽지 않은 일이지만 친구나 동료의 죽음은 정말 견디기 힘든 일이었다.

"후작 각하."

고개를 돌리고 보니 자신의 부관인 렌톤 디 디파트 백작이었다. 사십 대 후반의 렌톤의 전신에는 선혈이 묻어 있어 격전을 치른 흔적이 역력했다.

"보고된 것으로 판단하면 저희 레토리아 왕국군의 피해는 미미한 것 같습니다."

"그런가?"

"트렌실바니아 왕국군 후방에 배치된 탓에 거의 피해를 입지 않았습니다."

렌톤의 어투에는 희미하게 불만스러운 심정이 담겨져 있었다. 사십 대 후반이라고는 하지만 그의 모습만 보면 삼십 대 후반이나 사십 대 초반이라고 볼 만큼 건장한 체격을 가지고 있었다. 렌톤은 자신들이 왜 트렌실바니아 왕국군 후방에 배치되어 전투에 참여조차 못하는 것인가에 대해 강력하게 불만을 표시했다.

다소 호전적인 성격을 가진 렌톤으로서는 뒷전으로 밀려나는 것을 모욕이라고 생각했다. 분을 이기지 못한 렌톤은 일부의 부하를 이끌고 앞으로 나가 8군단의 보병들과 혈전을 벌였다. 그러나 그 시간은 겨우 30여 분에 불과했다.

바로 그 점이 렌톤에겐 불만이었다.

"지금 병사들은?"

"부상자들은 치료를 하고 있고, 나머지 병사들은 휴식을 취하고 있습니다."

"트렌실바니아 왕국군에서 별다른 연락은 없었나?"

"아직 없었습니다."

"그럼 자네도 이만 쉬도록 하게."

제롬의 말에 렌톤은 고개를 숙여 예를 표하고는 그 자리를 떠났다. 그 모습을 본 헥터는 쓴웃음을 지었다.

"디파트 경은 불만이 많은 것 같군요."

"저 사람의 성격으로 보면 그럴 만도 하지. 게다가 그동안 루벤트 제국군에게 감금을 당해왔으니 이렇게 뒤로 물러나 있는 것이 불만이겠지."

"그런데 우리가 소속된 9군단 군단장은 우리를 별로 탐탁지 않게 여기는 것 같습니다."

헥터의 말에 제롬도 쓴웃음을 지었다. 그도 그럴 만한 것이 9군단의 군단장인 빌리스 드 폴렌스키 백작으로서는 후작의 계급을 가진 제롬이 부담스러웠다.

그래서인지 작전 회의 때 참석하도록 배려는 했지만 그와 레토리아 왕국군을 후방으로 배치해 자신이 지휘권을 가지고 있다는 것을 은연중에 과시했다.

물론 빌리스의 그런 심정을 이해 못하는 것은 아니고 적과 대치하는 상태에서 아군끼리 반목할 수는 없는 일이기에 아무런 말도 하지 않았으나 씁쓸한 생각이 드는 것만은 피할 수 없었다.

다행히도 적을 물리치는 데는 성공했지만 빌리스가 여전히 자신을 멀리 한다는 것을 느끼지 못할 제롬은 아니었다. 제롬은 가볍게 고개를 흔들었다.

"라일님은 어디 계시지?"

"난 여기 있네."

어느 틈에 다가온 것일까? 바로 뒤에서 라일의 음성이 들려왔다. 고개를 돌리고 보니 여전히 검은색 가죽으로 전신을 감싸고 있었고, 얼굴에는 흰 색 붕대가 감겨져 있었다. 또 얼굴까지 덮고 있는 후드에 붙어 있는 망토에는 적지 않은 선혈이 묻어 있었다.

"아군의 피해는 어떤가?"

"후방에 배치된 터라 별다른 피해는 없는 것 같습니다."

"다행이군."

"저희 왕국군에게 피해가 없다는 것은 다행입니다만……."

"9군단 군단장 때문인가?"

"그렇습니다."

"한심하군."

"그러게 말입니다. 서로 합심을 한다 해도 쉽지 않은 일인데 이렇게 쓸모없는 일에 신경을 써야 한다는 것이 너무 한심한 일입니다."

그들이 그런 대화를 나누고 있을 때 그들에게 다가오는 거구의 사내가 있었다. 화려한 하프 플레이트 메일을 걸친 거한은 조금은 껄끄러운 표정으로 입을 열었다.

"제롬 후작 각하, 드릴 말씀이 있어 왔습니다."

"폴렌스키 사령관 각하, 말씀하십시오."

"저희는 지금 사령부에서 전달된 명령에 따라 이동을 해야 합니다. 그래서……."

빌리스의 말에 제롬은 그가 무슨 말을 하려고 이렇게 뜸을 들이는 것인지 궁금했다.

"그래서 제롬 후작 각하에게 부탁드리고 싶은 일이 있습니다. 저희 9군단이 이동을 할 때 도주한 적 8군단의 패잔병들이 저희를 공격할 것으로 예상이 됩니다. 보고에 의하면 몇 개의 무리로 나눠져 행동하는 것으로 보입니다. 제롬 후작 각하께서 그들을 맡아 주셨으면 합니다."

"그들이 있을 것으로 예상되는 지점에 대한 정보는 있습니까, 사령관 각하?"

"일단 두 곳은 확인됐지만 인원은 그리 많지 않은 것으로 파악되었습니다. 나머지에 대해서도 조사를 하고는 있지만 아직까지 특별히 보고된 사항은 없습니다."

결론적으로 빌리스의 말은 간단했다.

네가 알아서 패잔병들을 찾아서 처리해 9군단이 이동하는 데 아무런 불편이 없도록 조치해라.

그 말을 듣는 순간 헥터는 자신도 모르게 바스타드 소드의 손잡이를 움켜잡았다. 그러나 라일의 제지로 검을 뽑을 수는 없었다.

그 모습을 발견한 빌리스는 가소롭다는 듯 헥터를 쳐다보았다. 비록 황제에게 명예 백작의 작위를 받았다고는 하지만 자신이 볼 때 헥터는 애송이에 불과했다. 제롬이나 헥터의 행동보다는 아무 말도 없이 서 있는 라일이 신경에 거슬릴 뿐 헥터는 안중에도 없었다.

"말씀이 너무 지나치신 것 아닙니까, 사령관 각하!"

"후후후, 그건 헥터 경이 신경 쓸 일이 아니오. 내 지시대로 할 수 없다면 이곳을 떠나면 되오. 그렇지 않소?"

희미하지만 비웃음이 섞인 빌리스의 대답에 움켜진 헥터의 주먹이 부르르 떨렸다. 마음 같아선 당장 빌리스에게 결투라도 청하고 싶지만 지켜보는 주위의 눈이 많아 그럴 수도 없었다.

"그럼 부탁하겠습니다, 후작 각하."

빌리스는 그 말만 남기고는 그 자리를 떠났다. 제롬은 쓴웃음만 지을 뿐이었고, 헥터는 치미는 분노를 억누르기 위해 안간힘을 쓰고 있었다. 라일이 붕대 안에서 무슨 표정을 짓고 있는지는 자신만이 알 뿐이었다.

"잠깐 실례하겠습니다."

헥터는 그 말을 하고는 걸음을 옮겨 그 자리를 떠났다. 치미는 분노를 억누르려고 심호흡을 했지만 좀처럼 흥분된 마음을 진정할 순 없었다. 문득 걸음을 멈추고 주위를 둘러보니 사방에는 부상당한 병사들뿐이었다.

의사들은 부상당한 병사들을 치료하느라 정신이 없었다. 그러나 의사들의 숫자는 정해져 있었고, 그들에게 치료를 받아야 할 환자의 수는 너무나 많았다. 물론 라페이시스의 사제들이나 마법사들이 그들을 돕기는 했지만 잠시도 쉴 시간이 없었다.

찬찬히 그들의 모습을 살피던 헥터는 가슴 한구석이 아파왔다. 오늘은 비록 살아남았다고는 하지만 언제 목숨을 잃을지 모르는 곳이 바로 전쟁터이다. 조국이 누렸던 과거의 영광을 위한다는 미명 하에 그들을 전쟁터로 끌고 온 것이 과연 정당한 일인지 의문이 갔다.

대(大)를 위해서 소(小)는 항상 희생될 수밖에 없는 것인가? 헥터의 생각이 거기까지 이르렀을 때 문득 언젠가 라페이시스의 신관인 프레드릭이 한 말이 생각났다.

'인간은 무엇을 위해 사는가?' 하는 질문에 데미안이 자신에게 다시 물었고, 자신은 레토리아 왕국의 재건을 위해 산다고 대답한 적이 있었다.

물론 당시에는 무엇보다 그것이 우선하기에 그렇게 대답을 했다. 그리고 자신이 받았던 신탁에 트렌실바니아 왕국으로 가서 귀족의 자제 중 붉은 머리 소년을 찾으면 그가 복수를 할 수 있도록 도와줄 것이라고 했기에 데미안을 찾아 충성을 맹세한 것이다.

그렇지만 루벤트 제국의 손아귀에서 레토리아 왕국을 구하는 것이 이미 성공한 지금 무엇을 위해 루벤트 제국과 전쟁을 벌여야 하는 것인지 스스로에게 궁금증이 생겼다.

조국 레토리아 왕국의 영구적인 평화를 위해서? 아니면 조국 레토리아 왕국을 침략한 루벤트 제국에게 복수를 하기 위해서?

스스로에게 질문을 해보았지만 아무런 대답도 할 수 없었다. 게다가 자신이 이 전쟁에 참가한 것이 과연 조국 레토리아를 위해서인지, 아니면 레토리아 왕국에 사는 국민들을 위해서인지조차 대답할 수 없었다.

과연 자신은 무엇을 위해 이 전쟁이 참가한 것일까? 그리고 이 전쟁 뒤에는 무엇이 자신을 기다리고 있을까? 과연 자신은 무엇을 위해 사는 것일까?

갑자기 자신이 무엇을 알고 있는지, 무엇을 해야 하는 것인지, 또 무엇을 할 수 있는지 모든 것이 의문스러웠다. 머리 속이 혼란스러워지는 것을 느낀 헥터는 긴 한숨을 내쉬며 고개를 들어 어두워지기 시작한 밤하늘을 바라보았다.

문득 지금 데미안이 무엇을 하고 있을까 하는 생각이 들었다. 그가 11군단의 군단장으로 지원한 것이 부모인 마브렌시아를 쫓기 위한 것이라는 것을 잘 알고 있었다. 비록 그가 블랙 드래곤 타이시아스를 죽이는 모습을 보았지만 그것이 마브렌시아에게도 통하리란 생각은 들지 않았다. 그렇기에 더욱 걱정이 되었다.
"휴우……!"
긴 한숨과 함께 허연 입김이 차가운 밤하늘에 흐트러졌다.

    *   *   *

"저희들의 기습 공격이 성공을 거둔 듯합니다. 전 전선에서 승전보를 보내왔습니다."
"다행이군."
부관의 보고에 샤드는 겨우 안심한 표정을 지었다.
루벤트 제국에 선전 포고를 하고 선제 기습 공격을 한다고 결정짓기는 했지만 상대는 자신들보다 월등한 전력을 보유하고 있는 루벤트 제국이었다. 전략적으로야 루벤트 제국에게 빼앗겼던 영토를 찾는 것이지만 과연 기습 공격이 성공할 것인가에 대해서는 조금의 불안감을 느끼고 있었다.
기습 공격이 성공했다는 것은 다행이지만 정작 문제는 이제부터였다. 기습 공격으로 얻을 수 있는 승리는 이제 더 이상 기대할 수 없는 상태에서 전세를 자신들에게 유리하게 이끌어야만 하는 책임이 있는 샤드로서는 트렌실바니아 왕국의 총군(總軍) 사령관이라는 자신의 책임이 너무나 무겁게 느껴졌다.
트렌실바니아 왕국의 모든 국민들은 자신에게 옛 영토의 수복과 화려했던 과거를 되찾아주길 바라고 있어 샤드가 느끼는 중압감은 시간이 지날수록 더욱 가중되었다.

샤드가 앞으로 벌어질 상황에 대한 생각을 하고 있을 때 문밖에서 시종의 음성이 들려왔다.

"황제 폐하께서 드십니다."

그 말에 샤드나 비상 상황실에 있던 사람들은 황급히 자리에서 일어났다.

비상 상황실로 들어오는 사람은 알렉스뿐만이 아니었다. 그의 뒤에 제로미스와 총리로 임명된 안토니오가 따라 들어왔다.

"어서 오십시오, 폐하."

샤드의 인사에 다른 사람들은 그 자리에서 한쪽 무릎을 꿇은 채 고개를 숙였다. 알렉스는 부드러운 미소를 지으며 입을 열었다.

"어서들 일어나시오."

그 말에 사람들은 일어섰고, 샤드의 눈짓에 각자 맡은 일에 다시 열중했다. 샤드의 안내를 받아 자리에 앉자마자 알렉스는 자신이 궁금하게 생각한 것을 먼저 물어봤다.

"샤드 공작, 전황은 어떻게 되었소?"

애써 미소를 짓고는 있었지만 알렉스의 얼굴은 긴장하고 있는 것이 역력했다. 일단은 상대를 안심시키는 것이 우선이었다.

"황제 폐하, 기뻐해 주십시오. 모든 전선에서 승전보를 전해왔습니다."

"오오, 그렇소? 다행이오, 정말 다행이오."

샤드의 보고에 알렉스나 제로미스, 그리고 안토니오는 기쁨을 감추지 못했다.

"폐하, 이 모든 것이 폐하의 은총 때문입니다."

"아닙니다, 형님. 이 모든 것이 우리 트레디날 제국을 사랑하시는 선더버드의 사랑 덕분입니다."

알렉스가 자연스럽게 트레디날 제국이란 이름을 사용했지만 어느 누구도 그 말에 이의를 제기하는 사람이 없었다. 긴장했던 사람들의 얼굴에 미소가 흐르자 비상 상황실의 분위기는 당장 화기애애하게 변했다.

"샤드 공작, 이제 앞으로의 일은 어떻게 되는 것이오?"

"일단 몬테야 지방으로 진격한 5개 군단은 크로네티아 왕국군과 합류해 몬테야 지방을 관통해서 토바실로 진격할 것입니다. 그리고 토바실 지방으로 진격한 6개 군단은 토바실 지역에 주둔하고 있는 적의 중장갑 군단을 격파하고 오르고니아 왕국군과 합류해 후로츄 지방으로 진격할 것입니다, 대공 각하."

"그럼, 후로츄 지역은 어떻소?"

제로미스의 반문에 샤드가 곧 작전 지도를 가리키며 대답을 했다.

"가장 격전이 벌어질 것으로 예상이 되는 지역입니다. 루벤트 제국의 수도와 가까운 탓도 있지만 적의 기갑 부대가 집결하고 있어 진격하는 데 애로 사항이 많을 듯합니다."

"그곳에는 누가 지휘관으로 배치되어 있소?"

"4, 11, 14군단이 배치되어 있습니다. 4군단은 에일린 펙티널 백작이, 11군단은 데미안 싸일렉스 백작이, 14군단은 틴메리 듀렌슨 백작이 담당하고 있습니다."

"싸일렉스 백작은 몬테야 지역으로 출정한 것이 아니었소?"

"출발하기 전 동부 전선으로 배속을 옮겼습니다."

그의 설명에 사람들은 고개를 끄덕였다. 하지만 데미안의 나이가 너무 어린 것이 신경이 쓰였는지 안토니오의 얼굴은 그리 밝지 못했다. 그 모습을 본 샤드는 가볍게 미소를 짓고는 그에게 물었다.

"니컬슨 후작, 왜 그런 표정을 짓고 있소? 싸일렉스 백작이 걱정이라도 되시오?"

"꼭 그런 것은 아니지만……"

"후후후, 걱정하지 마시오. 나 역시 그 점 때문에 조금 걱정을 했던 것은 사실이지만 그는 오늘 전투를 치렀던 아군 가운데 가장 완벽한 승리를 거두었소. 루벤트 제국 내에서도 손꼽힐 만큼 강한 전력을 소유하고 있는 것으로 알려진 적 15군단의 기병 부대를 몰살시켰고, 적의 보병 부대에서는 겨우 2만 명도 안 되는 패잔병만이 도망을 쳤을 뿐이오."

샤드의 설명에 안토니오나 다른 사람들은 그저 입만 벌리고 있을 뿐이었다. 사람들의 머리 속에는 아직까지 데미안의 능력을 인정하기보다는 영웅으로 불렸던 자렌토 싸일렉스의 아들로만 생각해 왔기 때문이었다. 그렇게만 생각해 왔던 그가 이렇게 커다란 승리를 거두었다는 것은 새로운 놀라움이었다.

데미안의 능력을 일찍부터 짐작하고 있던 샤드는 그런 사람들의 놀라는 모습에 희미하게 미소를 지었다.

"그렇다면 후로츄 지역에는 어떤 방법으로 지원할 생각이시오?"

"폐하, 후로츄 지역에 내일부터 용병단이 투입될 것이고, 지휘는 현지 군단장들에게 이임될 것입니다."

"용병단은 얼마나 투입할 생각이오, 샤드 공작?"

"루벤트 제국은 저희들의 기습으로 상당한 피해를 입었습니다. 제 예상으로는 루벤트 제국의 대대적인 반격이 있을 것으로 판단됩니다. 해서 총 10개 용병단을 파견할 겁니다. 그리고 유니콘 기사단에서 일부 병력을 지원할 예정입니다."

"체로크 공작은?"

"전황을 직접 살피기 위해 전선으로 달려갔습니다."

"직접 말입니까?"

"아시다시피 체로크 공작은 다혈질이지 않습니까? 자신이 직접 전황을 살펴야 한다며 아침 일찍 몬테야 지역으로 출발했습니다."

"체로크 공작답군요. 하하하."

상황이 여유가 있기 때문일까? 알렉스의 입에서는 가벼운 웃음이 흘러나왔고, 다른 사람들의 얼굴에도 엷지만 분명히 미소가 걸려 있었다.

    *   *   *

"사령관 각하! 사령관 각하!"

누군가가 부르는 소리에 데미안은 잠을 깼다. 천천히 자리에서 일어난 데미안은 가볍게 목을 몇 번 움직이고는 곧 대답을 했다.

"들어오시오."

막사 안으로 들어온 문슬로의 옆에는 14, 5세 정도로 보이는 작은 소녀가 서 있었다. 처음 보는 소녀였다.

"그 소녀는?"

"예, 리에포스에 사는 소녀입니다."

"그런데?"

"사령관 각하께 드릴 말씀이 있다고 해서 제가 데리고 왔습니다."

문슬로의 말에 그 옆에 서 있던 소녀는 조금은 겁먹은 표정으로 데미안을 향해 무릎을 굽혀 인사를 했다.
"아, 안녕하세요?"
"그래, 그런데 무슨 일로 날 찾아온 거지?"
"전 엘리라고 하는데… 저기, 리에포스에 살아요. 어제… 사령관님께 말씀을 하신 분이… 저의 할아버지예요. 할아버지가 식량까지 나눠주셔서 고맙다는 말씀을 하셔서… 제가 아침에 짠 우유를 가지고 왔어요."

무척이나 수줍은 성격인 듯 고개도 들지 못하고 더듬거리며 한 말이지만 데미안은 소녀의 말을 충분히 알아들을 수 있었다. 그렇지만 왜 소녀의 부모가 오지 않고 소녀가 온 것인지 이해할 수 없었다. 데미안이 그 이유를 묻자 엘리에게서 그 대답을 들을 수 있었다.

엘리의 어머니는 엘리를 낳고 얼마 되지 않아 세상을 떠났고, 아버지는 강제로 군대에 징집이 되었다는 것이다. 아니, 엘리의 아버지뿐만이 아니라 마을에 살던 사내 중 싸울 능력이 있는 사람은 모조리 끌려갔다는 것이었다.

자신이 책임져야 할 부분은 아니지만 왠지 데미안은 엘리에게 죄책감이 드는 것을 숨길 수 없었다.

"그랬구나. 그렇지만 엘리의 아버지는 곧 무사히 돌아오실 수 있을 거야."

"정말… 그럴 수 있을까요?"

"그래, 틀림없이 그렇게 될 수 있을 거야. 그러니까 안심하고 집으로 돌아가서 아버지를 기다리도록 해라. 그리고 우유는 내가 잘 마실게."

데미안이 부드러운 미소를 지은 채 말을 하자 엘리는 얼굴을 붉히며 황급히 고개를 숙였다. 그리고는 도망치듯이 막사를 빠져 나갔다.
 그 모습을 잠시 바라보던 데미안은 문슬로에게 물었다.
 "혹시 간밤에 마을에 행패를 부린 병사는 없었소?"
 "물론입니다, 사령관 각하."
 "병사들은 지금 뭘 하고 있소?"
 "아침 식사를 하는 중일 겁니다."
 "그렇다면 나도 어서 식사를 마쳐야겠군."
 "부하들에게 지시를 내려 곧 식사 준비를 시키도록 하겠습니다. 그러니 잠시만 기다려 주십시오."
 문슬로의 말에 자리에서 일어난 데미안은 고개를 흔들었다.
 "아니오, 그럴 필요 없소."
 데미안의 대답에 문슬로는 당황하지 않을 수 없었다.
 "무슨 말씀이신지……."
 "앞으로 내 식사는 따로 준비하지 마시오. 앞으로는 병사들과 함께 식사를 하겠소."
 "예?"
 자신도 모르게 목소리를 높여 대답하던 문슬로는 깜짝 놀라 자신의 입을 가렸지만 데미안은 들은 척도 하지 않고 자신의 옷을 챙겨 입었다.
 자신이 평생 군대에서 만난 사람들 가운데 데미안만큼 종잡을 수 없는 사람은 없었다. 철저하게 자신의 예상과 다르게 움직이는 사람. 혹시 지금 이 행동이 자신을 포장하기 위한 행동은 아닐까 생각해 보았지만 그렇게 보이지는 않았다.
 그의 그런 생각을 증명이라도 하듯 데미안은 막사를 벗어나 가까운 곳에서 식사를 하고 있는 병사들 무리로 다가갔다. 그리고는 태연스럽게 그들의 틈에 끼어 앉았다.

"어때? 맛있나?"

"고기 한 점 안 들어간 수프가 맛있긴 뭐가 맛있어?"

"고기가 왜 없지?"

"멍청한 사령관이 어제 마을 사람들에게 식량과 고기를 나누어 줘서 아침엔 멀건 수프와 빵뿐이라고."

배식(配食)을 담당하는 병사의 퉁명스런 대답에 주위에 있던 동료들은 사색이 되었고, 동료들의 이상한 반응에 고개를 돌린 병사는 이내 사시나무 떨듯 사정없이 전신을 떨어댔다. 그렇지만 데미안은 태연하게 자신의 손으로 수프를 떠서 한 개의 빵을 뜯어 먹기 시작했다.

"뭣들 하고 있나? 어서 식사를 마쳐야 할 것 아닌가? 오늘 이동거리가 꽤 먼 것으로 알고 있는데 언제까지 내가 먹는 것만 보고 있을 텐가?"

"사, 사, 사령관 각하. 제, 제발 살려주십시오."

배식을 담당하던 병사는 그 자리에 무릎을 꿇고 머리를 조아렸으며 그 옆에 있던 병사들도 그 모습에 황급히 무릎을 꿇고는 머리를 숙였다.

"내가 뭐라고 했던가? 어서 일어나 식사를 하도록 하게."

그러나 그런 데미안의 말은 겁에 질린 병사들에겐 전혀 들리지 않는 모양이었다. 잠시 그 모습을 보던 데미안은 조금 큰 소리로 말했다.

"이건 명령이다. 자리에서 일어나 빨리 식사를 끝내도록!"

그 말에 병사들은 한 손에는 수프가 든 접시를, 한 손에는 빵을 들고 정신없이 뜯어 먹기 시작했다. 눈 깜짝할 사이에 식사를 마친 병사들에게 데미안은 한 조각의 빵을 입에 넣고 우물거리며 설명했다.

"빈약한 식사에 불만이 많겠지. 조금만 이해해 주게. 아마 내일 중으로 부족한 보급품이 지원될 것이네. 그때는 이보다는 나은 식사가 될 것이네. 내 말을 이해하겠나?"

"무, 물론입니다, 사령관 각하."

병사들은 금방이라도 목이 꺾어질 듯 고개를 끄덕이며 큰 소리로 대답했다. 빵과 수프를 깨끗이 먹은 데미안은 자리에서 일어서며 말을 꺼냈다.

"내가 괜히 식사를 방해한 것 같군. 잠시 쉬고 이동 준비를 하도록 하게. 참! 그리고 자네 음식 솜씨가 괜찮군. 내가 또 와도 될까?"

"어, 언제든 오십시오, 사령관 각하."

웃음 짓는 데미안의 얼굴에 그제야 안심을 한 병사들은 한 목소리로 대답했다.

데미안과 문슬로가 그 자리를 떠나자 다리에 힘이 빠진 병사들은 털썩 지면에 주저앉았고, 자신도 모르는 사이에 동료들의 얼굴만 바라보고 있었다.

"우, 우리가 정말 산 건가?"

"정말 꿈만 같은 일이야. 사령관 각하 같은 귀족이 우리 같은 놈들에게 설명을 해주신 것만 해도 믿기 힘든 일인데, 이해를 해달라고 말씀을 하시다니……!"

그 말에 모두들 동조하는 듯 병사들의 머리가 자연스럽게 끄덕여지고 있었다. 특히 배식을 담당하던 병사는 황홀한 표정까지 짓고 있었다.

"내, 내 요리 솜씨를 사령관 각하께서 인정해 주셨어. 자네들도 분명히 들었지? 음식 솜씨가 좋다고, 그리고 또 오시겠다고 말이야."

"그래, 분명히 들었어."

질문을 던지는 병사도, 대답을 하는 병사도 모두 조금은 멍한 얼굴로 상상의 날개를 펴고 있었다.

"사령부에서 내려온 명령은?"

"여기 있습니다."

문슬로가 내민 두루마리를 받아 든 데미안은 그 내용을 살폈다. 워프로 이동된 두루마리에는 겉장에 붉은 초가 녹아 있었고, 샤드 가문의 문장인 번개가 선명하게 찍혀 있었다. 초를 제거하고 두루마리를 연 데미안은 명령서를 읽어 내려갔다.

싸일렉스 백작에게.

11군단의 놀라운 활약으로 적 15군단을 대파(大破)시켜 커다란 승리를 얻은 것에 대해 치하하는 바이오. 보급품을 지원해 달라는 귀관의 요청을 받아들여 이미 이곳에서 보급 부대가 출발을 했소. 계속적인 활약을 기대하며 다음 명령을 전달하겠소.

싸일렉스 백작은 11군단과 함께 동진(東進)해 적 45군단을 격파하도록 하시오. 사령부에서 예상하기로는 아마도 인근에 있는 43, 47군단과 연합하여 귀관의 앞길을 막을 것으로 판단되오. 해서 귀관에게 3개의 용병단을 추가로 투입하기로 했소. 그들을 잘 통제해 조국 트레디날 제국에 다시 한 번 승리의 기쁜 소식을 전해주도록 해주시오.

귀관의 승전보만을 기다리겠소.

트레디널 제국 총사령관 에이란 폰 샤드.

두루마리의 내용을 확인한 데미안은 가볍게 한숨을 내쉬고는 손에 마나를 끌어올려 두루마리에 주입했다. 강력한 마나의 힘을 견디지 못한 두루마리는 소리도 없이 먼지로 변했다.

데미안이 아무렇지도 않게 보여준 모습에 문슬로는 깜짝 놀랐다. 어떤 물체에 마나를 집어넣는 것은 그리 어려운 일이 아니다. 그렇지만 데미안이 보여준 것처럼 마나를 조절해 대상 물체만 가루로 만드는 것은 결코 쉬운 일이 아니었다.

일반적으로 물체가 가지고 있는 저항을 넘어선 마나를 주입할 경우 대부분의 물체는 폭발을 일으킨다. 방금 데미안이 보여준 것같이 두루마리를 소리도 없이 가루로 만들려면 엄청난 마나를 순간적으로, 그리고 두루마리만을 향해 제한적으로 보내야만 가능한 것이다.

그걸 데미안은 태연하게 한 것이다.

얼른 정신을 차린 문슬로는 데미안을 향해 물었다.

"무슨 명령입니까?"

"계속 진격해 적 45군단을 상대하라는 명령이오."

"45군단 말입니까?"

데미안의 말에 문슬로는 70킬로미터 밖에 주둔하고 있는 루벤트 제국의 45군단을 떠올렸다. 그리고 또 한 가지 그의 뇌리에 떠오른 것은 45군단이 루벤트 제국 내에서도 첫 번째로 손꼽히는 백병전 전문 군단이라는 것이었다.

문슬로의 얼굴에는 자연스럽게 불안감이 떠올랐고, 데미안은 부관의 표정이 변하는 것을 발견하고는 상대의 전력을 대충 짐작할 수 있었다. 게다가 사령부에서 용병단을 하나도 아니고 3개나 한꺼번에 투입할 정도라면 상대의 전력 역시 그만큼 강하다는 뜻이었다. 그러니 문슬로가 걱정을 하는 것도 당연한 일이다.

"45군단은 얼마나 떨어져 있소?"

"거리상으로는 약 70킬로미터쯤 떨어져 있습니다. 그렇지만 평야 지대에 위치하고 있어 기습하기에는 어려움이 있습니다. 게다가 45군단은 루벤트 제국 내에서도 손꼽히는 백병전 전문 군단입니다."

"백병전 전문 군단이라는 것도 있소?"

"예, 45군단의 군단장인 루이스 드 벨리스크 후작은 상당히 호전적인 인물로 알려져 있습니다. 그래서인지 그의 부하들 가운데에는 백병전의 전문가들이 상당히 많은 것으로 알려져 있습니다."

"휴우, 병사들의 피해가 크겠군."

저절로 깊은 한숨이 흘러나왔다.

옆에서 그 모습을 본 문슬로는 그런 데미안의 태도가 이해가 가지 않았다. 물론 그가 사령관이니 책임감을 느끼는 것은 당연하겠지만 그의 태도는 이해하기 힘든 점이 많았다.

마치 그의 동료나 친구의 안전을 걱정하는 듯한 표정을 짓고 있는 데미안의 모습에 고개를 갸우뚱거리지 않을 수가 없었다. 책임감을 느끼는 지휘관은 몇 사람 본 적이 있지만 데미안처럼 병사들을 자신과 가까운 동료라고 생각하는 사령관은 난생처음이었다.

데미안과 함께 지내는 시간이 오래되면 오래될수록 오히려 데미안을 모르겠다는 생각이 들었다.

명문 귀족의 아들로 아무것도 부족한 것 없이 생활해 왔을 데미안이 어떻게 스스럼없이 병사들 사이에 끼어 허름한 식사를 태연하게 할 수 있는지 이해할 수 없었다. 게다가 강한 전력을 보유하고 있는 적에 대한 걱정보다는 격전 속에서 죽거나 다칠 병사들의 안위에 대해 더 생각하는지, 생각하면 할수록 어리둥절했다.

"테이스 자작, 언제 출발할 거요?"

"예? 지, 지금 출발할 겁니다."

갑작스런 데미안의 말에 문슬로는 당황하며 대답을 했다.

몇 개의 정찰조가 출발한 후 본진이 이동하기 시작했다. 그렇지만 워낙 인원이 많기 때문인지 대열은 끝없이 이어졌다.

이동을 하는 도중에도 간간이 말에서 내린 데미안은 주위에 있는 병사들과 이야기를 나누곤 했다. 그때마다 문슬로는 데미안을 찾느라고 소란을 떨어야만 했다.

여러 소동을 일으키면서 데미안과 11군단은 4일이 걸려서야 겨우 도착할 수 있었다. 혹시 숨어 있을지도 모르는 15군단의 패잔병을 경계하느라 늦은 탓도 있었지만 트렌실바니아 왕국에서 출발한 보급 부대와 용병단과 합류해 인원이 늘어난 탓도 있었다.

새로 합류한 용병단에 소속된 용병들의 무시무시하게 생긴 얼굴 탓인지는 모르지만 11군단의 병사들이 그들의 근처에는 아예 접근을 하지 않아 별다른 사건은 생기지 않았다. 그렇지만 11군단의 병사들과 용병단들은 마치 영원히 어울릴 수 없는 물과 기름처럼 겉돌 뿐이었다.

3개 용병단의 단장들은 11군단과 합류하게 되면 군단장인 데미안에게 지휘권을 이양하라는 명령을 사령부에서 받았지만 단 한 번도 그런 말을 데미안에게 한 적이 없었다. 게다가 데미안 역시 그들에게 아무런 말도 하지 않았다.

  45군단을 공격하기로 한 전날.
  데미안은 오래간만에 명상을 하고 있었다. 단순히 눈만 감고 있었는데 저절로 몸속의 마나가 진동하기 시작했다. 그리고는 천천히 전신을 향해 움직이기 시작했다. 두세 번 회전을 거듭할수록 마나의 속도는 점점 빨라졌다.
  데미안은 자신의 의도와는 상관없이 움직이는 마나에 신기한 생각이 들었다. 地獄二刀流를 익히기 시작한 이래 이런 경험은 처음이었다.
  그러면서 궁금한 생각도 들었다. 이전까지는 마나의 회전이 열여덟 번을 넘으면 자연스럽게 마나가 몸에서 빠져나갔었다. 과연 달라진 점이 있을까?
  명상을 시작하고 마나의 회전이 열일곱 번을 지나 열여덟 번을 지나자 갑자기 마나의 힘이 강해졌다. 그와 함께 눈에 보이지 않는 무엇인가가 몸 전체를 누르는 것처럼 느껴졌다. 동시에 마나는 열아홉 번째 회전을 하고 있었다.
  그렇지만 데미안은 그런 사실을 아는지 모르는지 여전히 지그시 눈을 감고 있었다.
  바로 그때 문슬로가 막사 안으로 들어왔고, 소용돌이에 휘말린 듯 붉은 마나에 휩싸여 있는 데미안의 모습에 그는 경이에 찬 눈으로 바라보았다. 지금 자신의 눈에 보이는 것 같은 광경은 단 한 번도 보지 못했기에 그의 놀라움은 더욱 컸다.
  그가 잠시 멍하게 붉은 마나에 싸인 데미안의 모습을 바라보고 있을 때 데미안의 몸이 조금씩 공중으로 떠오르기 시작했다. 바닥에서 40센티미터쯤 떠오른 데미안의 몸 주위로는 붉은 마나가 빠른 속도로 회전하고 있었다.

그 순간 데미안은 몸속의 마나가 회전한 지 이미 60회를 넘고 있는 것을 느낄 수 있었다. 과연 이 회전은 언제까지 계속될 것인지 전혀 짐작할 수 없었다.

마나의 흐름은 시간이 지나면 지날수록 더욱 거세졌고, 데미안의 능력으로도 도저히 통제할 수 없었다. 데미안으로서도 그저 참고 있을 수밖에 다른 도리가 없었다. 근육이 터져 나가고, 혈관이 터져 나가는 듯한 고통을 참느라 데미안의 얼굴은 사정없이 일그러졌다.

영원처럼 느껴지는 긴 시간이 지나고서야 겨우 눈을 뜰 수 있었다. 그렇지만 용암처럼 들끓는 마나는 금방이라도 몸을 터뜨려 버릴 듯했다. 데미안은 한참의 시간을 보내고서야 겨우 마나를 진정시킬 수 있었다.

눈을 뜨고 보니 자신의 눈앞에 문슬로가 멍한 표정으로 서 있는 것을 발견할 수 있었다.

"무슨 일이오, 테이스 자작?"

"아, 예, 세 용병단의 단장들이 사령관님을 뵙기를 청했습니다."

"용병단의 단장들이?"

"그렇습니다, 사령관 각하."

"테이스 자작이 보기에 무슨 일로 날 찾은 것 같소?"

"내일 있을 것으로 예상되는 45군단과의 전투 때문인 것 같습니다."

문슬로의 대답에 데미안은 희미하게 미소를 지었다. 그렇지 않아도 그 문제를 해결하려고 했었는데 상대들이 먼저 참지 못하고 자신을 찾아온 것이다.

"들어오라고 하시오."

"알겠습니다."

잠시 후 문슬로의 뒤를 따라 세 명의 사내가 들어왔다.

한 명은 엄청난 근육에 2미터가 넘는 키를 가진 대머리 거한이었고, 또 한 명은 긴 황금색의 머리카락에 중성적인 매력을 가진 사내였다. 그리고 마지막 하나는 조금은 마른 체격에 날카로운 눈매를 지닌 사내였다.

데미안은 그들 하나하나를 찬찬히 살폈다.

체격이나 얼굴은 다르게 생겼지만 그들에게서 풍기는 느낌은 똑같았다. 하나같이 차갑게 가라앉은 눈빛에 소름 끼칠 정도로 날카로운 느낌을 주었다.

데미안과 눈을 마주치기는 했지만 눈빛을 거두는 사람은 아무도 없었다. 눈빛만 보아도 그들이 무슨 뜻으로 자신을 찾아왔는지 충분히 짐작할 수 있었다. 하지만 그들에게 물었다.

"무슨 일로 그렇게 몰려온 것이오?"

"할 말이 있어 왔소."

거한의 말에 문슬로의 눈썹이 꿈틀거렸다. 자신이 존경하는 사령관에게 무례하게 구는 거한의 행동에 도저히 참을 수 없었다. 그러나 데미안의 제지로 화를 눌러 참아야만 했다.

"무슨 말인지 해보시오."

"내일 기습은 어떻게 처리할 거요?"

"기습이라니, 무슨 말이오?"

데미안의 반문에 거한의 표정은 순간 멍청하게 변했다. 다른 사람들의 표정 역시 변했다.

"그렇다면 사령관께선 어떻게 45군단을 상대할 생각이십니까? 저흰 아직까지 사령관께 아무런 명령도 받은 것이 없습니다."

중성적인 매력을 지난 사내의 말에 오히려 데미안이 이상하다는 표정을 지었다.

"난 귀관들과 함께 45군단을 상대할 생각은 없소. 45군단은 11군단이 단독으로 상대할 것이오."

데미안의 그 말에 그의 얼굴을 보고 있던 네 사내의 얼굴이 거의 동시에 변했다.

"그럼 우리를 이곳까지 부른 이유가 뭐요?"

"이유? 난 귀관들을 사령부에 요청한 적이 없소. 때문에 45군단을 상대하는 데 귀관들과 연합 작전을 펼칠 생각은 조금도 없소."

데미안의 조금은 귀찮다는 표정에 세 용병단장들은 분노한 표정을 감추지 못했다.

용병이라는 것이 비록 돈을 받고 싸워주는 직업이기는 하지만 죽기를 바라는 사람은 아무도 없다. 물론 최전선에 배치된 용병들이 생명 수당이나 위험 수당을 더 받기는 하지만 그만큼 위험한 것도 사실이었다. 그러므로 용병들이 최전선으로 배치받기를 기피하는 것은 당연한 것이었다.

그럼에도 불구하고 막상 도착하고 보니 전방 사령관이 자신들에게는 조금도 관심을 보이지 않는 것이다. 게다가 자신들의 실력을 의심하는지 적들과의 전투에 자신들을 제외시키겠다는 것이다. 그러니 어찌 생각해 보면 그들의 분노는 당연한 것이었다.

분노에 가득 찬 표정으로 자신을 노려보는 세 사람의 용병단장의 눈길에도 데미안은 엉뚱한 소리를 했다.

"다시 한 번 이야기하겠지만 난 사령부에 귀관들을 요청한 적이 없소. 미안하지만 철수를 하든, 이곳에서 주둔을 하든 11군단의 작전에 방해를 하지 않도록 해주면 고맙겠소. 할 말이 없으면 이만 물러가 주시겠소? 내일 작전에 대해 테이스 자작과 상의할 일이 있어서 말이오."

애송이 같아 보이는 데미안에게 당한 모욕 아닌 모욕에 치미는 분노를 참을 길이 없었다. 기사만큼의 명예는 아니지만 용병에게도 명예가 분명히 존재하고 있었다. 데미안의 말은 그런 용병으로서의 자부심과 자존심에 사정없이 상처를 주었다.

데미안의 말에 아무 말도 없이 서 있던 깡마른 사내가 스산한 웃음을 흘렸다.

"흐흐흐, 애송이 주제에 우릴 물로 보는 건가?"

"후후후, 그러게나 말이오. 꽤나 예의를 지키려고 애를 썼는데 우릴 모욕하는군."

"귀족만 아니면……"

거한의 말에 데미안의 얼굴에는 가소롭다는 표정이 지었다.

"내가 귀족이 아니면 어쩔 셈인가?"

"그렇다면 본인이 따끔하게 손을 봐주지."

"그대의 이름은?"

"본인은 하크라고 한다. 모닝 스타의 하크라면 모르는 사람이 없지."

"그대들의 이름은?"

"난 가이고르 왕국의 귀족인 카스텔로 조세피노라 하고, 이쪽은 북쪽 지방에서 이름을 날리고 있는 파프란 친구요."

"그대들도 저 덩치와 같은 생각인가?"

"그렇다면 어쩔 셈인가?"

"그대들에게 예의라는 것이 뭔지를 뼈에 새겨 영원히 잊지 않도록 가르쳐 줘야지."

가소롭다는 듯 말하는 데미안의 태도에 세 사람은 주먹을 불끈 쥐었고, 문슬로는 조금은 걱정스럽다는 표정으로 바라보았다.

특히 파프라고 불린 깡마른 사내의 눈빛은 데미안의 말을 듣는 순간 마치 심연처럼 가라앉았다. 깊은 바다 속을 연상시키는 그의 눈빛은 보는 사람의 마음을 불안하게 만들었다.

"책임질 수 없는 말을 함부로 하다간 곤란한 경우가 생길 텐데?"

"원래 실력도 별로 없는 자들이 말만 많지. 어디 누가 나에게 그 예의라는 것을 가르쳐 주겠나?"

"제가 맡도록 하죠. 저, 카스텔로가 당신에게 상대를 대할 때는 어떻게 해야 하는지 아주 친절하게 가르쳐 드리죠."

묘한 웃음을 흘리는 카스텔로를 보며 데미안은 자리에서 일어났다.

"그럼 그 가르침이라는 것을 한 수 배워볼까?"

제54장
신들의 무기에 대한 단서

"아니, 이것 봐라?"

"왜요? 뭘 찾았어요?"

"여기 좀 이상한 게 있는데……."

"뭔데요?"

뮤렐, 아니, 차이렌의 말에 따분한 표정으로 앉아 있던 로빈이 별로 궁금하지는 않지만 예의상 반문했다. 그러나 차이렌은 흥분을 감추지 못하고 있었다.

"여기 이걸 좀 보라고. 설마 여기서 신들의 봉인에 대한 단서를 찾을 줄이야."

"예…… 에?"

따스함이 전해지는 실내에서 꾸벅꾸벅 졸던 로빈은 차이렌의 말에 깜짝 놀라 그 자리에서 벌떡 일어났다.

그들이 있는 곳은 왕립 아카데미의 도서관이었다. 사령부의 작전 참모로 있는 제크 레이먼에게 도움을 청해 왕립 아카데미의 도서관을 이용할 수 있었다.

차이렌이 도서관을 찾은 이유는 데미안이 공간의 검 미디아를 얻을 때 보았던 거대한 마법진에 대해 호기심이 생겼기 때문이다. 비록 신의 무기가 지닌 힘을 증폭시킨다고는 하지만 그 힘이 거대하기 이를 데 없는 이스턴 대륙을 뮤란 대륙에서 떼어놓을 수 있을 정도라는 것은 믿을 수 없었다.

그동안 차이렌은 자신이 알고 있던 마법진에 대한 모든 지식을 동원해 그 마법진을 알아내려고 했지만 실패했다. 그리고 지난 며칠 동안 여러 가지 마법진에 대한 책을 뒤졌지만 그 역시 실패로 끝났다. 그런데 뜻하지 않게 엉뚱한 책에서 마법진에 대한 정보를 얻은 것이었다.

〈신의 사랑에 보답하려는 사제의 노력〉이란 천여 년 전 선더버드의 신관이 쓴 그리 두껍지 않은 책이었다. 그러나 그 책은 깜짝 놀랄 정도의 내용을 담고 있었다.

앞에서 절반까지는 선더버드에 대한 칭송과 찬양에 대한 글이었지만 후반에는 그 신관이 뮤란 대륙을 여행하며 찾은 몇 개의 마법진에 대한 설명이 꽤나 상세하게 기록되어 있었다. 그 신관이 밝힌 마법진의 위치는 모두 네 곳이었다. 그러나 그중에 데미안이 미디아를 얻은 곳은 기록되어 있지 않았다. 그리고 새롭게 알게 된 사실이었지만 데보라가 가진 순결의 검 역시 신이 지상에 남겨놓은 무기 가운데 하나였다는 것이다.

그 신관이 밝힌 곳 중에서는 로빈이 레오의 안내를 받아 데미안과 찾았던 곳도 끼어 있었다. 그곳에 있었던 것은 신기루의 반지로 '쿠로얀'이란 이름을 가진 신의 무기였다. 쿠로얀이 가지고 있는 힘에 대해서는 구체적으로 기록되어 있진 않았지만 공간의 검 미디아가 가진 힘을 보면 쿠로얀도 엄청난 힘을 가지고 있을 것은 분명했다.

그리고 책을 통해 알게 된 사실로 봉인하는 데 사용했던 신의 무기가 마법진에서 사라지게 된다면 봉인이 깨어진 시간부터 몇 년 이내 이스턴 대륙에 봉인되었던 모든 봉인이 저절로 해제되어 악마들이 지상으로 뛰쳐나오게 된다는 것이었다.

그 대목에 이르러서 차이렌이나 로빈은 소름이 오싹 끼치는 것을 느꼈다. 자신들이 만나보았던 몇 마리의 드래곤만 하더라도 그 놀라운 능력과 힘에 오금이 저릴 정도였는데, 그 드래곤을 부하로 부리던 악마가 봉인을 뚫고 지상으로 나온다면 과연 누가 그들의 상대가 되겠는가?

이미 여섯 개의 신의 봉인 가운데 두 개가 깨어졌다. 아니, 몇 개가 깨어졌는지 확인도 할 수 없는 상태가 아닌가? 갑자기 차이렌은 책을 품에 집어넣고는 그 자리에서 벌떡 일어섰다. 깜짝 놀란 로빈이 그를 바라보자 차이렌은 다급한 음성으로 로빈에게 말했다.

"지금 이러고 있을 때가 아니야. 한시라도 빨리 신의 무기를 찾아 이스턴 대륙으로 가야 해."

"예? 이스턴 대륙으로 간다니 무슨 말이에요?"

"이 멍청한 꼬마야! 신의 봉인이 깨어지면 악마가 봉인에서 벗어난다는 글을 너도 읽었잖아. 그렇지만 아직은 시간이 있으니까 신의 무기를 찾아 이스턴 대륙으로 가서 직접 봉인을 하면 아마 될지도 몰라. 아니, 반드시 되어야 해."

허둥대는 차이렌의 모습에 로빈은 정신을 차릴 수 없었다. 로빈이 빨리 움직이지 않자 차이렌은 황급히 도서관을 빠져나가 버렸고, 그제야 로빈도 사태가 심상치 않다는 것을 느끼고는 그의 뒤를 따라갔다.

잠시 후 차이렌이 도착한 곳은 페인야드의 남쪽에 위치한 아담한 크기의 저택이었다.

트렌실바니아 왕국이 루벤트 제국에게 선전 포고를 한 후 전국에 산재되어 있던 귀족들의 안전을 위해 귀족들을 수도인 페인야드로 비밀리에 불러 모았고, 그들에게 각자 저택을 지급했다. 그런 이유로 싸일렉스 가문의 사람들도 페인야드에서 생활하고 있는 것이다.

황급히 저택 안으로 뛰어든 차이렌은 황급히 데보라를 찾았다. 하녀의 안내를 받아 간 곳은 마리안느의 방이었다.

마리안느와 제레니, 그리고 데보라가 네로브의 재롱을 보며 즐거운 시간을 보내고 있을 때 차이렌이 들이닥친 것이었다. 마리안느에게 양해를 구한 차이렌이 데보라에게 조금은 작은 음성으로 입을 열었다.

"데보라, 할 이야기가 있으니까 밖으로 나가자."

"무슨 일이야?"

"나가서 이야기해 줄 테니까 어서 나와."

데보라는 어쩔 수 없이 마리안느에게 말을 하고 응접실로 나갔다. 그리고 차이렌이 입을 열기만을 기다렸다. 잠시 생각을 정리한 차이렌이 무거운 음성으로 입을 열었다.

"신의 봉인에 대한 이야기는 이미 여러 번 했으니까 다른 말은 하지 않을게. 오늘 도서관에서 드디어 신의 봉인이 있는 곳에 대한 단서를 찾았어."

"그래? 다행이네. 그런데 왜 그런 얼굴을 하고 있는 거지?"

"그보다 지금 순결의 검은 가지고 있어?"

"아니, 갑자기 순결의 검은 왜 찾아?"

"어서 가서 검을 가지고 와봐. 확인할 것이 있어."

데보라는 다시 반문을 하려고 했지만 차이렌의 얼굴 표정이 너무 심각하게 굳어 있어 아무 말도 하지 못한 채 순결의 검을 가지고 왔다.

검을 받아 든 차이렌은 신중한 모습으로 검의 이곳저곳을 살펴보았지만 특이한 점을 찾을 수 없었다. 스펠을 캐스팅해 아주 세밀한 곳까지 살펴보았지만 도저히 다른 점을 찾을 수가 없었다.

잔뜩 실망한 차이렌은 다시 순결의 검을 데보라에게 건네주었다. 영문을 모른 데보라는 고개를 갸웃거리지 않을 수 없었다.

"대체 무슨 일인데 그러는 거야?"

"오늘 내가 입수한 정보에 의하면 네가 가진 검이 봉인에 이용되었던 신의 무기라고 했거든."

"이 순결의 검이 봉인에 이용되었던 검이라고?"

차이렌의 말에 깜짝 놀란 데보라는 자신의 손에 들려 있는 단검을 내려다보았다. 그저 일반적인 대거보다 조금 클 뿐인 이 단검이 봉인에 사용되었던 검이었다니……

잠시 멍해 있던 데보라가 갑자기 자세를 고쳐 앉더니 뭔가 알아들을 수 없는 작은 소리로 웅얼거리기 시작했다. 갑작스런 데보라의 태도에 차이렌과 로빈은 서로의 얼굴만 바라보다가 다시 데보라의 얼굴을 쳐다보았다.

잠시 후 순결의 검에서 희미하게 푸른 빛이 아지랑이처럼 피어오르며 검의 표면에 검은색의 이상한 무늬가 나타나기 시작했다. 차이렌은 재빨리 정신을 집중해 그 무늬를 읽었고, 그 글씨는 데보라의 중얼거림이 사라짐과 동시에 없어져 버렸다.

한참 동안 그 무늬에 대해 고심하던 차이렌이 다급하게 데보라에게 말을 건넸다.

"지금부터 내가 일러주는 말을 따라해 봐."

다시 한 번 자신의 생각을 정리한 차이렌은 데보라에게 그 말을 알려주었고, 데보라는 고개를 갸웃거리면서도 그 말을 따라했다.

"모든 생명체의 어머니이신 아레네스여! 당신이 지상에 남겨놓은 것의 본 모습을 저에게 보여주시기를 바라나이다."

그 말과 동시에 데보라의 손에서 엄청난 섬광이 터져 나왔고, 세 사람은 엉겁결에 고개를 돌렸다. 그러나 그 섬광은 눈을 자극하는 것이 아니라 그저 바라볼 수 없을 정도로 환하게 빛날 뿐이었다.

잠시 후 빛이 사라지고 고개를 돌린 세 사람은 믿을 수 없다는 표정이 역력했다.

"이럴 수가……?"

"도저히 믿을 수 없어요."

"순결의 검에 이런 비밀이 있었을 줄은 나도 미처 알지 못했는데……"

데보라는 멍한 눈으로 자신의 손을 바라보고 있었다. 그녀의 손에 들려 있던 단검이 어느새 2미터 정도쯤 되는 창으로 변해 있었다. 푸른 빛이 감도는 창은 일반적인 창보다 가늘기는 했지만 창 끝의 날카로움은 저절로 눈을 돌리고 싶을 정도였다.

"물의 창 '아로네아'야."

"아로네아?"

"그게 바로 신이 봉인을 위해서 지상에 남겨놓은 여섯 개의 무기 가운데 물의 창인 아로네아란 말이야."

"아로네아가 가진 힘은 얼마나 될까요?"

"글쎄, 데미안이 가지고 있던 미디아와 거의 비슷한 힘을 가지고 있지 않겠어?"

차이렌의 말에 데보라의 눈빛이 조금 이상하게 변했다.

"지금 아로네아가 가진 힘이 공간의 검 미디아하고 비슷하다고 그랬어?"

"그래, 거의 비슷한 힘을 가지고 있을 거야."

"그럼, 내가 아로네아를 가지고 데미안을 돕는다면 데미안이 복수를 하는 데 도움이 될 수 있을까?"

"그야 당연히 도움이 되겠지. 서, 설마……?"

차이렌의 놀람에도 데보라는 아랑곳하지 않고 자기 손에 들린 창만을 바라보고 있었다.

"데미안이 복수를 하는 데 조금이라도 도움이 될 수만 있다면 난 무슨 짓이든 할 수 있어."

데보라의 말에 차이렌과 로빈은 꿀 먹은 벙어리처럼 아무 말도 할 수 없었다. 데보라가 데미안을 끔찍이 아낀다는 것은 이미 알고 있었지만 이 정도일 줄은 미처 깨닫지 못했다.

먼저 정신을 차린 로빈이 차이렌에게 물었다.

"이제 어떻게 해야 하죠?"

"일단 나머지 신의 무기를 찾아야지. 그러기 위해선 전선에 계시는 라일님과 헥터의 도움을 받아야 해."

"잠깐만 기다려."

차이렌에게 말을 한 데보라는 2층으로 올라갔다. 그리고 잠시 후 내려온 데보라는 어느새 예전 여전사의 모습을 되찾고 있었.

검은색 가죽으로 만든 조끼와 반바지에 갖가지 무기를 주렁주렁 달고, 다시 단검으로 모습을 바꾼 물의 창 아로네아를 허리에 찬 채 무식해 보이는 브로드 소드를 가볍게 어깨에 둘러멘 데보라의 모습을 발견한 로빈이나 차이렌은 자신도 모르게 한숨을 쉬었다.

부상 때문에 드레스를 입고 있을 땐 그렇게 아름다워 보였던 데보라가 단지 옷만 바꿔 입었을 뿐인데 이렇게 분위기가 달라 보인다는 것은 정말 신기한 일이다.

"네로브는 어떻게 할 거야?"

"어떤 위험이 있을지 모르는데 네로브를 데리고 갈 수는 없어. 여기에 있는 편이 안전해."

"그야 그렇지만…… 알았어. 어서 출발하자고. 벌써 봉인이 세 개나 파괴가 되었으니 어떤 사태가 발생할지 아무도 몰라. 한시라도 빨리 신의 무기를 회수해 이스턴 대륙으로 출발해야 해."

"나도 간다."

갑자기 들린 음성에 고개를 돌리고 보니 레오가 의자에 엉거주춤한 자세로 앉아서 세 사람을 바라보고 있었다. 처음엔 레오에게 기다리라고 말을 하려던 데보라는 생각을 바꿔 그와 함께 가기로 했다. 그가 가진 동물적인 감각이 신의 무기를 회수하는 데 도움이 될 것이라고 생각했기 때문이었다.

네 사람이 저택을 떠나는 모습을 2층에서 지켜보는 사람들이 있었다. 바로 마리안느와 제레니였다. 데보라가 남겨놓은 편지를 읽고 그녀와 그녀의 동료들이 무슨 일로 저택을 떠나는 것인지 깨달았기에 그들을 말릴 수 없었다.

조금씩 멀어지는 네 사람의 뒷모습을 바라보며 마리안느가 두 손을 모았다.

"선더버드시여, 저들을 돌보소서."

     *   *   *

폭이 좁은 시미터Scimitar를 든 카스텔로가 무심한 눈으로 데미안을 바라보고 있었다. 그런 반면 데미안은 그저 레이피어를 들고 있을 뿐이었다.

그런 데미안의 모습을 본 카스텔로는 가소롭다는 표정을 감추지 못했다. 등에는 커다란 바스타드 소드를 멘 채 자신을 바라보고 있는 데미안의 모습에 그가 무슨 생각으로 자신을 상대하려는 것인지 이해하기 힘들었다.

데미안이 아무리 어머니 뱃속에서부터 검술을 익혔다고 하더라도 자신의 상대가 될 수 없다고 생각했기 때문이었다.

이미 주위에는 11군단의 병사들과 용병들이 둥글게 원형으로 늘어서 두 사람의 대결을 지켜보고 있었다.

"그렇게 무거운 검을 메고 나를 상대할 수 있겠소, 사령관 나리?"

"이 정도 핸디캡은 주어야 비슷하지 않을까?"

"흥! 목숨은 하나뿐이라는 것을 모르는 애송이였군. 다치고 후회하는 것이 얼마나 어리석은 행동인지 내가 가르쳐 주지."

말을 마치 카스텔로는 엄청나게 빠른 속도로 데미안에게 다가들었다. 사방에서 타오르는 모닥불과 횃불로 주위는 대낮처럼 밝았지만 어느 누구도 카스텔로의 움직임을 발견한 사람은 없었다.
카스텔로는 단숨에 데미안을 제압해 자신의 능력을 과시하려고 했다. 그러나 그런 그의 의도는 한순간에 꺾였다.
챙—!
날카로운 금속음과 함께 데미안의 목으로 향하던 카스텔로의 시미터는 가느다란 레이피어에 가로막혔다. 카스텔로는 순간적으로 놀라기는 했지만 곧 시미터를 거두었다가 다시 데미안의 옆구리를 공격했다.
챙—!
다시금 들리는 금속음과 함께 시미터는 데미안의 레이피어에 가로막혔고, 카스텔로는 놀란 눈으로 데미안의 얼굴을 바라보았다. 여태껏 경험으로 보아 자신의 공격을 이렇게 쉽게 방어한 사람은 별로 없었다. 게다가 그를 더 열받게 만든 것은 데미안의 얼굴에 조금 따분하다는 표정이 떠올라 있다는 것이었다.
"이제 공격을 다한 것인가? 이게 만약 당신의 모든 실력이라면 결코 당신은 나에게 예의라는 것이 무엇인지 가르쳐 줄 실력이 안 되는 것 같은데?"
데미안의 말에 카스텔로의 얼굴은 수치로 붉어졌다.
"차앗!"
카스텔로의 움직임이 더욱 빨라졌다. 그러나 그의 공격은 번번이 데미안의 레이피어에 가로막혀 아무런 이득도 볼 수 없었다.
두 사람의 대결을 처음 불안하게 바라보던 11군단의 병사들은 곧 환호성을 터뜨렸고, 반대로 용병들은 자존심이 상한 듯 인상을 썼다.

카스텔로의 모습을 지켜보던 하크와 파프는 도저히 카스텔로 단독으로는 데미안의 적수가 되지 못한다고 생각하고는 곧 그들의 결투에 개입했다.

어른의 머리만한 모닝 스타와 에스터크Estoc를 든 하크와 파프가 두 사람의 대결에 끼어들자 상황은 데미안에게 불리하게 돌아갔다.

11군단의 병사들은 3대 1로 싸우는 모습에 일제히 야유를 보냈지만 어느 누구도 감히 개입할 생각은 하지 못했다. 그 모습을 지켜보던 가르시아가 더 이상 참지 못하고 개입하려고 했지만 문슬로의 제지로 그럴 수 없었다.

금방이라도 데미안의 몸에서 선혈이 뿜어져 나올 것 같은 위기가 계속되었지만 데미안은 계속 간발의 차이로 위기 상황을 벗어나고 있었다. 아슬아슬한 순간이 계속되었지만 결코 데미안을 제압하지 못하자 세 사람은 이상한 생각이 들었다.

재빨리 뒤로 물러선 데미안은 등에 메고 있던 바스타드 소드를 풀어 오른손에 들었다. 양손에 검을 든 그의 모습에 세 사람은 자신도 모르게 긴장하는 자신을 발견할 수 있었다.

"슬슬 더 놀아볼까?"

말을 마친 데미안은 지그재그로 움직이며 세 사람을 향해 달려갔다. 세 사람은 거의 동시에 뒤로 빠르게 물러섰지만 데미안은 이미 공격할 상대를 정했는지 카스텔로를 향해 바스타드 소드를 휘둘렀다.

당황한 카스텔로는 황급히 시미터를 들어 바스타드 소드를 막았다. 그러나 그 충격은 상상 이상이었다. 재빨리 마나를 시미터에 주입한 카스텔로는 힘껏 바스타드 소드를 밀어내려고 했지만 이미 데미안은 뒤로 물러선 후였다.
위이잉!
둔탁한 소음과 함께 하크의 모닝 스타가 날아들었다. 재빨리 몸을 회전시킨 데미안은 몸을 낮춘 채 왼손에 들고 있던 레이피어를 힘껏 찔렀다. 너무나도 빠른 데미안의 움직임에 하크는 깜짝 놀라면서 옆으로 피했지만 레이피어는 훨씬 빠르게 하크의 허벅지를 스치고 지나갔다.
공격을 성공시킨 데미안은 지체없이 앞으로 달려나갔고, 허둥대는 하크를 향해 힘껏 바스타드 소드를 휘둘렀다. 놀란 하크는 모닝 스타를 들어 데미안의 바스타드 소드를 막았지만 강철로 만든 모닝 스타는 맥없이 잘려 나갔고, 하크는 바스타드 소드에 머리를 맞고 그대로 기절했다.
그 모습을 발견한 파프는 에스터크를 힘껏 내찔렀지만 이미 데미안은 피한 후였다. 멍하니 그 모습을 보고 있던 카스텔로는 이를 부드득 갈았다. 애송이에 불과한 데미안에게 형편없이 뒤로 물러섰다는 것이 너무도 수치스러웠다.
그가 막 시미터를 쳐들고 데미안의 행방을 찾고 있을 때 그를 향해 날아드는 커다란 불덩이가 있었다. 놀란 카스텔로는 엉겁결에 시미터를 들어 불덩이를 내려쳤고, 불덩이가 폭발하면서 불길에 휩싸이는 순간 카스텔로는 눈에서 별이 번쩍이는 것을 느꼈다.
어느 틈에 다가선 데미안이 카스텔로의 턱을 날려 버린 것이다. 게다가 데미안의 행동은 그것으로 끝난 것이 아니었다. 비틀거리며 뒤로 물러서는 카스텔로를 따라붙은 데미안이 어느새 바스타드 소드와 레이피어를 검집에 집어넣고 주먹을 휘두른 것이다.

순식간에 카스텔로의 얼굴은 피투성이가 되었지만 데미안의 주먹은 멈춰지지 않았다. 데미안의 오른 주먹이 크게 휘둘러지고 카스텔로의 턱이 돌아가는 순간 카스텔로는 그대로 기절하고 말았다.

파프는 어이가 없었다. 자신과 비교해도 별로 실력 차이가 없는 하크나 카스텔로가 데미안의 공격에 변변한 방어조차 못하고 기절했다는 것을 믿을 수 없었다. 바닥에 쓰러지는 카스텔로의 모습을 바라보던 파프를 향해 데미안이 달려들었고, 파프는 신속하게 수중의 에스터크를 찔렀다.

송곳을 크게 확대시킨 것 같은 파프의 에스터크가 다가오자 데미안은 거의 동시에 왼손으로 레이피어를 뽑아 파프의 목을 향해 뻗었다.

에스터크와 레이피어가 서로 교차하는 순간 그들의 대결을 지켜보던 11군단의 병사들과 용병들은 숨을 죽였다. 주위는 그저 바람에 흔들리는 불꽃의 움직임만 보일 뿐 움직이는 것은 아무것도 없었다.

가르시아가 보기에 데미안의 레이피어는 파프의 목 바로 앞에서 멈추었고, 파프의 에스터크는 데미안의 목을 꿰뚫은 것처럼 보였다. 그러나 실상은 달랐다.

파프의 에스터크는 데미안이 머리를 움직여 피했지만 데미안의 레이피어는 파프의 목에 닿아 있었다. 데미안은 조금은 따분하다는 표정을 지었다.

"계속해도 나에게 예의가 뭔가라는 것을 가르쳐 줄 수 없을 듯한데 그래도 계속 자네들과 검을 섞어야 하나?"

그 말에 파프의 얼굴은 수치로 붉어졌다. 데미안의 말은 용병으로서 이름을 날리고 있는 자신의 자존심을 사정없이 짓밟는 것이었다. 그러나 냉정하게 생각해 보면 자신 혼자로서는 도저히 데미안의 상대가 되지 않는다는 것을 인정해야만 했다.

"우리 실력으로는 사령관께 예의라는 것을 가르칠 능력이 안 된다는 것을 인정하겠소."

"그렇다면 그 말투부터 고쳐야 할 텐데……."

"저희 세 개 용병단의 지휘권을 이양하겠습니다."

조금은 공손해진 파프의 말을 들은 데미안은 만족한 듯 미소를 지으며 레이피어를 거두어들였다. 파프도 치미는 수치심을 참으며 에스터크를 검집에 집어넣었다.

재빨리 앞으로 나선 문슬로가 큰 소리로 병사들과 용병들을 향해 외쳤다.

"내일 45군단과의 결전이 있다. 무척이나 긴 하루가 될 것이다. 어서들 돌아가서 쉬도록 해라. 해산하란 말이야!"

문슬로의 외침에 병사들과 용병들의 얼굴이 어두워졌다. 데미안과 세 용병단장과의 싸움에 잠시 정신이 팔려 있던 병사들은 그제야 자신들이 적과 대치하고 있다는 사실을 깨달은 것이다.

뿔뿔이 흩어지는 병사들의 뒷모습을 바라보던 데미안은 문슬로에게 이야기를 건넸다.

"테이스 자작, 다이몬 자작과 세 용병단장을 부르도록 하시오. 내일 있을 전투에 대해 상의하도록 합시다."

"알겠습니다, 사령관 각하."

문슬로의 대답을 들은 데미안은 몸을 돌려 뒤도 안 돌아보고 자신의 막사로 향했다.

잠시 후 데미안의 막사에는 여섯 명의 사내가 작은 간이 테이블을 사이에 두고 얼굴을 마주 대하고 있었다. 그런데 카스텔로와 하크의 얼굴은 그야말로 가관이었다.

데미안에게 머리를 맞은 하크는 머리에 붕대로 친친 감고 있었고, 집중적으로 얼굴을 얻어터진 카스텔로는 얼굴과 머리 전체를 붕대로 친친 감아 겨우 눈만 내놓은 상태였다.

좀 전의 심각한 상황과는 달리 붕대로 감고 있는 두 사람의 모습을 바라보고 있던 가르시아나 문슬로는 터져 나오는 웃음을 참느라 고생을 해야 했다. 특히 카스텔로의 경우에는 마치 미이라처럼 머리를 친친 감고 있어 우습기도 했지만 안쓰럽기도 했다.

두 사람의 모습에는 아랑곳하지 않고 데미안이 먼저 입을 열었다.

"우리가 입수한 정보로는 적 45군단은 백병전 전문 부대라 하오. 그대들 용병단이 보유하고 있는 전투력은 어느 정도나 되는가?"

데미안의 질문에 대답한 것은 파프였다.

"보통 이상 정도는 됩니다."

"11군단의 전력과 비교하면?"

"11군단이라면 두 개 용병단 정도면 상대할 수 있습니다."

파프의 무뚝뚝한 말에 문슬로는 발끈했다. 그러나 데미안의 제지로 참아야만 했다.

"지금 45군단의 위치는?"

"첨병들의 보고는 약 5킬로미터쯤 후방에 있는 성에 주둔하고 있다고 합니다."

"43군단과 47군단의 움직임은 오늘 오후에 성으로 들어가는 것을 발견했다는 보고가 있었습니다. 그로써 적들은 보급 부대까지 포함해서 거의 20만에 육박합니다."

문슬로의 말에 사람들의 얼굴은 어두워졌다. 아군의 병력은 세 개 용병단을 포함한다고 하더라도 12만 명에 불과한데 비해 적은 거의 20만 명이나 되었다. 누가 생각해도 상대가 될 리 없었다.

"사령관께서는 어떤 계획을 세우고 계시는지요?"

"계획? 별다른 계획이 없는데……."

데미안의 말에 세 용병단장들의 얼굴은 한심스럽다는 표정을 지우지 못했다. 그러나 가르시아나 문슬로는 조금도 데미안을 의심하지 않았다.

데미안이 전날 15군단을 상대할 때 보여준 작전에 강한 인상을 받은 탓도 있었지만 데미안을 믿었기 때문이라는 것이 더 정확한 말이었다. 세 용병단장들은 그렇게 무조건적인 믿음을 보이는 두 사람의 태도가 이해가 가지 않았다.

"휴우~ 병사들의 피해가 크겠군."

"전쟁에서 피해가 없을 순 없지 않습니까? 그래도 병사들은 사령관 각하께서 자신들을 위해 이렇게 애를 쓰고 있다는 것을 잘 알고 있을 겁니다."

문슬로의 위로를 받기는 했지만 데미안의 얼굴은 밝아지지 않았다.

"사령관 각하, 그래도 내일 45군이나 43, 47군단을 상대하려면 작전을 세워야 하지 않겠습니까?"

"아마 적들도 우리가 도착했다는 정보를 입수했을 것이오. 게다가 자신들보다 병력의 숫자가 적다는 것을 알고 아마 우리가 먼저 움직이기를 기다리고 있을 것이오."

"그럼 15군단을 상대할 때처럼 기습으로 유인하실 생각이십니까?"

"내 생각으로는 우리에게 패한 후 도주한 15사단의 패잔병들에게서 기습을 당했다는 정보를 아마 저들도 들었을 테니 또다시 기습을 하기는 쉽지 않은 일일 거요."

"그렇지만 정면으로 상대하기에는 저희들의 병력이 너무나 딸리지 않습니까?"

"그래도 전면전을 벌여야 하오. 기습 공격을 한다고 하더라도 적과의 병력 차이가 너무 심해 제대로 타격을 입히기도 힘들고, 설사 타격을 입힌다고 하더라도 오히려 적의 반격에 휘말려 심각한 피해를 입게 될 것이오."

데미안의 말에 데미안을 제외한 다른 사람은 도저히 그의 말을 이해할 수 없었다. 기습 공격을 해도 상대가 안 된다고 하면서 오히려 전면전을 펼쳐야 한다니……. 순간 데미안이 미친 것이 아닌가 하는 생각이 들었다.

태연한 표정으로 앉아 있는 데미안을 보면 그가 지금 무슨 생각을 하고 있는지 짐작조차 할 수 없었다.

"공격을 한다고 해도 내일 오후쯤이나 될 것 같소. 그러니까 일단 각자의 숙소로 가서 쉬도록 하시오. 내일은 힘든 하루가 될 것이오."

가르시아와 세 명의 용병단장들이 막사를 빠져나가고도 데미안은 여전히 자리에 앉아 있었다. 자신 곁에서 묵묵히 서 있는 문슬로를 본 데미안이 입을 열었다.

"테이스 자작도 그만 가서 쉬도록 하시오."

"알겠습니다. 그럼 편안히 쉬십시오, 사령관 각하."

문슬로는 그 말을 남기고 막사를 빠져나갔고, 데미안은 자신에게 너무나도 깍듯한 문슬로의 예의가 조금은 부담스러웠다. 물론 그에게 사심이 없다는 것은 알고 있었다. 그러나 그로 인해 그가 병사들에게 느끼는 책임감은 더욱 커졌다.

"휴우……."

저절로 긴 한숨이 흘러나왔다.

*   *   *

두두두두—!

다섯 필의 말들이 어둠 속을 빠르게 달려가고 있었다. 이미 주위는 짙은 어둠에 쌓여 있었건만 그들 다섯 사람은 마치 그런 어둠쯤은 문제가 되지 않은 듯 달리는 말에 박차를 가하고 있었다.

그렇게 얼마나 달렸을까? 멀리서 환한 불빛이 보였다.

불빛을 발견한 그들은 더욱 빠르게 말을 몰았다. 불빛을 향해 다가들던 그들은 고삐를 당겨 속도를 줄였다. 그들의 모습이 횃불에 조금씩 드러나기 시작했을 때 그들의 앞길을 가로막는 그림자들이 있었다.

"멈춰라!"

창과 검을 든 십여 명의 병사들이었다.

"누구냐? 너희들의 신원을 밝혀라."

병사들의 외침에 짧게 깎은 검은 머리의 청년이 낮지만 위엄에 찬 음성으로 병사들에게 말했다.

"군단장인 파라곤 후작은 지금 이곳에 있는가?"

"누구십니까?"

짝!

"건방진 놈! 감히 스캇 전하께 무례를 범하다니!"

어느 틈엔가 말에서 내린 조르쥬가 병사의 뺨을 때렸다. 뺨을 맞은 병사의 얼굴은 당장에 시뻘겋게 부어올랐다. 눈치 빠른 병사 하나가 재빨리 막사 쪽으로 뛰어갔다.

"전하, 이곳으로 오십시오."

조르쥬의 안내를 받으며 스캇은 걸음을 옮겼다.

잠시 후 스캇은 커다란 막사에 도착했고, 막사 앞에서 자신을 기다리고 있던 조금은 왜소한 체격의 사내를 발견했다.

"전하, 어서 오십시오. 기다리고 있었습니다."

"귀관이 38군단의 군단장인 뉴렌느 드 파라곤 후작인가?"

"그렇습니다, 전하. 어서 안으로 들어가시지요."

뉴렌느의 안내를 받은 스캇은 막사 안으로 들어갔다. 막사 안은 마법등을 여러 개 켜놓았기 때문인지 대낮처럼 밝았다.

커다란 탁자에는 몇 장이 작전 지도가 놓여져 있었고, 곳곳에 복잡한 숫자가 적혀 있었다.

자리에 앉은 스캇은 먼저 자신이 궁금하게 생각했던 전황에 대해 물어보았다.

"지금 전황은 어떻소?"

직설적인 스캇의 질문에 뉴렌느의 얼굴이 어색하게 변했다.

"말씀드리기는 죄송스럽지만 모든 전선에서 후퇴를 한 상태입니다. 일단 지금은 모두 후퇴한 상태지만 곧 전선을 정비해 반격을 준비 중입니다."

"전 전선에서 물러났단 말이오?"

"말씀드리기 죄송하지만… 그렇습니다, 전하."

뉴렌느의 대답에 스캇의 얼굴이 일그러졌다.

"대책은?"

"예?"

"대책은 있는가 말이오!"

"일단 이선(二線)까지 후퇴를 해서 대대적인 반격을 할 예정입니다. 그러면 아마 우리 루벤트 제국의 영토를 침입한 적들은 물러서지 않을 수 없을 겁니다."

뉴렌느의 자신만만한 말에 비해 스캇의 표정은 싸늘했다. 곧 조롱하는 듯한 음성으로 다시 물었다.

"파라곤 후작, 앞으로 전개될 전선의 상황이 그대의 생각대로 될 것 같은가?"

"예?"

자신만만하던 뉴렌느의 얼굴이 순식간에 참혹하게 일그러진 반면 스캇의 얼굴은 더욱 싸늘하게 변했다.

"트렌실바니아 왕국이나 크로네티아 왕국에는 모두 멍청한 놈들밖에 없다고 생각하는가? 우리의 반격을 저들이 예상하지 못해 후퇴를 할 것이라고 생각한단 말인가? 귀관처럼 멍청한 자가 어떻게 전방 사령관이 됐는지 궁금하군."

너무도 신랄한 스캇의 말에 뉴렌느는 아무런 말도 하지 못했다. 그렇기는 그와 함께 도착한 다른 사람들도 마찬가지였다.

"우리의 반격조차 이겨내지 못할 것이라면 그들이 대체 무슨 배짱으로 우리 영토를 침범했단 말인가? 귀관들 같으면 이길 자신도 없는 전쟁을 시작하겠는가? 적어도 저들이 전쟁을 시작했다는 것은 저들에게 우리를 이길 방법, 그것도 우리가 모르는 방법이 있기 때문이라고 생각지는 않는가?"

한동안 무거운 기운이 막사 안의 사람들을 짓눌렀다.

"지금 가장 우선적으로 처리해야 할 일들은 적의 규모를 정확하게 파악하는 일이오. 그에 대한 정보는?"

"그들과 교전한 부대에서 입수한 정보를 일단 수집하고 있습니다, 전하."

"그렇다면 그들 본국에서 활동하는 잠입 요원들에게서 들어온 정보는 없다는 것인가?"

"말씀드리기 죄송스럽지만 트렌실바니아 왕국과 크로네티아 왕국에서 활동하는 요원들을 총괄하던 트레이스 카룬 후작이 적들에게 납치를 당한 후 아직까지 공석으로 남아 있습니다."

뉴렌느의 대답에 스캇은 기가 막혀 아무런 말도 할 수 없었다. 카룬 후작이 납치를 당할 때 자신도 함께 있었기에 누구보다 자세히 그 사실을 알고 있었다. 그렇지만 그가 납치당한 것이 언젯적 일인데 아직까지 후임자가 임명되지 않았다니, 도저히 믿을 수 없었다.

게다가 카룬 후작이 맡았던 일은 인접 국가에 파견된 스파이, 즉 잠입 요원들을 관리하는 매우 중요한 일이었다. 단 한 순간도 긴장을 풀 수도 없고, 또 수시로 인접 국가 내에서 일어나는 모든 정보를 수집해 분석하고 판단을 내려야만 하는 일이다.

그럼에도 불구하고 그렇게 중요한 자리를 몇 달씩이나 공석으로 남겨놓았다니…….

스캇은 아무런 말도 못하고 멍하니 앉아 있었고, 그의 곁에 서 있던 조르쥬가 버럭 소리를 질렀다.

"지금 그걸 말이라고 하는 거요, 파라곤 후작?"

"닥치시오, 작센 후작. 당신이 후작이라면 내 지위 역시 후작이오. 당신이 윌라인에서 한가하게 보낼 때 난 이곳에서 찬바람을

신들의 무기에 대한 단서 117

맞으며 병사들과 고생을 했소. 내가 몇 번이나 후임자를 보내달라고 보고했지만 윌라인에서는 아무 연락도 없었단 말이오. 내가 왜 그것까지 책임을 져야 한단 말이오?"

거의 울부짖음에 가까운 그의 외침에 조르쥬나 다른 사람들은 잠시 멈칫했다. 하긴 그의 말대로 카룬 후작의 후임자가 오지 않은 것이 그의 잘못은 아니었다.

"좋소. 그렇다면 일단 카룬 후작의 후임자로 파라곤 후작을 임명하겠소. 후작은 지금부터 38군단에서 손을 떼고 즉시 트렌실바니아 왕국과 크로네티아 왕국에 잠입해 있는 요원과 연락을 취해 이번 전쟁과 관련된 모든 정보를 수집하도록 하시오. 알겠소?"

"명심하겠습니다, 스캇 전하."

"특히 트렌실바니아 왕국에 잠입해 있는 요원들에게 연락해 트렌실바니아 왕국이 보유하고 있는 골리앗의 숫자에 대해 자세히 알아내도록 하시오."

"트렌실바니아 왕국이 보유하고 있는 골리앗은 겨우 스무 대에 불과하지 않습니까?"

"아니오. 각 전선에서 보고된 것에 따르자면 트렌실바니아 왕국과의 격전에 모습을 보인 그들의 골리앗 숫자를 모두 합치면 백 대가 훨씬 넘는다는 것이오. 그렇기에 파라곤 후작이 정확한 정보를 수집해 사령부에 전달해야만 하오."

"명심하겠습니다, 스캇 전하."

"이곳은 전선과는 얼마나 떨어져 있소?"

"약 200킬로미터쯤 떨어져 있습니다."

"지금 전선을 총괄한 사람은 누구요?"

"말씀드리기 죄송스럽지만 임시로 총괄하시던 벨리시아 폰 쿠르나스 공작께서는 전방 부대를 순시하던 중 적과 교전을 한 후 연락이 두절되었습니다."

"쿠르나스 공작이? 그렇다면 전사했다는 말이오?"

"그게 아니라 적과 교전하던 중 전세가 불리해 후퇴한다는 연락이 마지막이셨습니다."

애써 태연한 척을 하려 해도 저절로 인상이 일그러졌다. 대루벤트 제국의 공작인 벨리시아가 패전을 했다는 것도 믿기 힘들지만 아직까지 연락도 되지 않다니. 대체 어디서 무엇을 하고 있는지 이해할 수 없었다.

"그럼 전선의 부대들과의 연락은 원활하오?"

"일부 부대를 제외하고는 모두 연락이 가능합니다."

"그럼, 지금 즉시 피해 상황과 전방 부대의 포진 상태를 파악해 보고하도록 하시오."

"잠시만 기다려 주십시오."

스캇의 명령에 뉴렌느는 대답을 하고는 잠시 고개를 숙였다가 곧 막사를 빠져나갔다. 뉴렌느가 빠져나가고 막사 안은 다시 무거운 침묵 속에 싸였다.

"작센 후작."

"말씀하십시오, 스캇 전하."

"후작이 생각하기에 트렌실바니아 왕국이나 크로네티아 왕국이 우리 루벤트 제국을 침략할 힘이 있다고 생각하오?"

스캇의 질문에 조르쥬는 선뜻 대답하지 못했다.

"게다가 바이샤르 제국이 그들과 행동을 같이 했다는 것은 심상치 않은 일이 아니오. 뭔가 우리가 모르는 것이 있는 것 같소. 아무런 확신 없이 조국을 멸망의 길로 이끌지도 모르는 중대한 결정을 내렸을 리 없지 않겠소? 귀관들의 생각은 어떻소?"

"소관 크리스 세미어가 한 말씀드리겠습니다."

"세미어 후작, 어서 말해 보시오."

"과거 100년 전 저희가 트렌실바니아 왕국이나 크로네티아 왕국을 점령했을 때 그들에게 최소한의 골리앗을 제외하고는 모두 회수하지 않았습니까?"

"그건 이미 알고 있는 내용이 아니오?"

"그렇지만 10여 년 전에 트렌실바니아 왕국에 침투해 있던 저희의 비밀 요원이 약 40여 대의 골리앗을 탈취해 온 적이 있습니다."

"40여 대나?"

"그렇습니다. 그들은 약화된 전력을 회복하기 위해 고대 신전과 던전을 발굴해 골리앗을 찾고 있었습니다. 제 생각에는 혹시……."

"그렇다면 후작의 말은 그들이 신전이나 던전에서 골리앗을 찾았기 때문에 침략하기로 결정을 내렸다는 것이오?"

"제 생각은 그렇습니다, 스캇 전하."

크리스의 말에 스캇은 잠시 생각에 빠졌다. 확실히 크리스의 말에는 신빙성이 있었다. 그러나 아무리 그렇다 하더라도 저들의 공격은 예상을 훨씬 벗어났다.

마치 자신들 왕국의 전부를 걸었다고 하더라도 이 정도의 전력을 보유할 순 없는 일이었다. 아니, 자신이나 루벤트 제국의 모두가 착각을 하고 있는 것인지도 모르는 일이다.

자신들 왕국의 영토를 빼앗긴 트렌실바니아 왕국이 언제까지 참고 있으리라 생각을 한 것부터가 잘못인지도 몰랐다.

하지만…….

제55장
혈전

"데미안 싸일렉스 백작님이십니까?"

"그렇네. 자네는 누구인가?"

"백작님, 인사가 늦었습니다. 전 궁전 마법사이신 유로안 디미트리히님의 연락을 받고 11군단을 지원하기 위해 온 마법사 빌우드라고 합니다."

"어서 오게."

마법사 노인의 말에 그제야 데미안은 미소를 띠며 상대를 환영했다. 빌우드란 늙은 마법사를 안내해 온 문슬로는 데미안이 대체 무슨 이유로 저 늙은 마법사를 부른 것인지 알 수 없었다. 게다가 빌우드 혼자만 온 것이 아니라 약 100여 명의 마법사들과 함께 왔다.

마법사 노인은 담담한 미소와 함께 자리에 앉으며 젊은 사령관인 데미안의 모습을 살폈다. 그와 동시에 놀라움을 감출 수 없었다.

 유로안의 말에 따르면 데미안이란 청년은 특이하게도 마법과 검술을 동시에 익혔고, 5싸이클의 마법사와 거의 비슷한 수준의 마법을 익히고 있다는 것이었다. 그러나 자신이 보기엔 이미 5싸이클의 마법사 수준은 훨씬 넘어서는 것으로 보였다.

 데미안의 몸 주위에서 소용돌이치고 있는 마나의 양은 궁중에서 보았던 대마법사 유로안 디미트리히와 거의 비슷하거나, 아니면 조금 더 많은 것처럼 느껴졌다. 게다가 더욱 놀라운 것은 그의 몸속에도 거의 비슷한 양의 미나가 존재하고 있다는 것이었다.

 이른바 기사나 용병이라고 불리는 자들은 자신의 몸속에 마나를 축적해 그것을 이용한다는 사실은 익히 알고 있다. 가장 대표적인 인물이 샤드였다. 그러나 샤드는 여든을 훨씬 넘어 아흔에 가까운 나이였다.

 천부적인 자질과 오랜 훈련 기간들을 생각하면 그만한 마나를 몸에 축적시키는 것이 그리 불가능한 일만은 아니었다. 그런데 데미안은 이제 겨우 스무 살에 불과하지 않은가? 그럼에도 불구하고 유로안이 움직일 수 있는 마나의 양과 비슷한 것이나, 후작들에게서나 발견할 수 있는 축적된 마나를 가지고 있다는 것은 어떠한 이유에서도 쉽게 이해할 수 없었다.

 빌우드가 자신을 유심하게 바라보는 것을 알면서도 데미안은 자신이 궁금하게 생각한 것을 먼저 물었다.

 "내가 특별하게 유로안 경에게 부탁을 했는데 준비는 됐는가?"

 "예, 디미트리히님께 말씀을 듣고 대지 마법과 특히 지계(地界)의 정령들을 부리는 정령술사들을 뽑아서 왔습니다."

 "얼마나 왔는가?"

"3싸이클 이상의 마법을 익힌 마법사 여든여섯 명과 정령술사 열다섯 명을 데리고 왔습니다."

빌우드의 대답을 들은 데미안은 자신의 곁에 있던 간이 테이블을 자신 앞으로 당겨 작전 지도를 살폈다. 한참 동안 고심하던 데미안은 지도를 가리키며 빌우드에게 뭔가를 설명했고, 데미안의 설명을 들은 빌우드는 연신 고개를 갸웃거렸다.

"정말 저희가 그렇게만 하면 되는 겁니까?"

"쉽지는 않을 것이네."

"맡겨주십시오. 각하의 말씀대로 그 일대를 멋지게 바꾸어놓겠습니다. 그럼 이만."

빌우드가 막사를 나가고 데미안은 여전히 자리에 앉아서 작전 지도만을 바라보고 있었다.

비록 가벼운 옷차림이었지만 문슬로는 지난 저녁 데미안의 막사가 환하게 밝혀져 있었다는 것을 보초를 서던 병사들에게 들어서 알고 있었다.

"사령관 각하, 일단 좀 쉬시는 것이 어떻습니까?"

"어? 테이스 자작, 지금 뭐라고 했소?"

"밤새 잠도 안 주무셨다는 것을 잘 알고 있습니다."

"괜찮소. 별로 피곤하지 않소."

"각하를 위해서가 아니라 각하를 믿고 있는 병사들을 위해서라도 쉬도록 하십시오."

문슬로의 말에 데미안은 고개를 돌려 문슬로의 얼굴을 바라보았다. 그리고는 씨익 미소를 지었다.

"알았소. 그럼 차 한잔 같이 하겠소?"

"곧 준비하겠습니다."

문슬로가 나가자 데미안은 의자에 몸을 파묻으며 눈을 감았다. 그러나 그의 휴식을 방해하는 사람이 있었다.

"사령관 각하, 드릴 말씀이 있습니다."

눈을 뜨고 보니 가르시아와 세 명의 용병단장들이었다.

하크는 상처가 나았는지 붕대를 풀었지만 카스텔로는 여전히 머리 전체를 붕대로 감은 채였다. 특히 카스텔로는 아직도 화가 풀리지 않았는지 애써 데미안을 외면하고 있었다.

"무슨 일이오?"

"방금 사령부에서 연락이 왔습니다."

"연락? 무슨 특별한 명령이라도 있었소?"

"잠시 작전 수행을 대기하라는 명령이 있었습니다."

가르시아의 말에 데미안은 몸을 세워 앉았다.

"오후에 화렌시아 후작께서 직접 10군단을 이끌고 이곳으로 오신다는 연락이 있었습니다."

"화렌시아 후작 각하께서?"

"그렇습니다. 자세한 것은 후작 각하께서 도착하셔서 직접 말씀을 하신다고 하셨습니다."

고개를 끄덕인 데미안은 뒤에 서 있던 세 명의 용병단장을 보며 고개를 갸웃거렸다.

"그대들은 무슨 이유로 온 것인가?"

"어제 있었던 무례를 사과하고 정식으로 사령관 각하께 지휘권을 이양하기 위해섭니다."

앞에 서 있던 하크의 말을 들으며 데미안은 뒤에 서 있는 두 사람을 바라보았다. 파프는 여전히 무표정한 얼굴이었고, 카스텔로는 고개를 돌린 채 밖만을 바라보고 있었다.

"두 사람도 인정하는가?"

"인정합니다, 사령관 각하."

"인정합니다."

두 사람의 대답을 들은 데미안은 희미한 미소를 지었다.

"좋다. 세 사람은 본인들이 거느리고 있는 용병단의 특징과 인원 구성을 보고해 주기 바란다. 그리고 다이몬 자작은 테이스 자작에게 물어 11군단의 인원 편성을 파악해 화렌시아 후작 각하께 보고를 할 수 있도록 준비해 주게."

"알겠습니다, 사령관 각하."

대답을 한 가르시아가 세 사람과 함께 나가고 난 후 문슬로가 한 잔의 차를 들고 들어왔다. 천천히 차를 마시며 입을 열었다.

"테이스 자작, 다이몬 자작과 상의해 화렌시아 후작 각하께 브리핑할 준비를 해주시오."

"다이몬 자작에게 들었습니다. 그런데 화렌시아 후작께서 이곳까지 오신다니 조금은 의외군요."

"45군과의 결전이 가진 중요성이 크다고 사령부에서 판단한 모양이오."

"20만 명이 넘는 전투라니… 사상자가 엄청나겠군요. 휴우……."

문슬로의 한숨에 데미안의 얼굴에 쓴웃음이 떠올랐다. 문슬로도 점점 자신을 닮아가는지 요즘 들어 한숨을 쉬는 횟수가 늘어갔다. 왠지 그런 문슬로가 가깝게도 느껴졌지만 쓸쓸한 생각이 드는 것도 사실이었다.

"전쟁을 시작한 이상 사상자가 생기는 것이 당연한 일이지만 착잡한 생각이 드는군요."

"하지만 전쟁을 시작한 이상 이겨야만 하네."

굵직한 음성과 함께 막사로 들어온 사람은 건장한 체격에 하프 플레이트 메일을 걸친 장년의 기사였다. 재빨리 자리에서 일어난 데미안은 피지엔에게 자리를 권했다. 그리고 자리에 앉은 피지엔에게 인사를 했다.

"11군단의 군단장 데미안 싸일렉스가 피지엔 드 화렌시아 후작 각하께 인사 올립니다."

"어서 고개를 드시오, 싸일렉스 백작."

데미안이 기립을 하자 피지엔은 미소를 지으며 그에게 말을 건넸다.

"귀관의 승전보를 들으시고 황제 폐하께서는 크게 기뻐하셨소. 폐하께서는 귀관의 노고를 치하한다는 말씀을 본관에게 꼭 전하라 하셨소."

"황공합니다, 후작 각하."

"참! 인사하시오. 이 사람은 10군단의 군단장인 로이에 루카스 백작이고, 그리고 이쪽은 내 부관인 도리아 컨더넨 백작이오."

"만나게 되어 반갑습니다."

"나도 싸일렉스 백작과 함께 적들을 상대하게 되어 기쁘게 생각하오."

"반갑소, 싸일렉스 백작."

로이에가 반갑게 인사한 반면, 도리아는 무표정한 모습으로 데미안을 대했다.

"내가 듣기에 저들은 45군단 이외에도 43, 47군단이 합쳐진 상태로 알고 있소. 본관은 싸일렉스 백작이 그들을 어떻게 상대하려고 하는지 상당히 궁금하오."

"후작 각하, 그렇다면 용병단장들을 부르겠습니다."

데미안의 말에 재빨리 문슬로가 막사를 빠져나갔고, 곧 세 명의 용병단장이 막사 안으로 들어왔다. 사람들이 모두 모이자 데미안은 작전 지도를 보며 천천히 자신의 생각을 이야기하기 시작했다.

한참 동안 데미안의 이야기를 듣던 사람들의 얼굴 표정은 모두 제각각이었다. 피지엔이 고개를 끄덕인 반면, 로이에나 하크는 고개를 갸웃거렸다. 그런 반면 도리아나 카스텔로의 눈에는 경멸의 기색이 완연했다.

"싸일렉스 백작, 그렇게 되면 병사들의 피해가 너무 심하다는 것을 알면서 그런 작전을 세운 것이오?"

"물론 알고는 있습니다. 그렇지만 이미 저들이 우리의 기습을 대비하고 있는 이상 기습 공격을 하는 것은 어리석은 일입니다. 게다가 지금 대치하고 있는 곳이 평야 지대기에 모습을 숨기며 그들에게 접근할 수 있는 방법도 없습니다. 그러고 보면 결국 남은 것은 전면전뿐입니다."

"그리고 또 하나, 싸일렉스 백작이 세운 작전대로 전황이 진행된다고 어떻게 보장할 수 있단 말이오?"

도리아의 가시 돋친 말에 담담하기만 했던 데미안의 얼굴에 서서히 표정이 사라졌다.

"그렇다면 컨더넨 백작께서는 어떤 계획을 가지고 계시는지 궁금하군요?"

갑작스런 데미안의 반문에 도리아는 순간 말문이 막혔다. 자신에게 특별한 계획이 있었기 때문에 그의 의견에 반대한 것이 아니었다. 자신은 고작 화렌시아 후작의 부관으로 임명된 것에 반해 나이도 어린 데미안이 벌써 전방 부대인 11군단의 군단장으로 임명된 것이 눈꼴시었기 때문이었다.

"적어도 상대의 의견을 반대하려면 최소한 자신의 생각이 있어야 한다고 생각하는데, 귀하는 그렇게 생각하지 않소?"

데미안의 말투에 날카로움이 묻어났다. 그런 데미안의 말투에 분노를 느낀 도리아가 데미안을 노려보았지만 곧 고개를 숙여야만 했다. 데미안과 눈이 마주치는 순간 도리아는 등줄기에 소름이 오싹 끼치는 것을 느껴야만 했다.

심연(深淵)을 연상케 하는 데미안의 눈과 마주치는 순간 거역할 수 없는 존재 앞에 선 것처럼 꼼짝도 할 수 없었다. 그런 자신에게 분노도 느꼈지만, 그보다 그런 생각이 들게 한 데미안에 대해 더욱 커다란 분노를 느꼈다. 그러나 더 이상 그의 눈을 마주 대할 자신이 없었다.

"자, 자, 이제 그만 하도록 하시오. 내가 생각하기에도 싸일렉스 백작의 의견이 타당한 것 같네. 그 외에 다른 의견을 가지고 있는 사람이 있는가?"

피지엔의 질문에 대답하는 사람은 아무도 없었다. 결국 데미안의 의견대로 작전을 진행시키기로 결정을 내렸다.

작전 수행 시간은 내일 새벽.

총사령관은 피지엔이지만 데미안이 작전 참모로 두 개 군단과 세 개 용병단의 임시 지휘권을 행사하도록 결정했다. 병력들을 자신의 생각대로 배치하면서도 데미안의 얼굴은 별로 밝지 못했다.

이제 전력이 거의 비슷해진 만큼 지휘관이 얼마나 치밀한 작전을 세웠느냐에 따라 피해의 규모가 달라질 것이다. 이미 그 사실을 알고 있는 데미안으로서는 자신이 병력 배치를 맡게 되었다는 사실이 너무나 부담스러웠다.

병력들의 배치가 끝났을 땐 이미 자정을 훌쩍 넘어서고 있었다.

가볍게 자신의 뒤 목을 주무르며 근육을 풀어주던 데미안은 자신을 향해 다가오는 가르시아를 발견했다. 자신만만해하던 평소 모습과는 달리 불쾌한 일이 있었는지 조금 상기된 표정이었다.

"다이몬 자작, 무슨 일이 있소?"

"화렌시아 후작 각하의 부관인 컨더넨 백작님 때문입니다."

"컨더넨 백작?"

데미안이 반문을 하자 가르시아는 여전히 불쾌한 얼굴로 대답했다.

"저에게 사령관 각하의 비리를 캐내서 비밀리에 알려달라고 하더군요."

"컨더넨 백작이 말이오?"

"그렇습니다. 화렌시아 후작 각하의 부관이란 분이 어떻게 그런 말씀을 하실 수 있는 것인지 그것도 불쾌하지만 저를 더욱 불쾌하게 만든 것은 그분의 눈에 제가 어떻게 보였기에 저에게 그런 말씀을 하신 것인지 그것이 더 불쾌합니다."

가르시아의 말에 데미안은 아무 말도 할 수 없었다.

왜 사람들은 자신을 그렇게 못마땅하게 보는 것인지 이해할 수 없었다.

레토리아 왕국을 탈환하기 위해 갔을 때도 기사들은 자신을 쉽게 받아들이지 않았고, 11군단에 처음 도착하는 날도 자신의 부관인 문슬로나 자신의 눈앞에 있는 가르시아 역시 나이나 외모만 보고 자신을 무시하긴 마찬가지였다.

또 그렇기는 용병단장들이나 도리아 컨더넨 백작 역시 마찬가지였다.

"씁쓸하군."

"씁쓸한 것이 아니라 기분이 아주 더럽습니다. 힘을 합쳐 루벤트 놈들을 상대해도 어려운 상황에서 내분을 일으키는 멍청한 짓을 하다니…… 정말 이건 미친 짓입니다."

 "그런 기분보다는 새벽에 있을 루벤트 제국군과의 전투에서 승리하는 것이 더 중요하오."

 "사령관 각하의 말씀이 무슨 뜻인지는 알지만……."

 "그만하면 됐소. 아마 컨더넨 백작도 우리 트렌실바니아 왕국의 병사들을 위해서 그런 말을 했을 것이오."

 씁쓸한 웃음을 짓고 있는 데미안의 모습에 가르시아는 어이가 없었다. 단지 말을 전해 듣기만 한 자신도 이렇게 불쾌하고 화가 나는데 정작 당사자인 데미안은 오히려 도리아를 변호해 주지 않는가? 하지만 어색한 얼굴을 하고 있는 데미안의 얼굴은 그의 마음이 그리 편치 않다는 것을 나타내고 있었다.

 이 상태에서 더 이상 그 문제를 거론한다는 것은 오히려 데미안을 괴롭히는 것이 되는 것임을 알기에 그만둘 수밖에 없었다.

 "사령관 각하, 전 이만 물러가겠습니다. 잠시라도 휴식을 취하십시오."

 "알겠소. 자작도 그만 가서 쉬도록 하시오."

 가르시아가 막사를 나가고도 한참 동안 데미안은 의자에 앉아서 꼼짝도 하지 않았다. 이제 잠시 후면 다시금 검에 누군가의 선혈을 묻혀야만 하는 시간이 다가온다.

 자신이 과거 왕립 아카데미에서 기사 수업을 받을 때 파이야에게 했던 말을 아직도 잊지 않고 있었다. 좀 더 많은 친구를 사귀기 위해 강해지고 싶다는 말을 한 적이 있었다.

 아직도 그 말이 귓전을 울리고 있는데 지금 자신은 전장에서 누군가를 죽이기 위해 검을 들고 있는 것이다. 그런 자신이 싫었지만 어쩔 수 없는 일이었다. 그래서인지 데미안의 입에서는 한숨이 흘러나왔다.

"휴우……."

하얀 입김이 공중에서 흩어졌다.

    *   *   *

"지금 적들의 위치는 5킬로미터쯤 떨어진 곳에서 야영을 하고 있습니다."

"병력은 더 이상 늘지 않았는가?"

"어제 제가 보고 드린 상태에서 더 이상 추가된 병력은 없습니다. 현재 적의 병력은 3개 군단 수준입니다. 또 한 가지 첨병들에게서 들어온 보고에 의하면 어제 저녁 늦게 11군단의 사령관보다 상관으로 보이는 자가 도착을 했다고 합니다."

"상관? 그럼 후작 중 하나란 말인가?"

"부하들이 보고한 바에 따르면 아마도 피지엔 드 화렌시아 후작이 아닌가 생각이 됩니다."

부관의 대답에 회의실에 모여 있던 세 사람 가운데 45군단의 군단장인 루이스는 자신의 턱을 어루만지며 잠시 생각에 빠졌다.

피지엔이 이 전투에 참가했을 정도라면 트렌실바니아 왕국이 이 전투에 거는 기대를 충분히 짐작할 만했다. 하지만 피지엔이 소드 마스터라면 자신 역시 소드 마스터였다. 게다가 수단과 방법을 가리지 말고 적의 진격을 막으라는 서부 전선의 총사령관으로 임명된 스캇의 특명이 있었다.

막강한 기병 부대를 보유한 15군단을 전혀 예상하지 못한 방법으로 격파한 것만 보아도 11군단의 사령관이란 작자는 전술에 상당히 밝은 자가 분명했다. 게다가 15군단의 사령관인 마백 백작이 일 대 일 대결에서 목숨을 잃었다면 11군단의 사령관이 가지고 있는 검술 실력 또한 대단하다는 것을 쉽게 짐작할 수 있는 일이었다.

게다가 이젠 10군단이 추가가 되었고, 화렌시아라고 짐작되는 자까지 등장을 한 것이다.

"피지엔 화렌시아까지 등장했단 말이지. 적의 동정은?"

"새벽을 기해 성을 향해 진격 중입니다."

"그래? 그럼 우리의 대응은?"

"저희 45군단을 중앙에 두고, 우측엔 43군단을, 좌측엔 47군단을 배치했습니다."

"전면전을 염두에 둔 배치인가?"

"그렇습니다. 저희 군단의 장기인 백병전을 이끌어내기 위해서는 뱅가드Vanguard 진형을 취하는 것이 저희에게 가장 유리하다고 생각했습니다."

"그럼 적의 진형은?"

"각하께서 생각하고 계신 것처럼 적들은 크레센트Crescent 진형을 취한 채 넓게 퍼져 전진하고 있습니다."

"예상 도착 시간은?"

"상대의 이동 속도로 판단을 해보면 한 시간 후면 도착할 것 같습니다."

"만반의 준비를 하도록."

"명심하겠습니다, 각하."

부관이 방에서 나간 다음 루이스는 조금씩 어두워지는 하늘을 바라보았다.

"호호호, 날이 어두워지는 것이 눈이라도 한바탕 내릴 듯하군. 그렇다면 우리에게 더욱 유리하겠군. 어디 백병전 전문 부대인 우리 부대를 어떻게 상대하는지 두고 볼까?"

루이스의 웃음소리가 어두워지는 날씨처럼 낮게, 아주 낮게 가라앉았다.

*   *   *

어두워진 하늘은 기어코 눈을 쏟아내고야 말았다.

처음 조금씩 내리기 시작했던 눈은 곧 눈발이 굵어지기 시작했고, 얼마 지나지 않아 10미터 앞도 볼 수 없을 정도로 쏟아져 내렸다.

병사들의 중앙에서 이동을 하던 피지엔은 조금은 걱정스러운 눈으로 하늘을 바라보았다.

"흠, 이렇게 눈이 내리면 기병 부대를 운용하는 데 문제가 생길 수도 있겠군. 싸일렉스 백작, 준비는 되어 있소?"

"미흡하지만 준비를 했습니다."

데미안이 전혀 당황한 기색 없이 대답을 하자 피지엔은 마음이 든든해졌다. 피지엔 곁에서 데미안을 바라보던 도리아의 눈이 가늘어졌다.

"그렇다면 싸일렉스 백작은 오늘 눈이 내릴 걸 미리 알았단 말이오?"

"예, 왕립 아카데미에서 용병 교육을 받을 때 날씨에 관한 것도 함께 교육받았습니다."

"참, 그리고 보니 싸일렉스 백작이 동시에 네 과목을 이수했다는 사실을 잊고 있었군. 눈이 내리는 것에 대한 대책까지 세워두었다니 일단 안심이 되는군."

"하지만 후작 각하, 무슨 위험이 있을지 모르니 조심하셔야만 합니다."

"후후후, 알았네. 자네의 충고 명심하지."

피지엔이 데미안의 대답에 만족한 듯 웃음을 짓자 도리아는 역력하게 못마땅하다는 표정을 지었다. 기둥서방같이 생긴 데미안의 어디에 그렇게 믿음이 가는 것인지 도리아는 이해할 수 없었다.

애송이에 불과한 데미안이 며칠 전 전투에서 승리를 거둔 것 역시 데미안이 잘했다기보다는 상대가 너무 멍청하게 대응했기 때문이라고 생각했다. 게다가 건방지게 이제는 하늘에서 눈이 내릴 것까지 미리 예측을 했다는 소리를 하지 않는가?

그러는 사이 대열은 45군단이 주둔하고 있는 성에서 1킬로미터쯤 떨어진 곳에 도착했다.

눈발은 더욱 거세져 이제 1미터 앞도 제대로 확인할 수도 없을 지경이었다. 어느 누구도 이런 날씨에 싸운다는 것은 말도 안 된다고 할 것이다. 그런 생각이 들자 피지엔은 은근히 걱정이 되었다.

상대는 기병 부대라곤 애초에 염두에 두지 않은 백병전 전문 부대다. 그런 부대와 이런 날씨에 전투를 한다는 것은 그야말로 미친 짓이다. 경험을 해본 것과 해보지 못한 것이 종이 한 장 차이일 수도 있지만 특히 이런 상황에서는 극단적인 모습을 보일 수도 있다는 것이 문제였다.

생각이 거기에 미치자 피지엔은 자연스럽게 데미안을 바라보았다. 그러나 데미안은 담담한 표정으로 그저 전면에 희미하게 보이는 성을 바라보고 있었다.

적 45군단과 두 개 군단 역시 자신들과 마찬가지로 성 앞에 나와서 포진하고 있었다. 양 진영 간에 거리라곤 겨우 1킬로미터에 불과했고, 눈보라가 심하게 몰아치고 있었다.

"싸일렉스 백작, 적의 배치를 보니 전면전을 염두에 둔 것 같은데 백작의 생각은 어떻소?"

"45군단이 백병전을 전문으로 하는 부대인만큼 전면전을 펼칠 것이라고 예상했습니다. 그리고 그 후미에 두 개 군단이 따를 겁니다."

"그럼, 상대적으로 넓게 퍼져 있는 우리가 너무 불리하지 않겠소?"

"병사들이 제 명령대로만 움직여 준다면 충분히 45군단을 상대할 수 있습니다."

"그건 백작의 자만이 아니오?"

"그렇게 생각하십니까, 컨더넨 백작?"

데미안은 담담히 대꾸를 했지만 도리아는 자신을 조롱하는 것처럼 들렸다. 도리아가 막 대꾸를 하려는 순간 흩날리는 눈발 사이로 무엇인가가 움직이는 모습이 보였다.

은빛 찬란한 플레이트 메일을 걸친 기사였다.

"극악무도한 트렌실바니아 왕국 놈들아! 감히 여기가 어디라고 발을 들여놨느냐? 지금이라도 물러간다면 본관이 황제 폐하께 고해 네놈들의 죄를 대신 빌어주겠다."

"미친놈, 오히려 용서를 빌어야 할 사람은 네놈들이라는 걸 모른단 말이냐?"

"건방진 놈! 네놈은 누구냐?"

"본인은 10군단 군단장인 루이에 루카스 백작이다. 그런 네놈은 누구냐?"

"흥! 멧돼지라고 불리는 놈이 바로 네놈이구나. 본관은 대루벤트 제국의 43군단 군단장인 사이나크 휀델 백작이시다."

챙!

힘차게 자신의 롱 소드를 뽑아 든 루이에는 사이나크를 향해 외쳤다.

"그렇게 자신있으면 어디 덤벼봐라. 네 머리를 예쁘게 잘라주마."

"죽일 놈, 감히……. 트렌실바니아 왕국 놈들을 몰아내라!"

"흥! 루벤트 제국 놈들을 모조리 죽여라!"

와—!

하늘이 무너져 내릴 것 같은 함성과 함께 루벤트 제국군들이 트렌실바니아 왕국군을 향해 달려들었다. 트렌실바니아 왕국군들은 침을 삼키고는 자신들의 무기를 잡은 손에 힘을 주었다.

그 모습을 보며 데미안은 자신의 곁에 있던 문슬로에게 입을 열었다.

"테이스 자작, 빌우드에게 연락은 왔소?"

"예, 준비를 마치고 사령관 각하의 명령을 기다리고 있다는 연락이 있었습니다."

"예상은 하고 있었지만 정말 엄청나군."

데미안의 말에 문슬로는 조금은 불안한 눈으로 전면을 바라보았다. 엄청난 기세로 쏟아지는 눈발을 온통 검게 물들이며 45군단의 병사들이 밀려왔다. 그리고 그 뒤로 43군단과 47군단이 뒤따르고 있었다.

그들과의 거리가 100미터 정도로 좁혀지자 데미안은 재빨리 문슬로에게 손짓을 했다. 데미안의 신호에 문슬로는 말 등에 꽂아두었던 여러 색의 깃발 가운데 파란색의 깃발을 뽑아 높이 쳐들고 힘차게 휘둘렀다. 그러자 11군단의 진영 곳곳에서 파란 깃발이 솟구쳐 올랐고, 얼마 지나지 않아 11군단은 신속하게 뒤로 물러나기 시작했다.

11군단이 싸우기도 전에 뒤로 물러서자 45군단의 병사들은 더욱 카다란 함성을 지르며 달려들었다. 11군단이 후퇴하는 속도보다는 45군단이 전진하는 속도가 훨씬 빨랐다. 불과 30분도 지나지 않아 11군단은 45군단과 마주쳤고, 곧 처절한 전투가 벌어졌다.

처음 팽팽한 접전을 벌이던 11군단은 곧 수적인 열세를 견디지 못하고 다시 후퇴하기 시작했다.

후퇴하는 11군단을 추격하면서도 루이스는 주위를 둘러보는 것을 잊지 않았다. 전해 들은 보고에 비해 적의 숫자가 적다는 것은 주위에 매복하고 있다는 것을 뜻한다는 걸 모를 루이스가 아니었다.

그렇게 11군단을 1킬로미터쯤 추격했을 때 11군단에서 검은색 깃발이 펄럭임과 동시에 측면에서 엄청난 수의 병사들이 눈 속에서 모습을 드러냈다. 그러나 이미 적의 매복을 대비하고 있었던 루이스는 침착하게 지휘관들에게 명령을 내렸다.

"루카스 백작은 신속하게 43군단의 병력을 이동해 저들을 저지하라."

지시를 받은 루이에는 각 급 지휘관들에게 재빨리 명령을 내렸고, 이동한 43군단의 병사들은 자신들의 측면을 공격하는 10군단의 앞길을 막아섰다.

10군단과 43군단은 곧 죽음을 부르는 혈전을 시작했고, 고함 소리와 무기들이 부딪치는 소리, 그리고 단말마의 고통을 참지 못하고 토해내는 비명 소리로 지옥과 같은 모습을 보여주고 있었다.

너무도 끔찍한 모습이기에 하늘도 더 이상 볼 수 없었을까? 내리던 눈발은 더욱 거세졌다. 강풍에 날리는 눈발에 가려 혈전을 벌이는 사람들의 모습은 발견하기 힘들었고, 그들이 딛고 선 대지는 이미 시뻘겋게 물들어 있었다.

물고 물리는 접전이 계속되었지만 병력 수에서 뒤지는 11군단은 점차 뒤로 밀렸고, 그들을 추적하는 43, 45, 47군단의 움직임은 더욱 빨라졌다. 그리고 그런 루벤트 제국군의 뒤를 쫓는 것은 트렌실바니아 왕국의 10군단이었다.

1미터 앞도 확인하기 힘든 눈보라 속에서 수십만 명에 이르는 병사들이 쫓고 쫓기는 기이한 풍경이 장시간 이어졌다.

루이스는 아직까지 모습을 드러내지 않은 트렌실바니아 왕국의 병사들이 은근히 신경 쓰였지만, 설사 지금 그들이 출현한다고 하더라도 지금의 전세를 뒤집기는 불가능하다는 생각이 들었다.

트렌실바니아 왕국의 10군단에 의한 43군단의 피해 상황이 계속해서 보고는 되었지만 루이스는 애써 무시했다. 자신들의 후미에 따라붙은 적 10군단을 상대하기보단 후퇴를 하고 있는 11군단을 몰살시키는 것이 훨씬 득이 되는 일이었다. 게다가 적 11군단은 자신들의 15군단을 격파하지 않은가?

한 가지 마음에 걸리는 것은 적 11군단이 맥없이 후퇴한다는 것과 아직까지 보이지 않는 나머지 트렌실바니아 왕국군이었다. 그렇지만 트렌실바니아 왕국군은 자신이 조련한 45군단을 막기에는 너무나도 무력했고, 또 그것이 자신들을 승리로 인도할 것임을 루이스는 믿어 의심치 않았다.

끝없이 후퇴하는 트렌실바니아 왕국의 11군단과 그들의 위를 쫓는 루벤트 제국의 43, 45, 47군단, 그리고 그들의 측면을 공격하는 트렌실바니아 왕국의 10군단.

영원히 계속될 것만 같았던 그들의 추격전은 11군단이 갑자기 멈춰 서면서 끝났다.

전투는 더욱 치열해졌다. 계속해서 내린 눈으로 지면은 이미 진흙탕으로 변해 버린 지 오래였고, 발목까지 빠지는 진흙탕 속에서 트렌실바니아 왕국과 루벤트 제국의 병사들은 서로의 목숨을 빼앗기에 여념이 없었다.

지면에 흐르는 선혈은 곳곳에서 작은 시내를 이루었고, 병사들의 발놀림이 있을 때마다 선혈이 사방으로 튀었다. 병사들은 자신의 몸에서 흐르는 선혈이 자신의 것인지, 아니면 타인의 것인지 확인할 사이도 없이 사방을 향해 검을 휘둘렀다.

사상자의 수는 급속히 늘어갔고, 그 모습을 지켜보는 데미안의 손은 긴장으로 인해 흥건히 땀이 고였다. 자신이 결정을 내리는 시간이 길어지면 길어질수록 병사들의 희생이 늘어난다는 것을 알고는 있었지만 지금은 아니었다.

조금만 더, 조금만 더 적을 깊숙하게 유인해야만 했다.

그 모습을 옆에서 지켜보는 문슬로도 긴장하기는 마찬가지였다. 데미안이 세운 대략적인 계획이야 알고 있지만 병사들의 피해가 늘고 있는데 대체 무엇을 기다리고 있는 것인지 영문을 알 수 없었다.

그러는 사이 10여 분의 시간이 흐르고 마침내 데미안은 문슬로에게 손짓을 했다. 문슬로는 재빨리 말 등에서 보라색의 깃발을 뽑아 힘차게 흔들었다.

그 순간 눈 속에 숨어 있던 용병들이 지면을 박차고 일어나 10군단과 함께 루벤트 제국군의 좌측을 공격했다. 갑자기 쏟아지는 십여만 명의 공세에 밀려 루벤트 제국의 병사들은 어쩔 수 없이 후퇴를 해야만 했다.

조금씩 밀리기 시작한 루벤트 제국의 병사들은 거의 1킬로미터쯤 밀려난 후에야 겨우 트렌실바니아 왕국군과 팽팽하게 접전을 벌일 수 있었다. 적군과 아군을 구별할 수 없는 상황에서 눈에 움직이는 것이 보이기만 하면 무조건 검을 휘두르기를 거의 30분.

트렌실바니아 왕국군 진영에서 붉은색의 깃발이 솟아올랐다.

첫 번째 깃발이 올라오고 얼마 되지 않아 사방에서 붉은색의 깃발이 올라왔다. 깃발이 올라오자 트렌실바니아 왕국군의 움직임이 변했다.

한순간에 뒤로 물러선 것이다. 너무나 신속한 움직임이기에 뒤로 물러선 트렌실바니아 왕국군조차 놀랐다. 또한 그 모습에 루벤트 제국군들도 놀라기는 마찬가지였다.

양쪽 병사들 사이가 4, 500미터 정도 떨어졌을 때 데미안은 미리 캐스팅해 두었던 스펠을 시전했다.

"미티어 레인!"

데미안의 외침과 함께 그의 오른손에서는 붉은색의 유성 수십 개가 허공으로 치솟아올랐다. 몇십 줄기의 붉은 광선을 그리며 솟구쳐 오른 유성의 모습을 모든 병사들이 멍하니 바라보았다.

천공으로 치솟은 붉은색 광선이 희미해질 때 어디선가 강풍을 타고 외침 소리가 들려왔다.

"마이어 풀(Mire Pool : 진흙 웅덩이)!"

수십 줄기의 빛 줄기가 루벤트 제국군의 진영에 떨어졌고, 빛이 떨어진 곳, 사방 수십 미터가 순식간에 진흙 구덩이로 변해 버렸다. 수십 줄기의 빛덩이가 계속해서 날아들었고, 빛덩이가 떨어진 곳은 어김없이 허벅지까지 빠지는 진흙 구덩이로 변했다.

루벤트 제국군들은 갑자기 지면이 물렁해지는 듯한 느낌 뒤에 자신의 몸이 순식간에 허벅지까지 빠져들자 당황하지 않을 수 없었다. 허둥대는 루벤트 제국군의 진영으로 빛덩이들은 계속해서 날아들었고, 그러는 사이 트렌실바니아 왕국군들은 500미터 밖으로 이미 후퇴한 뒤였다.

갑작스런 변화에 루벤트 제국군들이 잠시 멍하고 있을 때 대열을 갖춘 트렌실바니아 왕국군은 일제히 컴포짓 보를 꺼내 들고는 활시위에 강철 화살을 메겼다. 그 모습을 발견한 루이스는 그제야 자신이 상대의 함정에 빠진 것을 깨닫고 이를 악물었다.

자신이야 이 정도 상황에서 빠져나가는 것이 아무런 문제가 되지 않지만 실력이 모자라는 일반 병사들에겐 목숨이 위태로운 상황이었다. 사색이 된 병사들의 얼굴을 본 루이스는 재빨리 주위를 둘러보았지만 강풍에 흩날리는 눈보라 때문에 제대로 확인하기 힘들었다.

휙휙휙—!

귓전을 때리는 강풍 속에서 희미하게 무엇인가가 공기를 가르며 날아드는 소리가 들렸다. 흠칫 놀란 루이스가 고개를 돌리고 보니 눈발을 가르며 수백 수천 발의 강철 화살이 비처럼 쏟아져 내렸다.

병사들이 가지고 있던 카이트 실드나 라운드 실드가 막아내는 것도 한도가 있었다. 잠시만 긴장을 풀어도 순식간에 고슴도치가 돼버리는 것이다.

사방에서 목숨을 잃은 병사들이 속출했다. 피하려고 해도 허벅지까지 빠져드는 진흙탕 때문에 꼼짝도 하지 못하고 당하는 수밖에 없었다.

"후퇴해라! 어서 후퇴하라!"

루이스는 목이 터져라 외쳐 댔지만 끝없이 터져 나오는 병사들의 비통하고 처절한 비명 소리에 묻혀 들리지 않았다. 루이스가 분한 마음을 이기지 못해 계속해서 고함을 지르고 있는 동안에도 루벤트 제국의 병사들은 쓰러져 갔다. 그리고 식어가는 그들의 몸 위로 무심한 눈송이는 끝없이 쌓여갔다.

마나를 끌어올린 루이스는 어디론가를 향해 몸을 날렸다.

데미안의 작전이 성공했다는 것을 짐작한 피지엔이 기쁨을 감추지 못하고 있을 때 데미안은 자신이 직접 전황을 살피기 위해 앞으로 나섰다. 두 개 군단과 세 개 용병단에서 보유하고 있는 화살의 수도 상당한 것이었지만 워낙 짧은 시간에 많은 양을 소비한 탓인지 이미 바닥이 나 있었다.

데미안은 백병전을 벌이고 있는 양군의 상황을 살펴보았다. 이미 승기를 잡았다고 생각한 트렌실바니아 왕국군과 필사적으로 그들을 막아내는 루벤트 제국군. 치열한 백병전이 계속되면서 가장 활약을 보인 사람들은 새로이 투입된 세 개 용병단의 용병들이었다.

그들은 자신들이 데미안에게 장담한 대로 백병전에서 뛰어난 능력을 발휘했다. 작게는 두 명이, 크게는 십여 명이 하나의 조를 이루어 공격과 방어를 분담해 루벤트 제국군을 조직적으로 상대하고 있었다.

진흙 구덩이에 고립된 루벤트 제국군을 완전하게 포위한 트렌실바니아 왕국군들은 결코 서두르지 않았다. 물론 병사들에게 명령을 내리는 지휘관들이 목이 쉴 정도로 고생을 한 탓이었지만 말이다.

루벤트 제국군의 얼굴에는 점차 시간이 지날수록 사신의 어두운 그림자가 드리워지고 있었다.

그 모습을 보는 루이스는 가슴이 찢어질 듯했다. 순간적인 자만심이 이런 결과를 낳았다고 생각하니 그야말로 미칠 지경이었다. 그래서인지 루이스는 자신의 롱 소드에 잔뜩 마나를 주입하고는 사정없이 휘둘렀다.

짙푸른 색의 마나에 싸인 롱 소드는 사정없이 트렌실바니아 왕국군에게 쏟아졌지만 어느 누구도 그의 롱 소드를 막아내진 못했다. 한번 롱 소드가 휘둘러질 때마다 십여 명의 병사들이 목숨을 잃어갔다.

루이스의 롱 소드 앞에서는 무기든, 방패든, 플레이트 메일이든 사정없이 잘려 나갔다. 무시무시한 루이스의 공격에 트렌실바니아 왕국의 병사들은 겁에 질려 자신도 모르게 뒤로 물러섰다. 그러나 루이스는 자신의 눈에 보이는 트렌실바니아 왕국의 병사들을 결코 용서하지 않았다.

대열이 한번 무너지기 시작하자 그 여파는 곧 주위로 퍼져 나갔다. 멀리서 그 모습을 발견한 데미안은 상당한 실력의 소유자가 그곳에 있음을 직감하고는 곧 그쪽을 향해 달려갔다.

도착을 하고 보니 피해가 예상했던 것 이상으로 컸다. 언뜻 보았지만 벌써 진흙 구덩이에 쓰러져 있는 트렌실바니아 왕국의 병사들의 수가 200명을 넘어서고 있었다. 상대는 특이하게도 풀 플레이트 메일을 걸친 기사였다. 그럼에도 불구하고 그의 움직임은 눈부시게 빨랐다.

더 이상 지체할 시간이 없었다. 데미안은 자신 앞에 있던 병사의 어깨를 밟고 그대로 허공으로 뛰어올랐다. 동시에 등에 메고 있던 바스타드 소드를 뽑아 마나를 집어넣은 채 그대로 내려쳤다.

자신을 향해 급격히 날아드는 마나를 감지한 루이스는 마법 공격이라고 생각하고는 자신의 롱 소드를 쳐들었다.

챙!

귓전이 찢겨 나가는 듯한 소음과 함께 주위에 있던 트렌실바니아 왕국의 병사들은 폭풍처럼 몰아치는 마나의 소용돌이에 휘말려 뒤로 날아갔다.

루이스는 자신을 공격한 것이 마법 공격이 아니라 뜻밖에 바스타드 소드임을 깨닫고는 상대를 확인했다. 믿을 수 없게도 상대가 빨강 머리를 한 아름다운 청년인 것을 발견하고는 놀라움을 금치 못했다. 트렌실바니아 왕국군 가운데 피지엔을 제외하고 자신의 검을 막아낼 상대가 있으리라고는 전혀 예상하지 못했다.

데미안은 자신이 뛰어올라 공격을 했음에도 불구하고 조금의 이득도 얻을 수 없었음을 알고 상대가 45군단의 군단장인 루이스 벨리스크 후작이 아닌가 하는 생각을 했다.

힘으로 별로 상대에게 밀려본 경험이 없던 데미안으로서도 견디기 힘들 정도의 압력을 느꼈다. 정강이까지 빠져드는 진흙 속이기에 견디기가 더욱 힘들었다.

한편, 자신의 공격을 당당히 막아내는 데미안의 존재에 대해 루이스는 진한 호기심을 느꼈다. 자신의 롱 소드를 불끈 움켜쥔 루이스는 힘껏 데미안을 밀어붙였다.

데미안은 힘을 주어 버티려 했지만 더 이상 견디지 못하고 거의 5, 6미터 정도 뒤로 쭉 밀려났다. 재빨리 중심을 잡은 데미안은 곧 바스타드 소드를 자신의 가슴 앞에 세웠다.

그 모습에 주위에 있던 트렌실바니아 왕국의 병사들은 더욱 뒤로 물러섰다.

천천히 롱 소드를 내린 루이스는 자신의 투구를 벗었다.

짧게 다듬은 머리를 한 40대 후반의 사내였다. 금방이라도 타오를 듯한 눈빛이 인상적이었다.

"본인은 대루벤트 제국의 45군단 사령관인 루이스 드 벨리스크 후작이다. 내 검을 막은 그대는 누구인가?"

"본인은 트레디날 제국의 11군단의 사령관을 맡고 있는 데미안 드 싸일렉스 백작이라고 하오."

"트레디날 제국?"

데미안의 말에 루이스의 눈썹이 꿈틀했다.

설마 상대가 트레디날 제국이란 국명을 이렇게 당당히 사용할 줄은 상상도 못했다. 하지만 그의 호기심을 끈 것은 그것이 아니었다. 자신의 검을 막은 청년의 신분이 루벤트 제국에도 알려져 있는 자렌토 싸일렉스의 아들인 데미안이란 말에 다시 한 번 그의 모습을 찬찬히 살펴보았다.

어깨까지 드리워진 붉은색 머리카락과 웬만한 미녀보다 훨씬 아름답게 생긴 얼굴, 묘하게 어울리는 은색의 하프 플레이트 메일, 그리고 흰 색의 망토.

한마디로 말하면 아름답게 생긴 청년이었다. 하지만 전쟁터와는 전혀 어울리지 않는 모습이었다.

"자네가 싸일렉스 백작의 아들인가?"

"아버님은 후작이 되셨소."

"오늘 이 일이 자네의 작품인가?"

"마음에 들었는지 모르겠소."

데미안은 희미한 미소와 함께 느긋하게 대답을 하면서도 조금의 긴장도 풀지 않았다. 빈틈없는 데미안의 모습에 루이스는 속으로 감탄하면서도 그가 어떻게 이런 어린 나이에 자신과 겨눌 만한 실력을 가진 것인지 의문이 아닐 수 없었다.

투구를 옆에 던진 루이스는 다시 롱 소드를 쳐들었다.

"끝내야겠지?"

"원하신다면."

데미안은 바스타드 소드를 두 손에 들고 검에 마나를 집어넣었다. 그리고 신중한 태도로 루이스를 보았다.

두 사람 모두 잔뜩 마나를 끌어올린 상태였기 때문인지 마치 딱딱한 지면을 밟고 서 있는 사람들처럼 안정되어 보였다. 그들이 들고 있는 롱 소드와 바스타드 소드는 그들이 끌어올린 마나로 인해 푸르고 붉게 물들어 있었다. 또한 그들의 몸 주위에도 희미하게 붉고 푸르스름한 기류가 그들의 몸을 휘감고 있었다.

두 사람은 자신들만의 세계에 빠져들었다. 지금 그들은 상대의 모습을 바라보고, 상대의 숨소리에 귀를 기울이며, 상대의 움직임에 모든 신경을 집중시켰다.

불규칙했던 숨소리가 규칙적으로 변하고, 다시 두 사람의 숨소리가 일치한다고 느끼는 순간 두 사람은 서로를 향해 달려들었다.

불필요한 모든 행동을 배제한 가장 빠른 동작으로 서로를 향해 달려들었다.

쾅—!

도저히 검끼리 부딪쳐 나는 소리라고는 믿을 수 없을 정도로 엄청난 소리와 함께 마나의 폭풍이 주위를 휩쓸었다. 10여 미터 밖에서 그들의 대결을 지켜보던 병사들은 불어닥친 마나에 날려 사방으로 날아갔다.

충격으로 뒤로 몇 걸음 물러선 두 사람은 누가 먼저라고 할 것도 없이 서로를 향해 다시 달려들었다. 수십 번도 더 부딪쳤고, 상대를 향해 수백 번도 넘게 검을 휘둘렀다. 두 사람의 모습은 육안으로 확인할 수 있는 속도를 넘어섰다.

병사들은 그저 붉고 푸른 선이 허공에서 수십 번도 넘게 부딪치는 광경을 멍한 눈으로 바라볼 뿐이었다. 두 사람이 부딪칠 때마다 주위에는 귀를 짓이길 것 같은 굉음과 폭풍 같은 마나가 휩쓸고 지나갔다.

루이스는 데미안과 검이 부딪칠 때마다 손목이 저려오는 것을 느꼈다. 나이도 어린 데미안이 자신과 비슷한 실력을 가지고 있다는 것을 믿을 수 없었지만 빨리 데미안을 처리하고 피지엔을 찾는 것이 무엇보다 중요했다. 피지엔만 잡을 수 있다면 패배로 기울어진 전세를 역전시킬 수도 있을 것이란 생각이 들었다.

루이스는 더욱 마나를 끌어올렸다. 그러자 그의 몸을 둘러싼 플레이트 메일과 검이 푸른 색의 마나에 휩싸인 것을 보고 데미안도 더욱 마나를 끌어올렸다. 동시에 공간의 검 미디아에서 찾아낸 공격 주문을 떠올렸다.

잠시 데미안을 노려보던 루이스가 검을 휘두르는 모습을 보고 데미안도 들고 있던 바스타드 소드를 힘껏 휘둘렀다.

"헬 버스트!"

쾅—!

데미안의 외침과 함께 그가 들고 있던 바스타드 소드가 엄청난 굉음과 섬광을 뿌리며 폭발했다.

그 모습에 놀란 루이스가 뒤로 피하려 했지만 순간적으로 자신의 몸을 짓누르는 엄청난 압력에 꼼짝도 할 수 없었다. 동시에 뭔가 자신을 향해 날아오는 것을 느꼈지만 피하려 했을 땐 이미 늦었다는 깨달았다.

따따따땅—!

불과 1, 2초에 불과한 짧은 시간이었지만 루이스는 자신이 걸친 플레이트 메일에 수백 번도 넘게 무엇인가가 부딪친 것을 느꼈다. 평소 자신의 마나에 감싸여진 플레이트 메일을 뚫을 수 있는 것은 없다고 자부하던 루이스의 생각과는 너무도 달랐다. 정체 모를 공격에 강철로 제련된 플레이트 메일이 너무도 간단하게 찢기고 구멍이 뚫려 버린 것이었다.

1, 2초 간의 짧은 공격이 끝나 버린 후 정신을 차린 루이스가 앞을 바라보자 손잡이만 남은 바스타드 소드를 들고 비틀거리는 데미안의 모습이 보였다.

자신의 몸을 짓누르는 괴상한 압력은 이미 사라진 후였다. 그러나 그 짧은 시간의 공격으로 인해 루이스가 받은 충격은 상당한 것이었다. 데미안을 공격하려던 루이스는 온몸에 이는 통증에 자신도 모르게 기침을 터뜨렸다.

"쿨럭, 쿨럭!"

격렬한 기침과 함께 루이스의 입에서는 선혈이 터져 나왔다. 입가를 닦던 자신의 손에 피가 묻은 것을 발견했지만 루이스의 표정은 변화가 없었다.

천천히 구덩이에서 발을 뺀 루이스는 천천히 한 발 한 발 데미안을 향해 걸어갔다. 그러나 데미안은 큰 충격 때문에 정신을 차리지 못하며 비틀거리고 있었다. 손에는 여전히 손잡이뿐인 바스타드 소드가 들려 있었다.

2미터 앞으로 다가선 루이스는 조금도 망설이지 않고 데미안을 향해 롱 소드를 내려쳤다. 정신을 차리지 못하는 와중에도 루이스의 공격을 발견했는지 데미안은 뒤로 물러섰다. 아니, 좀 더 정확하게 표현하자면 비틀거리다가 저절로 피하게 되었다는 것이 옳을 것이다.

어쨌든 데미안은 루이스의 공격을 가까스로 피했지만 루이스의 공격은 끝난 것이 아니었다. 다시 롱 소드를 회수한 루이스가 마치 몽둥이를 휘두르듯 데미안의 목을 향해 옆으로 휘두른 것이었다.

그 모습을 지켜보던 트렌실바니아 왕국의 병사들은 자신도 모르게 눈을 질끈 감았다. 그들의 뇌리에는 루이스의 롱 소드에 목이 날아간 데미안의 모습이 선했다.

"크윽!"

묵직한 신음이 들렸다. 병사들은 자신도 모르게 눈을 떴고, 그런 그들의 눈에 우뚝 서 있는 루이스의 모습과 그 자리에 주저앉은 데미안의 모습이 보였다. 그리고 루이스의 가슴을 관통한 데미안의 레이피어가 보였다.

병사들은 어떻게 된 영문인지 몰라 어리둥절해했지만 한 사람, 문슬로만은 어떻게 된 상황인지 똑똑히 보았다.

루이스의 롱 소드가 데미안의 목을 향해 날아가는 순간 데미안은 그 자리에서 회전을 하며 주저앉았고, 동시에 허리에 차고 있던 레이피어를 뽑아 루이스의 가슴을 찌른 것이었다.
 물론 루이스의 플레이트 메일은 푸른 색의 마나에 감싸여 있었지만 붉은색에 감싸인 레이피어는 너무도 간단하게 플레이트 메일을 뚫고 루이스의 가슴을 관통한 것이다.
 순식간에 일어난 상황에 루이스는 도저히 믿을 수 없다는 표정을 지었다. 무서울 정도로 굳은 표정을 짓던 루이스는 뻣뻣하게 굳은 모습으로 뒤로 쓰러졌고, 데미안 역시 힘없이 쓰러졌다.
 "사령관 각하, 정신 차리십시오. 사령관 각하!"
 황급히 데미안을 껴안은 문슬로는 데미안의 상태를 확인했다. 코와 입에서 가느다랗게 선혈이 흐르는 것이 심각한 부상을 입은 것같이 보였다.
 "위생병! 위생병 어디 있나!"
 문슬로의 외침에도 움직이는 사람은 없었다.

제56장
신의 무기를 찾아서

"티그리스 백작님, 손님이 찾아오셨습니다."

"손님? 안으로 모시게."

헥터의 대답이 끝남과 동시에 막사 안으로 들어온 사람은 건장한 근육을 자랑하는 여전사였다. 그리고 그 뒤로 어린 사제와 청년, 그리고 추운 날씨에도 불구하고 가죽으로 아랫도리만 가린 청년이 뒤따라 들어왔다.

"아니, 데보라님, 로빈, 뮤렐, 레오. 무슨 일로 여기까지 오신 겁니까?"

"상의할 일이 있어 왔어."

"데보라님께서 상의할 일이 있으시다니 궁금하군요. 일단 이쪽으로 앉아서 이야기를 하시죠."

사양하려던 데보라는 간단히 몇 마디 말로 끝날 문제가 아니라고 생각하고는 곧 자리에 앉았다.

"참! 라일님도 불러."

반문하려던 헥터는 데보라가 말하려는 내용이 데미안과 연관 있다는 것을 직감했다. 잠시 후 라일이 들어오자 뮤렐, 아니, 차이렌이 먼저 입을 열었다.

"먼저 저희가 그동안 알아낸 것을 말씀드리겠습니다."

차이렌은 먼저 자신이 마법진에 대해 연구를 하다가 알아낸 사실에 대해 상세히 이야기했다. 차이렌이 말한 내용이 심각해질수록 헥터의 얼굴도 심각하게 변해갔다. 라일은 간간이 자신이 궁금하게 생각했던 것을 질문했고, 차이렌은 자신이 아는 한도 내에서 최대한 상세하게 설명을 했다.

"결론적으로 그 마법진의 숨겨진 힘 가운데 하나가 이스턴 대륙으로 워프를 할 수 있다는 것인가?"

"그렇습니다. 그렇지만 봉인을 깨고 나온 악마를 상대할 수 있는 방법이 없다면 설사 이스턴 대륙으로 워프를 한다 해도 아무런 의미가 없지 않습니까?"

차이렌의 대답에 사람들의 얼굴은 긴장으로 굳어졌다. 그와 동시에 의문이 생겼다. 드래곤을 부하로 부린다는 악마를 상대할 만한 능력을 가진 사람이 과연 지상에 존재할지, 또 그런 무기는 있는 것인지 의문이 들었다.

"저어, 이건 제 생각인데요, 혹시 신의 무기로 악마를 상대할 수 있지 않을까요?"

"신의 무기로? 그렇게 생각하는 특별한 이유는?"

"신들께서 가지고 있는 힘이 신성력이라면 악마가 가지고 있는 힘은 마력이 아니겠습니까? 신성력이 깃들어 있는 무기로 악마들과 대항한다면 그들에게 타격을 줄 수 있을 것이라 생각합니다.

게다가 신의 무기가 데미안님이 사용하실 때처럼 엄청난 힘을 지니고 있다면 말입니다."

로빈의 말에 데보라는 자신의 허리에 차고 있는 순결의 검을 바라보았다. 남의 이목을 피하기 위해 다시 단검으로 변형시켜 가지고 다니기는 했지만, 그저 데미안을 도울 수 있으면 다행이라고 생각했을 뿐 그것이 악마에게도 타격을 줄 수 있으리라곤 생각지 못했다.

데미안이 과연 이스턴 대륙으로 떠날까, 만약 간다면 왜 그가 그런 일을 해야만 하는 것인가 하는 생각 역시 들었다.

데미안은 그저 자신을 버린 두 드래곤에게 복수를 하려는 것뿐이었다. 하지만 정말 그가 복수의 칼날을 휘두를지는 두고 봐야만 알 수 있는 일이었다. 어쩌면 데미안이 지금 느끼고 있는 복수심이 실제로는 부모에 대한 그리움일지도 모른다.

어쨌든 자신은 데미안에게 도움이 될 수 있는 일이라면 무엇이든 해주고 싶다는 생각만 했을 뿐이다.

"잠깐, 이런 말은 조금 이상하겠지만 왜 우리가 이 일을 해야 하는 거지? 난 데미안을 돕는 일이라면 그것이 뭐든 하겠다고 결심은 했지만 악마하고 싸운다는 생각은 한 번도 해본 적 없단 말이야."

"그럼 데보라님은 악마가 봉인에서 튀어나와 사람들을, 아니, 이 땅 위에 살아 있는 모든 걸 해치는 것을 그냥 두고 보기만 하겠단 말인가요?"

"로빈, 네가 화를 내는 이유는 알겠어. 게다가 넌 라페이시스의 사제니까. 하지만 다른 사람들은 왜 그 일을 해야 하는 거지? 드래곤하고 싸우는 것만 하더라도 미친 짓인데 우리보고 악마하고 싸우라고?"

데보라의 차분한 말에 로빈은 말문이 막혔다. 확실히 데보라의 말은 틀린 것이 없었다. 하지만 그렇다고 그냥 두고 볼 수만도 없는 일이었다.

"데보라 양의 말도 틀린 말은 아니지만 난 이렇게 생각하네. 우리가 데미안과 만나게 된 것도, 또 신의 봉인에 대해 알게 된 것도 다 우리가 지금 여러 신들의 보살핌과 인도를 받고 있는 것이라고 말일세."

라일의 말에 그 자리에 모여 있던 사람들은 이해를 하지 못해 서로의 얼굴만 바라보았다. 도저히 라일의 말을 이해할 수 없었다. 자신들이 신들의 보살핌과 인도를 받고 있다니…….

라일은 그런 사람들의 얼굴을 천천히 둘러보고는 다시 입을 열었다.

"데보라 양이 순결의 검을 찾은 것이나 데미안이 공간의 검 미디아를 찾은 것, 그리고 로빈이 치유의 구슬을 찾을 수 있었던 것을 과연 우연이라고만 생각할 수 있을까? 게다가 이제 남은 세 곳, 하지만 우리는 그 가운데 이미 두 군데를 알고 있네. 그것을 우리의 힘만으로 찾을 수 있을지는 두고 봐야 알 일이지만, 그런 것만 봐도 우리가 신들의 보살핌을 받고 있는 것이 확실하다고 생각하지 않나?"

라일의 말에 사람들은 고개를 끄덕이면서도 과연 자신들의 능력으로 남은 신의 무기를 찾을 수 있을까 하는 우려가 드는 것도 사실이었다.

"걱정만 하고 있을 시간이 없어. 차이렌의 말대로라면 몇 개의 봉인이 깨어졌는지도 모르잖아. 또 남은 신의 무기가 있을지도 의문이고. 나머지 걱정은 일단 남은 신의 무기를 찾고 난 후에 하는 것이 어때?"

데보라의 말에 일행들은 고개를 끄덕였고, 그들의 대화를 이해하지 못한 레오만이 고개를 연신 갸웃거리고 있었다.

그들이 재빨리 이동할 준비를 하는 동안 막사 안으로 들어온 사람이 있었다.

"아니, 티그리스 경, 지금 뭘 하고 있소?"

"디파트 경, 어서 오십시오."

렌톤은 헥터의 대답에는 아랑곳하지 않고 심각한 얼굴로 재차 질문을 했다.

"지금 뭘 하고 있느냐고 물었소."

"디파트 경에게 자세한 이야기는 할 수 없지만 본인은 여기 계신 이분들과 함께 여행을 떠나야 하오."

"방금 여행이라고 했소? 경이 지금 제정신이오?"

"경이 화내는 것도 당연하오. 아버님께 잘 말씀드려 주기 바라오. 참! 라일님도 함께 떠나실 거요."

"페리우스 공작 각하께서도 함께 떠나실 거란 말씀이오?"

"그렇소이다. 아버님께는 신의 무기를 찾으러 떠났다고 전해주시면 아마 이해하실 것이오."

헥터의 대답에 렌톤은 한마디도 하지 못한 채 멍하니 헥터와 일행들을 쳐다보고만 있었다.

"참! 그리고 군단장인 폴렌스키 백작에게 나와 라일님은 급한 볼일 때문에 떠났다고 전해주시면 고맙겠소."

그 말을 남기고 헥터는 미련없이 막사를 떠났고, 나머지 사람들도 그의 뒤를 따라 막사를 빠져나갔다. 잠시 멍하니 서 있던 렌톤은 곧 정신을 차리고 그들의 뒤를 따라 막사를 나왔지만 이미 헥터와 다른 사람들의 모습은 찾을 수가 없었다.

　전쟁이 한창인 이때 대체 무엇을 찾으러 간다는 말인가? 게다가 신의 무기라니? 잠시 당황하던 렌톤은 제롬이 있는 곳을 향해 달려갔다.

*　　　*　　　*

　"뭐야? 다른 사람도 아니고 소드 마스터인 벨리스크 후작이 패배했단 말인가? 게다가 상대가 트렌실바니아 왕국의 7인 위원회의 화렌시아 후작도 아닌, 자렌토 싸일렉스의 아들에게 패했다고?"

　스캇은 자신이 방금 들은 보고를 도저히 믿을 수가 없었다. 루이스 벨리스크라면 루벤트 제국에 존재하는 열여섯 명의 소드 마스터 가운데 한 명으로, 그의 검술 실력이 어떤지 루벤트 제국 내에서 모르는 사람은 한 사람도 없었다.

　그가 소드 마스터가 된 지도 벌써 20여 년 전의 일이었고, 열여섯 명의 소드 마스터 가운데에서도 중간 이상의 실력을 가진 것으로 알려져 있었다.

　그런 그가 자렌토 싸일렉스도 아니고 그의 아들과의 대결에서 패하다니…… 도저히 믿을 수가 없었다.

　"그 아들의 이름이 무엇이오?"

　"부하들의 보고에 의하면 데미안 드 싸일렉스 백작이라고 했습니다."

　"데미안 드 싸일렉스 백작이라고? 그렇다면 자렌토 싸일렉스 백작이 설마 죽기라도 했단 말인가?"

"아, 닙니다. 자렌토 싸일렉스는 얼마 전 후작에 봉해졌다고 합니다."

"자렌토 싸일렉스가 후작에?"

그렇게 중얼거리던 스캇은 자렌토의 아들이라는 데미안이란 이름을 어디선가 들었던 기억이 문득 났다. 곰곰이 생각하던 스캇은 카룬 후작을 납치하기 위해서 그의 저택을 습격했던 침입자 가운데 붉은색의 머리카락을 가진 여자처럼 아름답게 생겼던 청년을 떠올렸다.

다시 만날 때까지 자신의 이름을 잊지 말라던 데미안의 마지막 모습이 아스라이 생각났다. 당시 상대는 자신과 거의 비슷한 검술 실력을 가지고 있었다. 그때로부터 겨우 몇 개월밖에 지나지 않았는데 데미안의 검술 실력이 소드 마스터인 루이스 벨리스크 후작을 이길 정도로 늘었다고는 도저히 믿기 힘들었다.

그렇지만 부하들이 있지도 않은 사실을 자신에게 보고했을 리는 만무하고, 또한 이미 기정사실인 패배를 자신만 거부한다고 없었던 일로 되는 것은 아니었다.

"병력의 피해는?"

"사망한 병사는 4만여 명이고, 부상당한 병력까지 합치면 10만 명이 넘습니다."

"부상자까지 합치면 10만 명이 넘는다고?"

스캇은 너무 기가 막혀 아무런 말도 할 수 없었다. 단 한 번의 전투로 피해가 10만이라니……. 그뿐이 아니었다. 45군단의 사령관인 루이스 벨리스크 후작과 47군단의 사령관인 휴이고 백작이 전사한 것이다.

루벤트 제국의 입장에서 생각해 보면 그야말로 수치스런 패배가 아닐 수 없었다.

"그렇다면 적의 피해는?"

"확실한 것은 알 수 없지만 약 5만여 명 정도인 것으로 추정됩니다."

들으면 들을수록 화가 치밀어 견딜 수가 없었다.

양군의 숫자는 똑같았다. 그러나 승패가 갈리고 사상자의 수가 배 이상 차이가 났다는 것은 결론적으로 양군 사령관의 능력에서 차이가 났다고밖에 볼 수 없었다.

"적의 동향은?"

"척후병들의 보고에 의하면 격전이 벌어졌던 곳에서 그리 멀리 떨어지지 않은 곳에서 주둔하고 있답니다. 동정으로 봐서는 쉽게 이동하지는 않을 것 같답니다."

"승리를 거두고 그 자리에서 자축연이라도 벌인단 말인가?"

테이블 위에 놓여 있던 스캇의 손은 주먹이 쥐어진 채 부들부들 떨리고 있었다. 치욕스런 감정이 드는 것을 도저히 감출 수 없었다.

"다른 곳의 상황은?"

"일진일퇴를 거듭하고 있습니다만 전체적으로 밀리고 있는 상황입니다."

"예상되는 후퇴 지점은?"

"지금과 같은 상황이라면 몬테야 전 지역과 토바실, 후로츄의 일부 지역을 포기해야만 할 것 같습니다."

"그만!"

자리를 박차고 일어난 스캇은 싸늘하게 굳어진 얼굴로 아이작에게 지시를 내렸다.

"지금 즉시 각 급 부대장들을 호출하라. 비상 회의를 열겠다."

"알겠습니다, 전하."

아이작이 나가고 얼마 지나지 않아 몇 명의 후작과 지휘관들이 들어올 때까지 스캇은 조각상처럼 서 있었다. 그런 스캇의 모습에 잠시 흠칫거리던 그들도 이미 루이스의 전사 소식을 들었는지 침통한 얼굴을 하고 있었다.

"앉으시오."

스캇의 말에 지휘관들은 테이블 주위의 의자에 앉아 고개를 숙이고 있었다. 풀이 죽은 그들의 모습에 스캇은 짜증이 났지만 억지로 참으며 입을 열었다.

"왜들 그런 표정을 짓고 있는 거요? 벨리스크 후작의 전사는 뜻밖의 소식이었지만 전투에서 승패는 누구도 알 수 없는 것 아니오. 비록 전투에서는 지더라도 전쟁에서만 이기면 되는 것이오."

스캇의 묘한 말에 고개를 숙이고 있던 사람들이 스캇을 바라보았다.

"적의 기습적인 공격에 우리가 당한 것은 사실이지만 적들의 전력은 우리와 비교도 할 수 없이 열세에 처해 있소. 게다가 겨울철에 전쟁을 일으키는 멍청한 짓을 하는 것을 보면 아마도 저들은 단기간 내에 전쟁을 마치려 할 것이오. 우리가 노려야 할 부분은 바로 이것이오."

스캇은 각 급 부대의 위치가 상세하게 표시되어 있는 작전 지도를 테이블 위에 펼쳤다.

"저들의 기습에 일시적으로 우리가 후퇴를 한 것은 사실이지만 반대로 저들에게도 별로 유리할 것이 없소."

"무슨 말씀이신지 잘 이해할 수 없습니다."

스캇은 질문을 한 중년 사내를 노려봤다. 중년 사내는 자신이 무엇을 잘못했는지도 모른 상태에서 황급히 고개를 숙였다.

"다른 사람들도 마찬가지요?"

"전하께서는 지금 전선(戰線)의 폭을 말씀하시는 겁니까?"

"세미어 후작의 말이 맞소. 일시적으로 저들이 넓은 지역을 차지한 것은 사실이지만 저들에게는 그것을 지킬 만한 병력이 충분하지 못하오. 그렇게 조금의 시일이 흐른다면 결국 전선 곳곳에 허술한 곳이 생길 것이오. 우리는 그것을 노리면 된단 말이오."

스캇의 말에 그제야 지휘관들은 고개를 끄덕였다.

"게다가 저들이 우리 루벤트 제국의 영토에 들어오면 들어올수록 저들의 보급 사정은 점점 어려워질 것이 분명하오. 그저 몇 개월만 저들의 진격을 저지하면 되오. 그리고 그 후에 우리 루벤트 제국을 건드린 대가로 트렌실바니아 왕국은 우리 루벤트 제국의 영원한 식민지가 될 것이오."

싸늘한 스캇의 말에 그 자리에 모인 사람들은 자신들의 등허리가 서늘해지는 것을 느꼈다. 영토를 침입한 트렌실바니아 왕국군보다는 상처받은 자존심 때문에 분노를 터뜨린다는 것을 확실하게 느낄 수 있었다.

"귀관들이 지금 당황하고 있다는 것을 모르지는 않소. 그러나 황제 폐하께서 우리들을 믿고 있다는 것을 잊지 마시오."

"명심하겠습니다, 전하."

"그리고, 아이작!"

"말씀하십시오, 전하."

"지금 즉시 라이포트 공작과 마법 통신을 연결시키도록."

"준비하겠습니다."

지휘관들이 물러간 후 검은색 로브를 걸친 마법사 하나가 어린아이 머리만한 수정 구슬을 들고 막사 안으로 들어왔다. 스캇에게 인사를 하고는 즉시 바닥에 작은 마법진을 그리고 그 가운데 조심스럽게 수정 구슬을 놓았다.

마법사의 조용한 음성이 잠시 들리고 수정 구슬은 환한 빛을 뿌리기 시작했다. 그리고 곧 상대의 영상이 맺히기 시작했다.

"여긴 몬테야 주둔군 사령부입니다. 마법 통신을 연결하신 분은 누구십니까?"

"본인은 스캇 루벤트 5세다. 지금 즉시 라이포트 공작과 통신을 연결해라."

"스, 스캇 전하십니까? 잠시만 기다려 주십시오."

상대 마법사의 놀라는 음성과 함께 얼마의 시간이 지나지 않아 오십 대의 중후한 인상을 한 사내의 모습이 보였다. 검은색 천으로 된 군복을 입은 사내의 모습은 위엄과 무게감을 느끼게 하기에 충분했다.

"르네 라이포트입니다, 전하."

"그곳의 전황은 어떻소?"

"말씀드리기는 죄송스럽지만, 전체적인 전선이 150~200킬로미터 정도 뒤로 후퇴한 상태입니다."

"그렇게나 전선이 뒤로 후퇴했단 말이오?"

"그렇습니다. 적의 기습을 예상하지 못했기에 거의 모든 부대가 피해를 입었습니다. 그렇지만 곧 후방에서 대열을 정비해 트렌실 바니아 왕국군을 훌륭하게 막아내고 있습니다."

"일단 지시 사항만 전달하겠소. 지금의 전선을 고착시키도록 하시오. 그런 연후에 대대적인 반격을 계획하고 있소."

스캇의 말에 르네는 고개를 끄덕였다.

"명심하겠습니다, 전하. 저들을 지금 형성된 전선에서 한 발도 더 양보하지 않겠습니다."

"라이포트 공작, 수고해 주시길 바라오."

스캇의 말이 끝나자 수정 구슬에서 빛이 사라져 갔다. 마법 통신을 마친 스캇은 일순간에 피로가 몰려드는 것을 느꼈다. 윌라인을 함락시키기 위해 몇 달 동안 고생을 했던 것을 미처 풀 사이도 없이 다시 서부 전선으로 달려와야 했고, 연이어 이어진 패전 소식에 다시 며칠 밤을 새우다 보니 이제는 두통까지 일어나는 듯했다.

자신도 모르게 잠으로 빠져들며 스캇은 몇 달 전에 보았던 데미안의 모습을 떠올렸다.

*   *   *

"싸일렉스 백작의 상태는 어떤가?"

피지엔의 말에 사제복을 걸친 사십 대로 보이는 사내가 공손하게 대답했다. 그렇지만 그의 얼굴은 당혹감으로 물들어 있었다.

"죄, 죄송스럽지만, 저도 이런 경우는 처음이라서 뭐라고 말씀드리기 힘듭니다."

"그럼 지금 상태가 위험하단 말인가?"

"아, 아닙니다. 싸일렉스 백작님의 상태는 시간이 갈수록 호전되고 있습니다."

"그럼 뭐가 문젠가?"

"저희들이 한 일은 아무것도 없습니다. 그저 옷을 벗겨드리고 선혈을 닦아드린 것밖에는 말입니다."

피지엔은 사제가 지금 뭘 말하는 것인지 도저히 이해할 수 없었다.

"처음 싸일렉스 백작님의 상태를 보았을 때는 생명이 위독하셨습니다. 외부의 상처는 없었지만 내장의 일부가 찢겨 계속 피를 토하고 계셨습니다. 제가 가진 신성력으로 치료를 해보려고 했지만 싸일렉스 백작님의 몸을 파고들 수 없었습니다. 게다가 마법사인 빌우드님께서도 마법으로 치료를 하시려고 해보았지만 역시 실패를 하셨습니다."

"그렇다면?"

"믿을 수 없지만 싸일렉스 백작님께서는 스스로 자신의 상처를 치유하신 겁니다. 물론 인간에게는 누구에게나 자연적인 자생력이 있습니다. 그렇지만 싸일렉스 백작님처럼 치명상을 입으신 분이 이렇게 빠른 시간에 회복하시는 것은 처음 보았습니다."

아닌 게 아니라 격전이 있고 불과 이틀이 지났을 뿐인데 데미안의 안색은 평소와 변함이 없었다. 마치 엄마 품에서 잠이 든 어린 아기처럼 편안해 보였다.

"언제쯤이면 깨어날 것 같은가?"

"거의 평소와 같은 상태가 되셨으니 곧 깨어나실 겁니다."

사제의 말이 끝나고 얼마 지나지 않아 데미안은 눈을 떴다.

주위의 모든 사물이 뿌옇게 보였다. 그리고 자신을 바라보고 있는 몇 사람의 모습이 희미하게 보였다.

몇 번 눈을 깜빡이던 데미안은 그제야 자신 곁에 서 있는 사람이 피지엔이라는 것을 확인했다.

"후작 각하?"

"일어날 필요 없네."

몇 번이나 눈을 깜빡인 데미안은 자신을 걱정스런 눈으로 바라보는 피지엔과 문슬로, 그리고 10군단의 군단장인 루이에의 모습이 보였다. 또 조금은 못마땅한 눈으로 바라보는 도리아와 카스텔로의 모습도 보였다.

"사령관 각하, 몸은 좀 어떠십니까?"

"조금 피곤한 것 말고 다른 곳은 괜찮소. 그보다 전투는 어떻게 되었소?"

데미안의 질문에 피지엔은 피식 웃음을 짓고 말았다.

설마 자신의 몫이라고 할 수 있는 루이스까지 데미안이 처리할 줄이야……. 게다가 샤드나 단테스에게 듣기는 했지만 데미안이 그만한 검술 실력을 가지고 있을 줄은 전혀 몰랐다.

"자네 덕분에 대승을 거두었네."

"네에?"

"자네가 45군단의 벨리스크 후작을 물리치는 바람에 적의 사기가 떨어져 대승을 거둘 수 있었네. 물론 자네가 세운 작전이 완벽하게 맞아떨어진 것은 빼놓을 수 없겠지."

"그렇습니까? 다행이군요."

긴장을 풀지 못하던 데미안은 피지엔의 대답을 듣고서야 안도의 표정을 지었다. 그러나 그리 밝은 표정은 아니었다.

"왜 걱정되는 일이라도 있는가?"

"아닙니다, 각하."

"그럼 되었네. 우리는 내일 다시 동진(東進)을 할 것이네. 자네는 후방에서 며칠 몸조리를 하게."

피지엔의 말에 데미안은 고개를 흔들며 말했다.

"곧 뒤따라가겠습니다."

"그럴 필요 없네. 이미 사령부에 자네의 공적을 보고했네. 황제 폐하와 샤드 공작 각하께서 크게 기뻐하시며 자네의 부상을 걱정하셨네. 그러니 며칠 동안 충분한 휴식을 취하고 따라오도록 하게."

"감사합니다, 후작 각하."

"그럼 몸조리 잘하도록 하게. 이만 가겠네."

말을 마친 피지엔이 막사를 나가자 다른 지휘관들도 황급히 그의 뒤를 따라 나갔다. 가장 뒤에 있던 컨더넨과 카스텔로는 노골적으로 불쾌한 표정을 짓고는 막사를 빠져나갔다.

홀로 남은 문슬로는 연신 데미안의 얼굴을 바라보며 그의 상태를 물었다.

"사령관 각하, 어디 불편한 곳은 없으십니까?"

"괜찮소. 그보다 배가 고픈데 뭐 먹을 것 없소?"

"아! 죄송합니다, 곧 준비하도록 하겠습니다."

재빨리 부하들에게 식사 준비를 시킨 문슬로는 조금은 편안한 모습으로 데미안을 대했다.

"설마 사령관 각하께서 소드 마스터로 알려진 벨리스크 후작을 물리치실 줄은 상상도 못했습니다."

"운이 좋았던 것뿐이오."

"아닙니다. 대결의 처음은 보지 못했지만 사령관 각하께서 벨리스크 후작을 몰아치시는 것은 제 눈으로 똑똑히 보았습니다. 게다가 마지막에 마법 공격인지 뭔지는 모르지만 그 엄청난 공격에 벨리스크 후작이 형편없이 당하는 것을 제 눈으로 분명히 보았습니다."

그 말을 하는 문슬로의 눈은 당시의 모습을 떠올리는 듯했다.

"제가 여태껏 살아오면서 그렇게 파괴력있는 공격은 보지 못했습니다. 사령관 각하께서 마법도 익히고 계시다는 것은 알고 있습니다만 마지막 공격은 마법 공격이었습니까?"

"그렇지는 않소."

쓴웃음을 짓는 데미안의 모습에 문슬로는 더욱 감탄했다는 표정을 지었다. 마법 공격이 아니라면 데미안의 검술 실력이 소드 마스터인 벨리스크 후작을 이길 정도로 뛰어나단 말이 아닌가?

"그렇다면 사령관 각하께서도 소드 마스터이십니까?"

"아니오. 겨우 흉내만 낼 뿐 아직 멀었소이다."

조금은 쑥스러워하는 데미안을 문슬로는 존경심 가득한 눈으로 바라보았다.

자신은 지난 수십 년 동안 검을 휘두르며 훈련을 하고 지도를 받기도 했지만, 겨우 소드 익스퍼트 상급이 되었을 뿐이다. 그러나 자신의 성취가 비슷한 시기에 검술을 익힌 다른 사람보다 떨어진다고는 한 번도 생각해 보지 않았는데, 자신보다 거의 스무 살 이상 어린 데미안이 벌써 소드 마스터라니…….

존경심이 들지 않을 수 없었다.

곧 이어 들어온 식사 시중을 자청한 문슬로에게 데미안은 물었다.

"테이스 자작, 이번엔 어디로 이동할 것 같소?"

"이틀 전 있었던 전투가 저희들의 승리로 끝난 만큼 적어도 100킬로미터 안에서 적과 마주칠 일은 없을 겁니다. 그러고 보면 적들은 아마 여기서 약 120킬로미터 정도 떨어진 카라딘에 임시 주둔하지 않을까 생각합니다."

"카라딘은 큰 도시요?"

"예, 전체 인구가 거의 100만에 달하는 루벤트 제국 내에서도 몇 손가락 안에 드는 대도시입니다. 아마 적의 반격도 만만치 않을 것입니다."

"으음."

깊은 한숨을 내쉬며 데미안은 한참 동안 생각을 하다가 문슬로에게 어렵게 말을 꺼냈다.

"테이스 자작."

"말씀하십시오, 사령관 각하."

"자작은 다이몬 자작과 함께 잠시 동안 11군을 맡아주시오."

"예? 지금 뭐라고 하셨습니까, 사령관 각하?!"

"자세한 이야기는 할 수 없지만 내가 11군단의 군단장을 맡은 것에는 나름대로의 이유가 있어서요. 며칠 동안 은밀하게 조사할 것이 있으니 그동안 테이스 자작이 잠시 11군단을 맡아주길 바라오."

"하지만 사령관 각하……."

"부탁하겠소, 테이스 자작."

데미안의 간곡한 부탁에 문슬로는 뭐라고 대답을 해야 좋을지 몰랐다. 잠시의 시간이 지나고 문슬로가 물었다.

"하시고자 하는 일이 시간이 많이 걸리는 일이십니까?"

"나도 잘은 모르겠소. 하지만 하지 않고 지나갈 수 있는 일은 아니오."

단호함까지 느껴지는 데미안의 태도에 문슬로는 고개를 끄덕일 수밖에 없었다.

"알겠습니다. 미력하나마 잠시 동안 사령관 각하의 빈자리를 채우겠습니다. 하지만 빨리 돌아오십시오."

"고맙소, 테이스 자작. 일이 끝나는 대로 곧바로 돌아오겠소이다. 내 약속하리다."

데미안은 문슬로의 손을 잡고 놓을 생각을 하지 않았다.

*　　　*　　　*

"여기가 틀림없는 거야?"

"지도상으로는 틀림없어. 몇 번이나 확인을 했다고."

"빌어먹을! 이젠 숲이라면 아주 지긋지긋해."

"젠장! 이 지도에는 분명 평야 지대로 나왔단 말이야."

"천 년 전의 지도라는 걸 잊었어?"

쇼트 소드로 잔뜩 우거진 덩굴을 잘라내며 데보라가 연신 투덜거렸다. 데보라와 교대해 잠시 휴식을 취하고 있던 헥터는 긴장을 풀지 않은 눈으로 계속 주위를 살폈다.

데보라가 투덜거릴 만도 한 것이 일행들은 몇 번의 장거리 워프 이동을 했고, 마지막 워프 전까지는 아무런 문제도 없었다. 문제는 마지막 워프였는데 허공 10미터 높이에서 떨어진 곳이 바로 덩굴로 잔뜩 우거진 곳이었다.

지도상으로 보면 완만한 구릉 지역으로 표시가 되어 있었지만 실제로는 깊은 산중이었던 것이다. 게다가 사방이 나무와 덩굴로 우거져 한 발도 내딛기 힘들 정도였다. 겨우 통로를 뚫은 일행들은 잠시 휴식을 취했다.

"로빈, 어디 이상한 곳은 없어?"

"글쎄요, 특별하게 느껴지는 곳은 없는데요."

로빈의 대답에 데보라가 잠시 실망한 표정을 짓는 사이 레오는 사방을 두리번거렸다.

"레오, 왜 그래?"

"여기 동물 많다."

"그거야 당연하지. 여기까지 사냥하러 들어온 정신 나간 사냥꾼은 없을 테니까."

"저기 동물없다."

레오가 북쪽을 가리키며 말하자 일행들은 그가 무슨 뜻에서 그런 말을 한 것인지 궁금했다. 동물이 없는 것이 뭐가 문제란 말인가. 데보라가 막 뭐라고 대꾸를 하려는 순간 로빈이 자신의 이마를 쳤다.

"맞아, 내가 왜 그 생각을 못했지? 이렇게 멍청하다니……"

"무슨 소리야?"

"레오님은 야성적인 감각을 가지고 계시니까 우리가 미처 느끼지 못한 어떤 감각을 느끼신 걸 겁니다. 예전에 데미안님과 함께 파괴된 봉인을 발견했을 때나 공간의 검 미디아를 얻었을 때를 생각해 보면 신의 무기가 봉인되어 있는 지역은 비정상적으로 마나가 응축되어 있었어요. 그래서인지 자세한 것은 알 수 없지만 방금 레오님이 말한 대로 동물이 한 마리도 살지 않았었어요."

"그래? 레오, 거기가 어딘지 우리를 안내해 줄래?"

데보라의 말이 끝나자마자 레오는 쏜살같이 앞으로 달려나갔고 나머지 일행들은 허둥지둥 레오의 뒤를 따랐다. 헥터의 등에 업힌 로빈은 자신의 의지와는 상관없이 출렁거리는 통에 그야말로 죽을 맛이었다.

숲 속을 달리는 레오의 모습은 물을 만나 물고기처럼 생기 찼다. 일행들은 그의 뒤를 따르는 것만 해도 벅찰 정도였는데 레오는 간간이 멈춰 서서 주위를 둘러보고 다시 방향을 바꾸며 달리기를 반복했다.

날이 어둑해지기 시작할 무렵이 되어서야 일행들은 빽빽하게 나무들이 자라 있는 곳에 도착할 수 있었다. 도착하자마자 일행들은 잔뜩 경계하지 않을 수 없었다.

눈에 보이지 않는 곳에 웅크리고 있는 뭔가의 존재를 느낀 것이었다. 일행들이 일제히 자신의 무기를 꺼내 들었다. 그리고 자연스럽게 둥근 원을 그리며 모여들면서 주위를 유심히 살폈다.

"누구인지는 모르지만 숨어 있지 말고 나오시오. 우리는 나쁜 목적으로 이곳에 온 것이 아니오."

헥터의 외침에도 모습을 드러내는 존재는 없었다. 한참의 시간이 지나도 아무런 변화가 없자 데보라는 짜증이 났다. 그녀가 느끼기에도 주위에 뭔가가 있는 것은 확실했다.

"빌어먹을! 혹시 오크들 아니야?"

"아닙니다. 오크보다는 주위의 존재들과 동화하는 성질이 강한 누군가가 우리를 지켜보고 있습니다."

"그럼 엘프인가?"

"아마도 그런 것 같습니다."

로빈의 말이 끝나기도 전에 전면의 숲에서 두 사람이 걸어나왔다. 은발을 가진 노인과 엷은 푸른 색의 머리카락을 가진 청년이었다. 재질을 알 수 없는 푸른 색의 옷에 자신들의 키만한 롱 보에 화살을 장전한 채 걸어나오는 그들의 얼굴에는 경계심이 가득했다.

"우리는 이 숲에서 사는 엘프들이다. 그대들 인간들이 이 숲에는 무슨 일로 온 것인가?"

경계심 강한 엘프 노인의 말에 헥터가 한 발 앞으로 나서서 자신들이 이곳에 온 목적을 설명했다. 그러나 그런 헥터의 말은 오히려 그들의 경계심을 자극한 모양이었다.

"인간들 가운데 신의 봉인에 대해 알고 있는 자가 있을 줄은 몰랐다. 그러나 신의 무기는 인간이 가질 수 있는 물건이 아니다. 우리 엘프들이 비록 평화를 사랑하기는 하지만 걸어오는 싸움을 피하는 겁쟁이들은 아니다. 더 이상 접근하면 그대들의 목숨은 보장할 수 없다."

노인이 손을 번쩍 들자 숲 곳곳에서 활시위에 화살을 장전한 수십 명의 엘프들이 모습을 드러냈다. 그러나 그 모습을 발견한 일행들 가운데에서 두려운 기색을 보이는 사람은 한 사람도 없었다.

그런 상대의 태도에 당황한 것은 오히려 엘프들이었다. 자신들의 활 솜씨가 얼마나 매섭고 정확한지 상대도 이미 알고 있을 텐데 어떻게 저렇게 태연할 수 있는 것인지 의문이 아닐 수 없었다.

"다시 한 번 이야기하지만 저희는 여러분께 피해를 입히기 위해 온 것이 아닙니다. 여러분들은 이미 봉인 가운데 여러 개가 파괴되었다는 것을 모르고 계십니다. 하나의 봉인만 파괴돼도 봉인은 아무런 효력을 발휘하지 못합니다. 이미 저희는 신의 무기 가운데 두 개와 그와 비슷한 위력을 가진 아티펙트를 가지고 있습니다. 욕심이 나서 이러는 것이 아닙니다. 그러니 저희를 믿고 봉인이 있는 곳으로 안내해 주십시오. 부탁드립니다."

"안 된다. 우리 엘프들의 신이신 페트리앙스의 이름을 걸고 반드시 그대들을 막을 것이다. 어떤 이유에서도 봉인이 있는 곳은 가르쳐 줄 수 없다."

고집스런 노인의 말에 분통을 터뜨린 사람은 데보라였다. 그렇지 않아도 왜 자신이 이런 일을 해야 하는지 내심 언짢게 생각을 하고 있던 그녀에게 엘프 노인의 말은 열받게 하기에 충분한 말이었다.

"대체 누굴 위해 우리가 이러는 것인데… 도저히 용서 못해!"

"쏴라!"

말과 함께 데보라가 뛰어나오자 화살을 장전하고 있던 엘프들은 일제히 그녀에게 화살을 발사했다. 그러나 대부분의 화살은 방패 같은 그녀의 브로드 소드를 맞고 튕겨나왔고, 엘프들이 다시 화살을 장전하는 사이 데보라는 촌장에게 다가들었다. 데보라의 행동은 눈부시다고 할 정도로 빨랐다.

촌장 곁에 서 있던 젊은 엘프가 재빨리 단검을 뽑아 들고 데보라에게 달려들었지만 데보라는 몸을 더욱 낮춰 그의 공격을 피하고는 촌장의 목에 브로드 소드를 겨누는 데 성공했다.

그야말로 눈 깜빡할 사이에 벌어진 일이었다.

재빨리 단검으로 검을 바꾼 데보라가 촌장의 얼굴을 노려보며 허리에 차고 있던 순결의 검을 뽑아 들었다.

"아로네아! 네 모습을 보여라."

순결의 검은 섬광과 함께 2미터쯤 되는 창으로 모습을 바꾸었고, 데보라는 지체없이 창을 지면에 꽂으며 큰 소리로 외쳤다.

"라버 버스트(Lava Burst : 용암 폭발)!"

쿠쿠쿠쿵—!

처음 희미하게 느껴졌던 진동의 간격이 점점 빨라졌고, 조금씩 갈라지기 시작한 대지의 틈이 시간이 지나면 지날수록 점점 크게 벌어졌다.

차이렌은 당황하며 황급히 일행들에게 뭔가를 이야기한 다음 뒤로 물러섰다. 그러나 대지의 진동은 갑작스럽게 멈추었고, 일행들과 엘프들이 고개를 갸웃거릴 때 귀청을 찢을 듯한 엄청난 소리가 들렸다.

콰콰콰— 쾅—!

굉음과 동시에 사방에서 시뻘건 용암이 치솟았다. 솟구친 용암은 당장 사방의 나무들을 태웠고, 몇 개의 흐름을 이루면서 주위의 모든 것을 태우거나 녹여 버렸다.

갑작스런 상황에 엘프들은 깜짝 놀라 불길에서 벗어나 몸을 피했고, 헥터 일행도 뒤로 더 물러서서야 겨우 숨을 쉴 수 있었다. 헥터는 용암이 솟구치는 중심에 서 있던 데보라가 무사한지 그녀의 모습을 찾았지만 사방에서 타오르는 불꽃과 연기로 아무것도 확인할 수 없었다.

"데보라님, 무사하십니까? 데보라님!"

"난 괜찮으니까 걱정하지 마."

연기 속에서 데보라의 음성이 들려왔다. 별일없는 듯 그녀의 음성은 평소와 다름이 없었다. 헥터는 재빨리 곁에 있던 차이렌에게 부탁을 했고, 차이렌은 지체없이 스펠을 캐스팅했다.

"거스트 오브 윈드(Gust of Wind : 돌풍)!"

차이렌의 외침이 끝남과 동시에 사방에서 몇 개의 돌풍이 일어나 불꽃과 연기를 일순간에 허공으로 말아 올렸다. 바닥에 몇 줄기의 용암이 시냇물처럼 흐르고는 있었지만 그래도 시야는 확보할 수 있었다.

거미줄처럼 갈라진 대지에 시냇물처럼 흘러내리는 용암, 그리고 중심에 엘프 노인과 검을 겨누고 있는 데보라가 서 있었다. 데보라가 놀라움을 감추지 못하는 반면 엘프 노인의 얼굴에는 경악이 어려 있었다.

그저 큰 소리로 외치며 창을 지면에 박았을 뿐인데 갑자기 대지가 갈라지고 용암이 솟구쳐 오른 것이다. 아무리 봐도 데보라의 능력이라기보다는 그녀가 가지고 있던 창의 능력 같았다.

놀라움을 감추지 못하는 엘프 노인을 보며 데보라는 빈정거리듯이 말했다.

"왜, 신의 무기를 처음 보나? 이건 물의 창 아로네아야."

"인간의 손에 신의 무기가 들어가다니……."

나직하게 중얼거리는 엘프 노인의 말에 데보라는 정말 분통이 터졌다.

"그럼 엘프들만 신의 무기를 가질 수 있단 말이야 뭐야?"

"그대들 인간들이 이 뮤란 대륙에 살기 시작하면서부터 인간을 제외한 모든 것들은 자신들의 땅에서 몰아냈다. 우리 엘프들 역시 예외가 아니었지. 탐욕과 분쟁의 화신인 인간의 손에 신의 무기마저 들어가다니……."

"이 멍청한 늙은 엘프야, 대체 몇 번이나 말해야 돼? 우린 봉인을 깨고 나올지도 모르는 악마를 상대하기 위해 신의 무기가 필요하다고 했잖아!"

그러는 사이 차이렌은 아이스 윈드 마법을 펼쳐 주위의 용암을 굳히기에 여념이 없었다. 재빨리 데보라에게 다가간 헥터가 엘프 노인에게 상황을 설명했다.

"봉인이 무사하다면 저희도 무리해서 신의 무기를 찾을 필요가 없겠지만 이미 몇 개의 봉인이 깨졌습니다. 아시는지 모르겠지만 봉인이 깨지면 이스턴 대륙에 봉인시켰던 악마가 세상으로 뛰쳐나오게 됩니다. 그 악마들을 상대하려면 보통의 무기로는 안 된다고 판단했기 때문에 신의 무기를 찾으려고 하는 겁니다. 물론 어려운 부탁이란 것을 잘 알고 있습니다만 저희에게 봉인이 있는 장소를 가르쳐 주십시오."

헥터의 간곡한 말에도 엘프 노인의 태도는 변함이 없었다. 데보라는 엘프 노인을 설득하려는 헥터의 행동을 이해할 수 없었다. 물론 말로 상대를 설득할 수 있다면 더 이상 바랄 것이 없지만 고집불통인 상대를 이렇게 계속 말로 설득한다는 것은 시간 낭비라는 생각이 들었다.

"헥터, 길게 이야기할 필요 없어. 당장 이곳을 물바다로 만들고 우리끼리 봉인을 찾자고."

"하지만 데보라님……"

"헥터, 이것만은 알아둬. 만약 악마가 봉인에서 뛰쳐나온다면 뮤란 대륙에서 살아 숨 쉬는 모든 생명체가 죽을지도 모르는 상황이야. 내가 이 엘프 늙은이에게 하는 행동이 무례하다고 할지 모르지만, 이렇게 답답한 늙은이에게 언제까지 매달릴 수는 없는 일이야. 우리에겐 시간이 없어. 벌써 이스턴 대륙이 뮤란 대륙으로 다가오고 있는지, 아니면 악마들이 벌써 봉인에서 빠져나왔는지 아무도 모르잖아?"

고개를 돌린 데보라는 싸늘하게 얼굴을 굳힌 채 엘프 노인에게 입을 열었다.

"두 번 다시 묻지 않겠어. 내 질문에 대답을 하지 않는다면 당신을 죽이고 이 주위를 몽땅 물바다로 만들어주겠어. 봉인은 어디 있지?"

 데보라의 강압적인 말에 헥터는 어쩔 줄 모르다가 라일을 바라보았다. 그러나 라일은 무슨 생각을 하는지 아예 고개를 돌려 다른 곳을 보고 있었다.

 어두운 얼굴을 하고 있는 엘프 노인의 얼굴을 보고 있던 데보라는 조소를 지었다.

 "흥! 어차피 뮤란 대륙에 사는 모든 생명체들이 종말을 맞이할 텐데 조금 먼저 죽으면 어때? 대답할 마음이 없는 것 같은데 그럼 먼저 가서 동족들이 하나둘 당신의 뒤를 따라오는 것을 지켜봐."

 말을 마친 데보라는 엘프 노인의 목을 겨누고 있던 검에 힘을 주었고, 날카로운 단검이 금방이라도 노인의 목을 관통할 것 같은 순간 그녀를 제지하는 음성이 있었다.

 "멈춰!"

 고개를 돌리고 보니 엘프 노인 곁에 서 있던 푸른 머리의 엘프 청년이었다.

 "내가 안내를 하겠다. 그러니 어서 촌장님을 놔드려라."

 "흥! 앞장서. 누구라도 허튼 짓을 하는 자가 있으면 그 즉시 촌장의 목숨은 보장할 수 없어."

 서슬 퍼런 데보라의 말에 엘프들은 분노한 표정을 감추지 못하면서도 앞장서서 데보라 일행들을 숲으로 안내했다.

제57장
바람의 활, 파륜느

누군가 자신을 부르는 소리가 들렸다. 고개를 돌리고 보니 중무장을 한 루벤트 제국의 병사였다.

"신분증을 보여라."

긴 핼버드를 든 병사는 거만한 표정을 짓고 있었고, 주위에는 피난을 가려는 사람들의 행렬로 복잡하기 이를 데 없었다. 누구도 자신들에게 신경 쓰는 사람이 없는 것 같아 단칼에 병사를 두 쪽 내려다가 그만두었다.

"신분증이 없는데……."

그 말에 병사의 얼굴은 상당히 험악해졌다. 당장 허리에 차고 있는 쇼트 소드를 뽑아 들고는 상대의 목에 겨누었다.

"널 체포하겠다."

"체포? 무슨 혐의로 날 체포하는 것이지?"

"흥! 네년은 트렌실바니아 왕국의 스파이가 아니냐? 반항한다면 당장 이 자리에서 죽여주마."
 기세등등한 병사의 모습이 가소롭기도 했지만 더 이상 이 자리에서 지체하고 싶은 생각이 없었다. 벌써 주위에는 많은 사람들이 구경을 하기 위해 모여들고 있어 귀찮은 생각마저 들었다.
 천천히 등에 메고 있던 엄청난 크기의 투 핸드 소드를 뽑아 들었다. 상대가 뜻밖에 자신의 명령에도 불구하고 투 핸드 소드를 뽑아 들자 병사는 순간적으로 당황했다. 그러나 병사는 자신의 실력을 믿었기에 더욱 검의 손잡이를 움켜잡았다.
 "괘씸한 년! 반항 죄를 추가해 당장 이 자리에서 죽여주마."
 병사가 막 달려들려는 순간 용병 차림의 여자가 한발 앞서 다가갔고, 사정없이 투 핸드 소드를 휘둘렀다. 병사는 당황하며 쇼트 소드를 들어 상대의 공격을 막아내려 했지만 병사의 몸은 그가 들고 있던 검과 함께 너무나도 간단하게 두 쪽이 나버렸다.
 그녀가 들고 있던 투 핸드 소드는 생긴 모습답지 않게 상당히 날카로웠는지 피 한 방울 묻지 않았다. 아무렇지도 않은 듯 검을 메는 여자의 모습에 구경하던 사람들은 질려 버린 듯 비명도 지르지 못했다. 병사의 몸에서 흘러나온 선혈이 지면을 검붉게 물들일 때, 이미 그녀의 모습은 그 자리에서 사라지고 없었다.
 마치 한바탕 꿈이라도 꾼 것 같았다. 사람들은 자신이 사건을 일으킨 범인이라고 의심받을 것을 염려한 듯 황급히 그 자리를 떠났다.
 술집은 찾은 그녀는 바텐더에게 한 잔의 볼케이노를 주문했다. 단숨에 술잔을 비운 그녀는 또 한 잔을 주문했고 뭔가를 곰곰이 생각하기 시작했다. 그러나 그녀의 생각은 더 이상 이어질 수 없었다.

루벤트 제국의 병사 10여 명이 들이닥친 것이었다.
"네년이 조금 전 저곳에서 대루벤트 제국의 병사를 살해한 년이냐?"
웽웽거리는 파리보다 보잘것없는 것들이 감히 자신에게 손가락질을 하는 것을 보고 당장 병사들을 통구이로 만들고 싶었지만, 순전히 귀찮았기 때문에 손쓸 생각을 그만뒀다.
"그런데?"
상대의 대답이 너무 어이없었기 때문일까? 입을 열던 병사는 멍한 얼굴을 했다. 그러나 그것도 잠시, 곧 칼을 뽑아 들고는 여인에게 겨누었다.
"일어서라! 감히 대루벤트 제국의 병사를 살해한 것이 얼마나 커다란 죄인지 뼈저리게 가르쳐 주마."
마법을 쓰면 이 병사들뿐만 아니라 이 도시 전체를 잿더미로 만드는 것이야 문제도 아니었지만 그건 재미가 없는 일이었다. 말이야 바른 말이지, 마법으로 사람을 죽이는 것은 아무런 재미도 없는 일이었다.
원거리에서 마법으로 공격하는 것이기에 직접 칼을 휘두를 때만큼의 재미를 느낄 수 없었다. 자신의 검이 직접 인간의 살과 뼈를 가르고 선혈과 내장을 쏟아내게 하는 것만큼 그녀를 자극시키는 것은 없었다. 그래서 그렇게 오랜 세월 동안 검술을 익힌 것인데 진전이 좀처럼 없었기에 더욱 검술에 집착하는 것이었는지도 모른다.
천천히 일어서서 투 핸드 소드를 뽑아 든 마브렌시아는 병사들과 몇 걸음 뒤에 떨어진 곳에 섰다. 술집 안에 있던 사람들은 모두 황급히 술집을 나갔고, 술집 주인은 울상이 된 채 카운터 밑으로 숨었다.

　루벤트 제국의 병사들은 용병처럼 보이는 마브렌시아가 자신들에게 대항하는 것이 기가 막혔다. 용병이 체계적인 훈련을 받은 병사들에게 대항을 한다는 것은 꽤나 어리석은 행동이었다. 물론 그 용병이 가진 검술 실력이 엄청나게 뛰어난 경우는 예외가 되겠지만 그런 경우는 거의 없었다.

　팽팽한 긴장이 이어진다고 느끼는 순간 루벤트 제국의 병사 가운데 하나가 자신의 용맹을 과시하려는 듯 롱 소드를 휘두르며 달려들었다. 가볍게 옆으로 피한 마브렌시아는 힘껏 왼쪽 팔꿈치를 휘둘러 병사의 턱을 가격했다.

　요란한 소리를 내며 병사는 술집 바닥을 굴렀고, 그 모습에 분노한 루벤트 제국의 병사들이 한꺼번에 그녀를 공격했다. 술집 안은 순식간에 엉망으로 변했고, 마브렌시아와 루벤트 제국의 병사들 사이에 혼전이 계속되었다.

　데미안은 카라딘 시에 무사히 잠입하는 데 성공했다.
　성을 빠져나가고 들어오는 피난민들의 숫자가 워낙 많아 거의 형식적인 검문을 했기 때문에 잠입하는 데는 별 어려움이 없었다. 비록 직접적인 전투가 벌어지는 지역과는 상당히 떨어져 있었지만 불안해하는 사람들의 얼굴이나 그들이 가지고 있는 짐들을 보면 이곳도 전쟁터라는 것을 쉽게 짐작할 수 있었다.

　사방에서 무장한 병사들이 줄지어 다니고 있었고, 피난민들은 그들이 두려운 듯 피했다. 데미안도 자신의 용모가 그들의 이목을 끌 것을 염려해 다른 모습으로 변신했다. 또 붉은색 머리카락도 검은색으로 바꾸었다.

조금은 안 생긴(?) 얼굴로 변신한 탓인지 데미안을 주시하는 사람은 없었다. 그러나 문제는 그것이 아니었다.

대체 어디에서 마브렌시아의 흔적을 찾아야 할지 몰랐다. 네로브라도 있었다면 그녀의 예지력이 큰 도움이 되었겠지만 지금은 그런 도움을 기대할 수 없었다.

가벼운 한숨과 함께 길을 가던 데미안은 길가에 많은 사람들이 모여 있는 것을 발견할 수 있었다. 걸음을 멈추고 보니 술집 안에서 웬 여자 용병과 십여 명의 루벤트 병사들이 혈전을 벌이고 있는 것이 보였다.

처음에는 그녀를 도와주려고 생각했지만 그녀의 검술 솜씨를 보니 자신이 도와주지 않아도 충분히 병사들을 상대할 수 있을 것 같아 그만두었다. 또 지금은 그녀를 돕는 것보다는 마브렌시아의 흔적을 쫓는 것이 더욱 급한 일이기 때문이었다. 왠지 이상한 느낌이 들기는 했지만 애써 떨쳐 버리고 그 자리를 떠났다.

마브렌시아는 병사들을 상대하면서 혹시 그들 가운데 자신보다 뛰어난 실력을 가진 자가 있는가를 확인해 보았지만 그만한 실력을 가진 사람은 없었다. 내심 실망한 마브렌시아는 단숨에 그들을 없애고 트렌실바니아 왕국으로 떠날 결심을 했다.

나라가 생긴 지 얼마 되지 않은 루벤트 제국보다는 역사가 오래된 트렌실바니아 왕국에 신의 무기에 대한 단서가 있을 것이란 생각이 들었다. 일단 마음이 그렇게 정해지자 더 이상 병사들과 드잡이를 벌이고 싶은 마음이 사라졌다.

몸속의 무궁무진한 마나를 투 핸드 소드에 집어넣은 마브렌시아는 병사들을 향해 사정없이 휘둘렀다.

스윽— 슥— 슥—!

귓전을 자극하는 소리와 함께 병사들의 몸은 그들이 들고 있던 무기와 함께 너무도 간단히 잘려 나갔다. 식당 안은 순식간에 병사들의 몸에서 흘러나온 선혈로 인해 비릿한 피 내음으로 숨 쉬기조차 힘들 지경이었다. 그러나 마브렌시아는 오히려 그 내음이 좋은지 한껏 들이마셨다.

그녀가 들고 있는 투 핸드 소드는 마치 인간의 선혈을 빨아들이기라도 한 듯 한 방울의 선혈도 묻어 있지 않았다. 루벤트 제국의 병사들을 죽였으니 곧 병사들이 몰려올 것은 뻔한 일이었다.

물론 그들을 막을 수 없는 것은 아니었지만 귀찮은 것만은 피하고 싶었다. 곰곰이 자신이 알고 있는 트렌실바니아 왕국의 수도인 페인야드의 좌표를 생각했다.

상당히 오래전에 페인야드에 들른 적이 있던 마브렌시아는 페인야드 외곽에 있는 별성 근처에 있는 숲을 떠올렸다. 그리고 빠르게 스펠을 캐스팅했다.

"매직 서클Magic Circle!"

마브렌시아의 외침에 그녀의 전면에 타오르는 듯 붉은색의 둥근 원이 생겼다. 그 원은 마치 살아 있는 듯 꿈틀거렸지만 마브렌시아는 개의치 않고 원으로 걸음을 옮겼다. 그녀의 모습이 사라지고 나서 곧 원형도 사라졌다.

그리고 얼마 지나지 않아 수십 명의 병사들이 술집 안으로 들이닥쳤다. 그들의 대장으로 보이는 사내는 그때까지도 테이블 밑에서 벌벌 떨고 있는 중년의 바텐더를 끌어냈다.

"우리 병사들을 죽인 그 용병 년은 어디 있느냐?! 어서 말을 해! 말을 하란 말이야!"

"죄, 죄송합니다. 전 아무것도 보지 못했습니다, 나리. 정말입니다. 제 말을 믿어주십시오."

"시끄럽다. 말을 하지 않겠다면 살인 방조 죄로 이 자리에서 죽여주마."

말을 마친 사내는 지체없이 검을 뽑아 들고는 바텐더의 목을 향해 내려치는 시늉을 했다. 그 모습을 본 바텐더는 그대로 주저 앉으며 사내에게 빌었다.

"자세히 보지는 못했지만 그 여자 용병이 매직 뭐라고 중얼거리니까 붉은색 원이 생겼습니다. 그리고 그 여자는 그 속으로 사라졌습니다. 정말입니다. 제 말을 믿어주십시오."

바텐더의 말에 사내는 내려치던 검을 멈추고 다시 물었다.

"네 말이 정말이냐?"

"사, 사실입니다. 제 말을 믿어주십시오."

"대장님, 그 용병 여자는 혹시 마법사가 아닐까요?"

"지금 상황에서는 그렇게 생각할 수밖에 없겠지만 한번에 십여 명의 병사들을 해치울 검술 실력과 또 마법을 사용할 수 있는 자가 있을까?"

검집에 검을 집어넣으면서 사내는 시신이 널려 있는 술집 안을 둘러보았다. 목숨을 잃은 병사들의 상처를 자세히 살펴본 사내는 용병이라는 여자의 검술 솜씨가 보통이 넘는다는 것을 쉽게 알 수 있었다.

사람의 근육이나 뼈를 자르는 것은 그리 어려운 일이 아니지만 그들이 걸친 플레이트 메일과 무기를 이렇게 매끄럽게 자르는 것은 보통 실력으로는 어림도 없는 일이었다. 자신도 이렇게 매끄럽게 자르는 것은 불가능한 일이었다.

바람의 활.파룬느

사내는 이 일을 어떻게 보고를 해야 할지 골치가 지끈거렸다. 사건을 일으킨 범인은 이미 사라진 후였고, 범인의 인상착의조차 알지 못하는 상태였다. 게다가 지금 전 전선에서 루벤트 제국이 밀리는 상황이기 때문에 지휘관들의 신경이 날카로운 상태여서 더욱 고민이었다.

부하에게 범인의 인상착의를 알아보도록 명령을 하고는 고개를 흔들며 술집을 빠져나왔다. 비릿한 피 내음이 술집 안을 떠돌고 있었다.

데미안은 조금 전 싸움이 있었던 술집에서 그리 멀리 떨어지지 않은 곳의 음식점에서 간단한 식사를 주문하고는 식당 안을 둘러보았다. 대부분 피난을 가는 피난민이었지만 그들 가운데는 용병들로 보이는 사내들의 모습도 간간이 보였다.

갖가지 무기와 플레이트 메일을 걸친 그들은 유쾌한 일이 있는 듯 술을 마시며 큰 소리로 떠들기는 했지만 그들의 얼굴에는 희미한 불안감이 자리하고 있었다. 비록 그들이 돈을 목적으로 하는 용병이기는 하지만 자신들의 조국인 루벤트 제국이 패전하고 있다는 것을 받아들이기는 쉽지 않은 듯했다.

몇 조각의 얇은 빵과 고기 몇 조각, 원래의 모습이 어떤 것인지 도저히 확인할 수 없는 야채 몇 가지가 지저분한 접시에 담겨 나왔다. 너무 지저분한 접시라 뭐라고 하려던 데미안은 묵묵히 식사를 하고 있는 피난민의 모습에 그만 고개를 돌리고 식사를 시작했다.

그러나 까칠하게 느껴지는 빵과 양분이 모두 빠져 퍽퍽한 고기 조각, 그리고 씹을 것도 없는 야채는 도저히 음식이라고 부를 수 없을 정도였다. 데미안은 빵을 몇 번 우물거리다가는 곧 식사를 그만두었다. 별로 식성이 까다로운 편은 아니었지만 식사를 계속하고 싶은 마음이 들지 않았다.

데미안이 식사를 그만두려 하자 식당의 주인이 다가왔다.

"식사를 그만하시는 거요?"

"그렇습니다만?"

"그럼 이 음식을 버려도 되는 것이오?"

데미안은 주인이 뭘 말하려고 하는 것인지 의문스러웠지만 곧 고개를 끄덕였다. 주인은 곧 데미안의 식사가 담겨 있던 접시를 들고는 세 명의 아이들이 앉아 있는 곳으로 다가갔다. 그리고는 아이들의 머리를 쓰다듬으며 접시를 내려놓았다.

초췌한 모습을 한 아이들의 부모는 주인에게 연신 고맙다는 인사를 했고, 아이들은 접시가 놓이기가 무섭게 손으로 빵과 고기를 집어 들고는 정신없이 먹기 시작했다. 그러나 식사의 양이 워낙 적었기 때문인지 접시는 금세 비워졌고, 아이들은 아쉬운 듯 손가락을 빨고 있었다.

그 모습에 데미안은 주인에게 몇 가지 요리를 더 주문해 피난민 가족에게 주도록 했다. 음식을 본 아이들은 하나라도 더 먹기에 여념이 없었고, 아이들의 부모는 데미안을 향해 고개를 숙여 감사의 인사를 했다.

데미안을 요기를 마쳤기에 식당을 떠나려고 했다.

"얼마지?"

"35골드입니다."

"뭐?"

데미안은 기가 막혀 아무런 말도 할 수 없었다. 35골드라면 웬

만큼 건장한 사내들 몇 사람이 배불리 먹을 수 있는 가격이었다. 이건 비싸도 너무나 비쌌다.

"너무 비싼 것 아닌가?"

"손님은 지금 전쟁 중이라는 걸 모르십니까? 그래도 저는 양심적인 편입니다."

주인의 말에 데미안은 씁쓸한 웃음을 짓고는 곧 주머니에서 35골드를 꺼내 주인에게 주었다. 그 모습을 본 용병들이 서로의 얼굴을 보고는 의미를 알 수 없는 미소를 지었다.

그중에서 가장 날렵한 몸매를 가진 용병 하나가 자리에서 일어나 데미안에게 다가왔다. 그 모습을 본 주인은 황급히 데미안에게 떨어져 몸을 피했다.

건들거리며 데미안에게 다가온 용병은 미묘한 웃음을 지으며 데미안에게 말을 건넸다.

"이봐! 제법 돈이 많은 것 같아 우리가 그 돈 쓰는 것을 도와주고 싶은데 자네 생각은 어떤가?"

"자네의 성의는 고맙지만 사양하겠네."

데미안의 담담한 말에 상대는 조금은 의외란 표정을 지었다. 그가 얼마나 뛰어난 실력을 가지고 있는지는 모르지만 자신들이 네 명이나 되는 것을 알면서도 이렇게 담담한 표정을 짓고 있는 것이 왠지 찜찜하다는 생각이 든 것이다. 그러나 사내는 자신의 실력을 믿었고 동료들의 실력을 믿었다.

"글쎄, 사양하고 싶은 것은 자네 마음이겠지만 우린 자넬 도와주고 싶거든."

사내의 말에 앉아 있던 나머지 용병들이 자리에서 일어나며 각자의 무기를 어루만졌다. 그 무기라는 것도 대부분 무식한 모닝 스타나 베틀엑스, 사이드Scythe들이었다. 그 모습에 피난민들은 황급히 자식들을 데리고 식당을 빠져나갔다. 그 모습을 바라보는 데미안의 얼굴에는 부러움이 가득했고 식당 주인은 울상이 되었지만 그것을 신경 쓸 용병들이 아니었다.

"이봐, 우리 성의를 무시하지 말라고. 우린 우리의 성의를 무시하는 사람들에게는 상당히 난폭해지는 경향이 있거든. 서로 피곤한 짓은 사양하는 것이 어때?"

모닝 스타를 든 용병이 인상을 험악하게 쓰며 데미안을 위협하듯 모닝 스타를 흔들었다. 데미안은 문득 장난기가 생겼다.

"저어, 가진 것이 별로 없는데……."

갑작스런 데미안의 태도에 처음 그에게 말을 걸었던 용병은 잠시 고개를 갸웃거렸지만 데미안이 자신들에게 겁을 먹었다고 생각하고는 노골적으로 데미안을 협박했다.

"호호호, 왜 이러시나? 옷도 꽤 쓸 만한 데다 게다가 검도 두 자루씩이나 있잖아. 게다가 레이피어나 그 바스타드 소드를 보니 상당히 공을 들여서 만든 것이라 제법 돈이 될 것 같은데 어서 풀어놔."

"이봐, 폴. 그렇게 겁을 주었다가 이 도련님이 울기라도 하면 어쩌려고 그래?"

"그러게나 말이야. 어이쿠, 도련님의 다리가 사시나무 떨듯 사정없이 떨리고 있잖아."

용병들의 협박에 데미안은 겁을 먹은 척했다. 그가 슬금슬금 뒷걸음질을 치자 용병들은 빙글거리며 유유히 데미안의 뒤를 따라갔다. 데미안은 용병들이 자신의 뒤를 따라올 수 있도록 그리 빠르지 않은 걸음으로 꼬불꼬불한 골목길을 이리저리 도망쳤다.

서너 사람이 다닐 정도의 넓이를 가진 골목길은 막다른 길로 이어져 있었다. 막다른 골목길의 벽 밑에 선 데미안은 주위를 둘러보았지만 삼면이 막혀 있었고, 정면에서는 네 명의 용병들이 다가오고 있었다.

용병들은 연신 주위를 두리번거리는 데미안의 모습을 보며 비웃는 듯한 미소를 짓고 있었다.

"왜? 더 이상은 도망칠 곳이 없었나?"

"불쌍해서 어쩌지? 쯧쯧쯧."

데미안은 그들의 뒤로 아무런 인기척이 느껴지지 않는 것을 확인하고서야 연극을 그만두었다. 자신이 그들을 여기까지 유인한 것에는 나름대로 이유가 있어서였다.

트렌실바니아 왕국이 잃어버렸던 과거의 영토를 되찾기 위해서는 반드시 이곳 카라딘까지 차지해야만 했다. 그러나 상주 인구만 해도 100만이 넘는 거대한 이곳을 차지하기 위해서는 확실한 정보가 필요했다.

정확한 인구가 얼마나 되는지, 주둔하고 있는 병사의 수는 얼마나 되는지, 또 후방 부대와의 거리는 얼마나 되는지 알아낼 수 있는 한도 내에서 최대한 알아내야만 했다. 어차피 지금 상황에서 마브렌시아의 행방을 알아내는 것은 불가능한 일이었다. 게다가 전쟁이 임박한 만큼 자신이 맡고 있는 11군단을 언제까지 비워둘 수는 없는 일이었다.

데미안이 그런 생각을 하고 있는 동안 용병들은 데미안과의 거리를 더욱 좁혔다.

"좋은 말로 할 때 어서 가진 것을 몽땅 풀어놓는 것이 서로에게 좋아."

데미안은 천천히 주먹을 쥐었다 풀었다 하며 가볍게 몸을 풀었다. 그리고는 정면에서 모닝 스타를 만지작거리고 있던 용병을 향해 달려들었다.

데미안의 갑작스런 행동에 상대 용병은 머리털이 곤두설 정도로 놀랐다. 그러나 그가 뒤로 물러서는 것보다는 데미안이 다가서는 속도가 훨씬 빨랐다.

퍼퍼퍼퍽—!

요란한 소리와 함께 그 용병의 턱은 사정없이 좌우로 돌아갔다. 뒤로 물러서는 그 3미터에 불과한 거리 동안 그의 턱에는 스무 번 이상 데미안의 주먹이 날아들었다.

미처 비명을 지를 사이도 없이 그 용병은 기절해 버렸고, 나머지 용병들은 멍하니 그 모습을 지켜보고만 있었다. 그러나 그것도 잠시뿐, 베틀엑스를 들고 있던 용병은 데미안이 자신에게 달려드는 것을 발견하고는 황급히 뒤로 물러섰다. 그러나 데미안은 허리에 차고 있던 레이피어를 검집째 힘껏 찔렀다.

"윽!"

레이피어의 끝이 정확히 명치를 파고들자 베틀엑스를 들고 있던 용병은 짧은 신음과 함께 앞으로 쓰러졌다. 자신들의 동료 둘이 맥없이, 그것도 너무나 간단하게 기절을 해버리자 정신을 차릴 수 없었다.

"계속할까?"

"비, 비겁한 놈!"

"비겁? 미친놈, 내가 언제? 네놈들이 멋대로 판단을 했잖아. 그보다 계속 안 할 거야?"

이번에는 데미안이 비웃는 듯한 미소를 지었다. 그 모습을 본

두 용병은 머리끝까지 분노가 치밀었지만 자신들이 어떻게 할 수 있는 상대가 아니었다.

"이봐! 그렇게 참지 말라고. 또 누가 아나? 나 같은 녀석 한 주먹감도 안 되잖아. 한번 덤벼보라고."

"빌어먹을 놈! 죽어!"

사이드를 휘두르며 달려드는 용병을 보고 데미안은 가볍게 몸을 뒤로 젖혀 피했다. 그리고는 들고 있던 레이피어로 그 용병의 뒷머리를 사정없이 내려쳤다.

퍽!

듣기만 해도 소름이 오싹 끼치는 소리가 들리고 용병은 앞으로 쓰러져 움직이지를 않았다. 홀로 남은 용병은 데미안이 대체 무슨 이유로 자신들에게 이러는 것인지 영문을 알 수 없었다.

"대체 우리에게 왜 이러는 거지?"

"안 덤빌 거야?"

"젠장! 졌어, 졌다고."

상대의 고함 소리에 데미안은 상대가 이미 전의를 상실했다는 것을 확인할 수 있었다.

"그러지 말고 한번 하자. 혹시 이길 수 있을지도 모르잖아. 그렇게 생각 안 해?"

"제발 나에게 원하는 것이 무엇인지 그거나 말해."

"정말 안 덤빌 거야?"

데미안이 짓궂게 다시 한 번 묻자 용병은 정말 울고 싶었다. 이런 인간은 정말 처음 만나봤다.

"그럼 뭐 하나만 묻겠는데……"

"뭐야?"

"여기 카라딘 시에선 용병들을 모집하지 않아?"

"그야 당연히 모집하지. 전쟁이 터졌는데 용병을 모집하지 않을 리 있겠어?"

"근데 어디에도 용병을 모집한다는 벽보가 없잖아?"

"그냥 주둔하고 있는 부대를 찾아가면 돼. 어차피 용병들은 정규군에 포함이 되어 배치가 될 것이 분명하니까."

"대체 정규군이 얼마나 되기에 이렇게 소리도 없이 용병들을 모집하는 것이지?"

넌지시 물어보는 데미안의 말에 폴이라고 불렸던 용병은 얼른 자신이 아는 대로 설명했다.

"이 도시는 루벤트 제국 내에서도 몇 손가락 안에 드는 큰 도시지만 정규군의 숫자는 얼마 되지 않아. 물론 서너 개의 군단이 이곳을 지키고 있기는 하지만 전체 인구를 생각하면 그리 많지 않은 상태지. 아니, 너무 적다고 할 수 있어. 그래서 용병들을 모집하는 거구. 또 트렌실바니아 왕국군에게 그런 사실을 들키지 않기 위해 비밀리에 모집하는 거라고."

"정규군의 규모는 얼마나 되지?"

"글쎄. 원래 이 카라딘에 상주하고 있는 정규군의 규모는 3개 군단 정도였는데. 얼마 전 다시 르네 라이포트 공작이 3개 군단의 병력을 이끌고 왔어."

말이 6개 군단이지 병력으로 따지면 40만 명에 육박하는 숫자였다. 전쟁 전 트렌실바니아 왕국이 보유하고 있던 병력의 절반에 해당되는 엄청난 수의 병력이었다. 게다가 수도 경비를 맡고 있던 라이포트 공작이 직접 병력을 이끌고 왔을 정도라면 저들도 이곳 카라딘의 중요성을 인식하고 있다는 말이었다.

"라이포트 공작이 직접 왔단 말인가?"

"이곳 서부 전선의 총사령관으로 임명된 스캇 전하의 명령으로 왔다고 하더군."

"스캇? 스캇 루벤트를 말하는 것인가?"

데미안의 반문에 폴의 얼굴은 이상하게 변했다.

"그렇다면 설마 트렌실바니아 왕국의 스파이?"

"자네 눈에는 그렇게 보이나? 용병이라면 어디든 갈 수 있는 것 아닌가?"

데미안의 말에 폴은 고개를 흔들었다.

"아니야, 당신의 솜씨는 일개 용병치고는 너무 깔끔해. 당신 정도의 실력이라면 이렇게 떠돌아다닐 이유가 없어. 또 어디를 가든 엄청난 황금을 주고 당신을 고용하려 할 텐데 이렇게 떠돌아다닐 이유가 없잖아."

제법 예리한 폴의 안목에 데미안은 순간의 판단에 자신의 생명을 걸고 사는 용병이란 이런 것이다라는 생각이 들었다.

"대답 고마웠네."

데미안은 그 말만을 남기고 걸음을 옮겼다. 잠시 동료들의 안색을 살피던 폴은 동료들이 무사하다는 것을 알고는 데미안의 등을 향해 소리쳤다.

"당신은 내가 신고할 것이 겁나지 않나?"

폴의 말에 데미안은 걸음을 멈추었다. 그러나 고개를 돌리지는 않았다.

"자넨 내가 스파이란 것을 증명할 수 있나? 자네가 신고했을 때는 이미 난 사라지고 없을 텐데 말이야. 게다가 돈도 안 되는 일이 아닌가? 하하하."

낭랑한 웃음을 터뜨리며 사라져 가는 데미안의 뒷모습을 바라보던 폴은 연신 고개를 갸웃거렸다.

"생긴 것은 영 아닌데 검술 실력은 너무 뛰어나고, 용병 같지도 않으면서 용병들의 생리에 대해서는 잘 알고 있으니 정말 그의 정체가 궁금한데……. 루벤트 제국 사람이 아닌 것은 분명한데 정말 트렌실바니아 왕국 스파인가?"

하나 데미안은 이미 사라지고 없었다.

* * *

걸음을 옮기던 로빈은 다시 한 번 주위를 둘러보았다. 마치 수백 명의 레오를 보는 듯 나무의 그늘에 숨어 있는 엘프들의 모습에서 적대감을 느낄 수 있었다.

애써 태연한 표정을 짓기는 했지만 그들의 손에 들려진 롱 보에 걸린 화살을 보면 저절로 몸이 굳어졌다. 주위에 있는 동료들을 힐끔 바라보았지만 그들은 마치 엘프들이 자신을 노리고 있다는 사실을 전혀 느끼지 못하는 사람들 같았다.

데보라는 한 손에는 물의 창 아로네아를, 다른 한 손에는 엘프 노인의 목을 겨눈 단검을 움켜쥔 채 앞장서서 걸음을 옮기고 있는 엘프 청년의 뒤를 따라 걸음을 옮기고 있었다. 그녀의 눈은 정면을 바라볼 뿐 자신이 단검을 겨눈 엘프 노인에게는 신경도 쓰지 않았다.

몇 킬로미터에 가까운 숲길을 통과하자 나무와 풀로 지어진 100여 채의 오두막이 옹기종기하게 모여 있는 마을에 도착할 수 있었다. 외부인이 나타나자 구경을 하러 나왔던 엘프 여인들과 아이들은 자신들의 촌장이 포로로 잡혀 있는 모습에 깜짝 놀라며 집 안으로 뛰어 들어갔다.

그 모습을 발견한 헥터나 로빈은 입맛이 썼다. 마치 침입자 같은 모습은 자신들이 원했던 모습이 아니지만 아마 저들의 눈에는 그렇게 비칠 것이다.

각자 자신들의 무기를 뽑아 든 엘프 청년들은 일제히 분노한 표정을 지으며 데보라 일행을 포위했다. 그 모습에 앞장서서 데보라 일행을 안내하던 엘프 청년이 황급히 마을 청년들을 제지했다. 어쩔 수 없이 마을 청년들은 분한 표정을 지으며 뒤로 물러섰다.

데보라 일행은 마을을 통과해 다시 숲을 벗어나자 겨울임에도 불구하고 푸른 빛을 뿌리고 있는 잔디밭에 도착할 수 있었다. 데보라는 엘프 청년이 자신들을 봉인이 있는 장소로 안내할 줄만 알았다가 뜻밖에 잔디밭에 도착하자 엘프들이 자신들에게 봉인을 안내하기 싫어 엉뚱한 장소로 데리고 왔다고 판단하고는 화를 내려고 했다.

"우릴 속이다니… 당장 마을을……."

"잠깐만 기다려."

데보라를 제지한 차이렌은 찬찬히 주위를 둘러보았다. 그 모습을 본 엘프 청년은 콧방귀를 뀌었다.

"흥! 이곳은 페트리앙스께서 마지막으로 머무르셨던 곳이다. 그렇게 간단히 인간의 눈에 뜨일 것이라고 생각했나?"

엘프 청년의 말을 들은 척도 하지 않은 채 연신 주위를 살피고 있는 차이렌의 모습을 보고 로빈이 입을 열었다.

"저어, 차이렌님."

"뭐야?"

차이렌은 고개조차 돌리지 않았지만 로빈은 개의치 않고 말을 꺼냈다.

"제가 가지고 있는 치유의 구슬이 희미하지만 진동을 일으키는 것으로 보아 틀림없이 이곳이나, 아니면 이곳과 아주 가까운 곳에 봉인이 있을 거예요."

로빈의 말에 일행들은 주위를 둘러보았지만 자신들을 경계하고 서 있는 엘프들을 제외하고 보이는 것이라고는 촘촘하게 자란 잔디뿐이었다. 어디에도 봉인으로 짐작이 되는 곳은 없었다.

열심히 봉인을 찾는 일행들과는 달리 레오는 잔디밭이 반가운 듯 뒹굴고 있었다. 여기저기를 신나게 뒹굴던 레오는 연신 주위를 두리번거리고 있던 로빈에게 물었다.

"뭘 찾아?"

"예, 봉인이 있을 것으로 예상되는 곳을 찾고 있어요."

"봉인? 봉인이 뭐지?"

"전에 나와 처음 만났을 때 우리를 안내해 주었던 곳이 있잖아요. 그런 곳을 찾는 중이에요."

로빈의 말에 레오는 고개를 갸웃거렸다. 레오가 아무런 말도 하지 않고 계속 고개만 갸웃거리자 로빈은 왠지 신경이 쓰였다.

"뭐 이상한 것이라도 있어요?"

"여기가 거기다."

"예? 무슨 말씀이세요, 레오님?"

"여기 전부 봉인이다."

레오의 말에 일행들의 움직임이 일제히 멈춰졌다. 그리고 그 말을 들은 엘프들은 일제히 움찔하며 놀랐지만 일행들은 미처 그 모습을 발견하지 못했다.

"뭐라고? 여기가 봉인이라고?"

"어디야? 전혀 알아볼 수 없잖아. 대체 어디란 거야?"

데보라와 차이렌의 반문이 동시에 터져 나왔다. 레오는 그런 그들이 이상하다는 지면을 가리켰다. 분통을 터뜨리려던 차이렌은 재빨리 스펠을 캐스팅했다.

"레비테이션(Levitation : 비행)!"

시동어를 외치자 차이렌의 몸은 단숨에 허공으로 치솟아올랐다. 그의 모습이 순식간에 까만 하나의 점으로 보일 정도로 작아졌다.

허공으로 치솟은 차이렌은 찬찬히 주위를 둘러보았지만 어디에도 신이 남겨놓은 봉인은 찾을 수 없었다. 실망한 차이렌은 지면으로 내려가려다 머리 속을 스치는 생각이 있어 다시 한 번 스펠을 캐스팅했다.

"디텍트 마나!"

그러자 지상에 검푸른 색의 마나가 보이기 시작했다. 확실히 다른 곳보다는 엄청나게 많은 양의 마나가 존재했다. 그런 그의 눈에 이상한 것이 보였다.

잠시 시간이 지난 후 지상으로 내려온 차이렌의 표정이 조금 이상해져 있었다. 일행들에게 자신이 발견한 사실을 말하자 일들의 얼굴도 믿을 수 없다는 표정이 역력했다.

"정말 그게 가능한 일이야?"

"차이렌님, 믿기 힘들어요."

"나한테 뭐라고 하지 마. 이런 모습은 난생처음 보는 거라서 나도 몰라."

"그렇지만 마나로 만들어진 마법진이라니……"

일행들은 그 말을 하면서 데미안이 공간의 검 미디아를 얻었을 때의 광경을 떠올렸다. 엄청나게 커다란 마법진은 강력한 반발력을 가지고 있어 선택받은 자가 아니면 들어갈 엄두조차 내지 못하지 않았던가?

"혹시 여기에 있는 것이 바람의 활이 아닙니까?"

"그런데 왜?"

"그렇다면 혹시 바람과 마나로 봉인이 만들어진 것은 아닐까요?"

"바람과 마나로 만들어진 봉인이라고?"

데보라는 그 말을 하며 차이렌을 바라보았다.

"글쎄, 물론 이론상으로야 가능하지. 그렇지만 신이 만든 이 봉인을 무슨 방법으로 깰 수 있지? 그리고 그저 마나의 흔적을 느낄 뿐 보이지도 않은 것을 어떻게……?"

차이렌의 말에 이번엔 로빈이 고개를 갸웃거렸다.

"비록 봉인이 보이지 않는다고는 하지만 보이게 할 수 있는 방법이 우리에게 있잖아."

"뭐? 드래곤의 브레스나 되어야 겨우 파괴할 수 있는 신의 봉인을 우리 힘으로 어떻게 파괴할 수 있다는 거야?"

차이렌의 호통에 로빈이 머리를 흔들며 데보라가 들고 있는 아로네아를 가리키며 자신의 생각을 이야기했다.

"파괴하자는 것이 아니라 숨겨져 있는 봉인이 나타나게 하자는 거죠."

"글쎄, 어떻게 말이야? 신의 능력으로 감춰놓은 봉인을 우리가 무슨 수로 나타나게 할 수 있다는 거지?"

"데보라님에게는 신의 무기인 아로네아가 있잖아요. 그 아로네아로 이 주위에 충격을 주면 봉인이 모습을 드러낼 거라는 생각이 드는데, 어떻게 생각하세요?"

"그래, 우리에겐 아로네아가 있었지."

차이렌이 로빈의 말에 찬성을 하자 데보라는 그들이 지금 무슨 말을 하는 것인지 영문을 알 수 없었다. 그런 데는 관심이 없는 레오를 제외한 나머지 사람들 역시 마찬가지였다.

"이봐, 데보라. 아로네아로 사용하는 공격 중에서 가장 약한 주문으로 이곳에 충격을 줘봐."

차이렌의 말에 데보라는 엘프 노인을 놓아주고는 공격 주문을 찬찬히 떠올렸다.

사실 아마조네스의 지배자이자 족장인 칸으로 지명된 전사는 어린 시절부터 꽤나 복잡한 주문을 익혔어야 했다. 그것도 나이든 신관에게서 비밀리에 전수를 받은 것이었다.

데보라는 그것이 무엇인지도 모르는 채 그저 무작정 익혀야만 했다. 그러나 아로네아를 얻고 나니 그것이 아로네아를 이용하는 공격 주문이었다는 것을 알게 된 것이었다.

조금 전에 용암을 솟구치게 한 것도 물이 가진 힘으로 대지 속에 잠들어 있던 용암에 충격을 주어 용암을 지상으로 솟구치게 한 것이었다.

한 가지 공격 주문을 떠올린 데보라는 아로네아를 잡고 마나를 주입했다. 그러자 아로네아에서는 신비스럽게 느껴지는 투명한 파란색이 뿜어져 나와 주위에 퍼졌다. 모든 사람들이 그 광경을 신기한 듯 바라볼 때 데보라의 외침이 들렸다.

"피지컬 웨이브(Physical Wave : 물리적 파동)!"

쿵—!

둔중하게 느껴지는 충격이 발바닥에 전해졌다. 그러나 중심을 잃을 정도의 충격은 아니었다. 황급히 데보라와 일행들은 주위를 둘러보았지만 아무런 변화도 없었다. 그들이 실망한 반면 엘프들은 안도한 표정을 지었다.

데보라가 아로네아에 더 많은 마나를 집어넣고 다시 한 번 지면을 내려치려고 할 때 로빈이 소리쳤다.

"저기요, 저길 좀 봐요."

로빈이 손으로 가리킨 곳에 희미하게 아지랑이 같은 것이 흔들거렸다. 시간이 지날수록 흔들림이 적어졌고 푸른 색의 잔디에 기이한 문양이 보이기 시작했다. 숨을 몇 번 쉬는 사이 지면이 올라오면서 둔덕을 만들기 시작한 것이다.

그와 동시에 데보라와 일행들은 자신들의 몸을 밀어내는 부드러운 힘을 느꼈다. 일행들은 그 힘에 대항을 하려고 했지만 어림도 없는 일이었다. 그것은 엘프들도 마찬가지였다.

그렇게 그들은 십여 미터 이상 뒤로 밀려났고, 그들이 밀려난 곳에서는 아지랑이 같은 기운이 어려 있어 어느 것의 접근도 용납하지 않았다.

자신의 몸이 밀린다는 것을 느끼는 순간, 헥터는 여태껏 그래왔던 것처럼 봉인이 사람을 선택할 것이란 걸 느꼈다. 그렇지만 모두 뒤로 밀려난 지금 대체 누굴 선택하려는 것인지 그것이 궁금했다. 하다못해 엘프들까지 전부 밀려나 버렸다.

헥터가 그런 생각을 하고 있을 때 로빈이 큰 소리로 외쳤다.

"레오님! 레오님, 괜찮으세요?"

로빈의 말에 사람들의 눈은 일제히 전면으로 향했고, 그런 그들의 눈에 멍한 표정으로 잔디에 앉아 있는 레오의 모습이 보였다. 그 모습에 정작 놀란 것은 엘프들이었다.

자신들만의 성지에 사람이 들어간 것이었다. 그것도 허리까지 내려오는 긴 머리에 달랑 짐승 가죽으로 아랫도리만 가린 인간이 말이다. 게다가 아름답게 생긴 얼굴과는 달리 멍청한 표정을 짓고 있는 인간이 어떻게 자신들의 성지에 들어갈 수 있는 것인지 이해를 할 수 없었다.

"레오님, 어서 저곳으로 가서 무기를 찾아보세요."

"무기?"

짧게 반문을 한 레오는 곧 마법진의 중심으로 걸음을 옮겼다. 그 모습을 발견한 엘프 노인은 당황해하며 레오를 향해 큰 소리를 질렀다.

"멈춰! 멈추란 말이야! 바람의 활 '파륜느'는 인간 따위가 가질 수 있는 물건이 아니란 말이야. 멈춰!"

그러나 레오의 발걸음을 멈춰지지 않았고 곧 모습이 사라졌다. 엘프 노인의 외침에 잠시 멍해 있던 엘프들은 곧 정신을 차리고 레오를 제지하려고 했지만 봉인에서 뿜어져 나오는 반발력 때문에 봉인에는 접근할 수 없었다.

잠시의 시간이 지난 후 마법진에서 나온 레오의 손에는 60센티미터쯤 되어 보이는 납작한 나무막대가 들려 있었다. 봉인 안으로 들어갔던 레오가 뭔가를 들고 나오자 엘프들은 그것이 바람의 활 파륜느라고 판단을 하고는 그것을 빼앗기 위해 레오에게 덤벼들었다.

그러나 순순히 당할 레오가 아니었다. 엘프들이 자신에게 덤벼들자 레오는 재빨리 몸을 피한 다음 데보라 곁으로 갔다. 일행들은 가운데 레오를 두고는 각자의 무기를 뽑아 든 채 엘프들과 대치를 했다.

누구라도 움직이기만 하면 당장 피를 부를 것 같은 상황이 한동안 이어졌다. 그 모습을 지켜보던 엘프 노인은 긴 한숨과 함께 입을 열었다.

"그만들 두게."

사람들의 눈길이 그에게 쏠리자 엘프 노인은 다시 한 번 긴 한숨을 쉬고는 말을 이었다.

"수백 년 동안 있으면서도 찾지 못한 것을 저들이 오자마자 찾았다는 것은 파륜느가 저들을 선택했다는 말과 같다. 왜 페트리앙스께서 지상에 남긴 파륜느가 우리 엘프가 아닌 인간을 선택한 것인지는 모르겠지만, 이미 파륜느는 저들을 선택했다. 그러니 저들을 그만 보내주게."

엘프들 가운데 몇은 노골적으로 불만을 표시했지만 촌장인 엘프 노인의 말을 거역할 수 없는 듯 들었던 무기를 내려놓았다. 엘프들이 무기를 내려놓자 데보라 일행들도 무기를 내려놓고 엘프 노인에게 고개를 숙였다.

"저희들이 얻은 이 바람의 활을 절대로 저희들의 사사로운 목적을 위해서 쓰진 않겠습니다. 그리고 뮤란 대륙을 구하는 데 커다란 힘이 될 것입니다. 그럼……"

말을 마친 헥터는 나머지 일행들과 함께 그곳을 떠났고, 엘프들은 떠나는 그들을 한없이 바라보고 있었다.

제58장
태양의 방패, 블레이즈

사방이 눈부신 황금으로 뒤덮인 동굴이었다. 그러나 그 넓이는 상상을 불허할 정도였다. 바닥에서 천정까지의 높이가 거의 50미터쯤 되어 보였고, 통로의 폭도 40미터는 족히 되어 보였다.

복잡한 미로처럼 얽혀 있는 그 동굴의 가장 깊은 곳에는 엄청난 크기의 연못이 있었다. 그리고 그 연못의 깊은 곳에는 연못의 물을 온통 황금색으로 물들이는 거대한 골드 드래곤이 무엇인가를 보고 있었다.

그 크기가 거의 400미터에 달하는 골드 드래곤의 전면에는 10미터는 족히 되어 보이는 3개의 황금색 거울이 허공에 떠 있었다. 그리고 각 거울에는 페인야드로 향하는 마브렌시아의 모습과 11군단으로 향하는 데미안의 모습, 그리고 엘프들의 마을을 떠나는 데보라 일행의 모습이 비춰졌다.

그 모습을 바라보는 골드 드래곤의 표정은 무표정했다. 한참 동안 그들의 모습을 바라보던 골드 드래곤은 곧 3개의 황금 거울을 없앴다. 그리고는 인간의 모습으로 폴리모프했다.

황금색 머릿결을 가진 너무도 아름다운 얼굴을 한 30대 초반의 청년이었다. 복장은 고위 마법사들이나 걸칠 법한 검은색 로브에 하얀 색 줄무늬 서너 개가 그려져 있었고, 로브의 곳곳에는 황금색의 기이한 문양을 한 액세서리가 달려 있었다.

그렇지만 그 얼굴만은 아무런 표정도 없는 것이 왠지 섬뜩한 생각마저 들 정도였다. 특별한 조명도 없었지만 동굴 안은 대낮처럼 환했다.

자신이 이곳 뮤란 대륙의 북쪽에 레어를 만든 지도 벌써 5천 년이 지났다. 수많은 세월이 흐르는 동안 그가 가장 흥미를 느낀 존재는 바로 인간들이었다.

신들이 하늘과 대지와 바다를 만들고, 그 각지에서 살 동물과 식물들을 만들었다. 그리고 그 수많은 생명체들 가운데 가장 탐욕스럽고 파괴적인 존재가 바로 인간이었다.

드래곤들의 입장에서 보면 인간들이란 여러 가지로 흥미로운 존재였다. 뮤란 대륙 전체를 소란스럽게 만들기도 하지만 너무나 다양하고 복잡한 삶을 살기에 때론 그들의 삶을 엿보고 싶은 마음마저 들게도 만들었다.

그러나 카르메이안이 인간들을 주시한 이유는 한 가지 때문이다. 그들 가운데 자신이 하고자 하는 일에 도움이 될 능력을 가진 자가 있는가를 찾기 위해서였다. 지난 4천 년 동안 수많은 인간들을 찾아보았지만 어느 누구도 자신이 인정할 만한 능력을 가진 자가 없었다.

그래서 결국 자신이 직접 뮤란 대륙을 돌아다니면서 확인을 했지만 역시 거의 모든 인간들은 불안정한 존재들이었다. 그러던 중 여행을 즐기고 있던 마브렌시아를 만난 것이다. 그녀를 발견하는 순간 한 가지 생각이 떠올랐다.

그녀를 이용해 드라시안을 만들기로 한 것이다. 물론 카르메이안 혼자서도 드라시안을 만들 수 있었지만 마브렌시아를 끌어들이는 이유는 그녀를 이용해 드라시안을 각성시켜야 했기 때문이다.

결과적으로 드라시안은 타이시아스라는 어린 블랙 드래곤 때문에 각성하기는 했지만, 카르메이안은 뮤란 대륙 전체에 퍼져 있는 신의 봉인이 하나둘 기능이 멈춰지고 있다는 것을 느꼈다. 모든 것이 자신의 의도대로 진행되고 있었다.

자신이 직접 신의 봉인을 파괴했으면 더 이상 바랄 것이 없었겠지만 지난 2천 년 동안 자신이 찾아 파괴한 신의 봉인은 하나, 바로 마브렌시아가 신기루의 반지 쿠로얀을 얻은 곳뿐이었다.

봉인을 둘러싼 수백 겹의 방호진(防護陣)과 마법진을 파괴시키는 데 장장 2천 년의 세월이 걸린 것이다. 에인션트 드래곤인 자신의 능력으로도 봉인을 파괴시키는 것은 너무도 어려운 일이었다. 쿠로얀이 있던 봉인은 마지막 방호진이 남았을 때 마브렌시아에게 알려준 것이었다.

그런 연유로 마브렌시아가 손쉽게 쿠로얀을 얻을 수 있었던 것이지, 그렇지 않았으면 그녀가 아무리 자신의 능력에 필적하는 레드 드래곤이라고 하더라도 족히 2천 년의 시간은 지났어야 쿠로얀을 얻을 수 있었을 것이다.

각 봉인은 신에 의해 선택받은 종족들만이 출입할 수 있다는 것을 확인한 카르메이안은 역시 자신의 선택이 옳았다고 생각했다.

누구에 의해서든 봉인만 파괴할 수 있다면 상관없다는 것이 카르메이안의 생각이었다. 봉인이 파괴되면 신들에 의해 강제로 봉인되었던 악마들이 봉인에서 풀려날 것이고, 그 순간 뮤란 대륙은 멸망의 길을 걷게 될 것이다.

바로 그것이 카르메이안이 원하는 것이었다.

"복수를 하는 거야. 신과 신에게 동조한 인간들, 아니, 이 뮤란 대륙에서 살아 숨 쉬는 모든 것들에게."

무미건조한 음성을 흘린 카르메이안은 자신의 마지막이 될지도 모르는 여행 준비를 하기 위해 방으로 향했다.

* * *

트렌실바니아 왕국이 루벤트 제국에게 선전 포고를 한 지도 벌써 한 달이라는 시간이 흘렀다.

처음에 거의 일방적인 승리를 거두었던 트렌실바니아 왕국은 곧 루벤트 제국의 대대적인 반격에 밀고 밀리는 격전을 치러야만 했다. 루벤트 제국은 동쪽으로는 바이샤르 제국의 침입을, 서쪽으로는 트렌실바니아 왕국과 크로네티아 왕국의 연합군을 막아야만 했다.

모든 병력을 양쪽 전선으로 보내 황궁을 지킬 병력마저 없을 지경이었다. 한 달이라는 짧은 시간 동안 입은 피해치고는 사상자의 숫자가 너무 많았다. 루벤트 제국은 건국한 이후 최대 위기에 봉착한 것이다.

그렇기는 트렌실바니아 왕국도 마찬가지였다.

처음 전면적인 기습 공격으로 승리를 거둘 때까지만 하더라도 금방 루벤트 제국을 무너뜨리고 잃었던 영토를 되찾을 수 있을 것이라 생각했다. 그러나 루벤트 제국은 거의 모든 전선에서 침공을 받으면서도 믿을 수 없을 만큼 그 공세를 모두 막아낸 것이다.

게다가 트렌실바니아 왕국 곳곳에 병력을 보내 파괴와 방화를 일삼아 국민들의 마음을 불안하게 만들었다. 트렌실바니아 왕국의 승리를 믿어 의심치 않았던 국민들도 혹시 전쟁에서 패해 오히려 전보다 못한 생활을 할지도 모른다는 불안감이 점점 팽배해져 갔다.

물론 왕궁에서는 급히 병사들을 파견해 루벤트 제국의 스파이들을 찾아내 사태를 무마시키기는 했지만 이미 자라나기 시작한 불안의 싹을 모두 없애진 못했다.

커다란 의자에 몸을 묻은 샤드는 피곤한 표정으로 눈을 감고 생각에 빠져 있었다. 결과적으로 보면 원했던 후로츄, 몬테야, 토바실 지역의 대부분을 되찾았다. 그러나 샤드가 원했던 것은 그 정도가 아니었다.

기세를 몰아 아예 루벤트 제국을 멸망시킬 생각까지 했었던 것이다. 그러나 루벤트 제국의 전력도 만만치 않아 바이샤르 제국과 자신들의 침입을 동시에 막는 저력을 보인 것이다.

물론 루벤트 제국의 전력이 어떠하다는 것을 모를 샤드는 아니었다. 그래도 지금 루벤트 제국이 보인 능력은 예상을 벗어난 것이었다.

특히 새로운 서부 전선의 사령관으로 등장한 스캇의 능력은 전혀 상상 밖이었다. 어린 나이임에도 불구하고 놀라운 작전 능력을 보인 것이다.

군에서 평생을 보낸 전방 부대 지휘관으로서는 생각할 수 없는 작전으로 트렌실바니아 왕국군의 발길을 철저하게 막았다. 군사의 요충지라고 판단된 곳이라 하더라도 전세가 불리하면 가차없이 버리고 후퇴를 한 것이었다. 격전을 예상하던 트렌실바니아 왕국군들은 상대가 아무런 변화도 보이지 않자 오히려 적의 매복을 의심해 전진하던 속도를 줄였다. 또 전략적으로 아무런 가치도 없는 지역이기에 안심하고 이동하던 트렌실바니아 왕국군을 기습해 막대한 피해를 입혔다.

트렌실바니아 왕국의 입장에서 보면 스캇이란 존재는 눈엣가시가 아닐 수 없었다.

물론 스캇도 문제이기는 했지만 그보다 더 큰 문제는 다른 곳에 있었다. 탈환한 영토에서 트렌실바니아 왕국군의 진영을 찾아온 피난민들 때문에 문제가 생긴 것이다.

100년 만에 온 조국의 해방군을 찾아온 피난민들의 행렬이 끝없이 이어지면서 가장 문제가 된 것은 그들이 먹을 식량이었다.

처음 피난민들을 따스하게 맞이하던 트렌실바니아 왕국군도 계속해서 밀려드는 피난민의 행렬에는 손을 들고 말았다. 게다가 그들이 먹어 치우는 식량의 양도 엄청나 각 군단에서 보유하고 있는 군량은 이미 바닥을 보인 지 오래였고, 보급 부대에서도 피난민들의 식량을 대느라 정신을 차릴 수 없을 지경이었다.

그러나 트렌실바니아 왕국에서 보유하고 있는 식량에도 한계가 있었다. 만약 지금 상태가 지속된다면 한 달이 되기 전 트렌실바니아 왕국은 극심한 식량난에 시달리게 될 것은 불을 보듯 뻔한 일이었다.

샤드의 고민은 바로 그것이었다.

아무리 식량난이 우려된다고 하더라도 조국을 찾아온 피난민을 거부할 수는 없는 일이다. 그것은 얼마 전 황제에게 보고했을 때 황제도 분명히 강조했던 일이었다. 설사 황제가 그런 명령을 내리지 않았다고 하더라도 도저히 피난민들을 모른 척할 수는 없었다.

그래도 한 가지 위안이 되는 것은 자신들이 식량 때문에 고통을 받는 것처럼 루벤트 제국 역시 식량 때문에 고통을 받고 있다는 것이었다.

전쟁을 준비해 온 트렌실바니아 왕국은 예상치 않았던 피난민들 때문에 식량이 모자랐다면, 루벤트 제국은 자신들이 무력으로 정복했던 트렌실바니아 왕국과 크로네티아 왕국 등 십여 개의 나라에서 조공을 받기 전이었기에 극심한 식량난에 시달려야만 했다.

지금과 같은 상황이라면 원래 계획처럼 3개월 동안 전쟁을 진행할 수도 없을 지경이었다. 결국 남은 방법은 루벤트 제국과 평화 조약을 맺거나, 아니면 마지막으로 총공세를 취하거나 둘 중 하나였다. 그렇지만 평화 조약은 언제든지 맺을 수 있다는 것이 샤드의 생각이었다.

결심을 굳힌 샤드는 황제에게 자신의 생각을 건의하기 위해 방을 빠져나갔다.

　　　　　　　*　　　　*　　　　*

"어라? 지금 우리가 가고 있는 곳이 혹시 침묵의 숲 아니야?"
"맞아. 왜?"
"진짜 침묵의 숲에 우리가 찾아야 할 신의 무기가 있단 말이야?"

데보라의 반문을 들은 차이렌은 그녀가 놀라는 이유를 알 수가 없었다. 그렇기는 헥터나 라일 역시 마찬가지였다. 특히 200년 동안 침묵의 숲을 떠나지 못했던 라일로서는 차이렌의 말이 뜻밖이 아닐 수 없었다.

"왜들 그렇게 놀라는 거야?"

차이렌의 반문에 로빈 역시 고개를 갸웃거렸다. 레오는 이곳으로 오는 도중 차이렌이 가르쳐 준 파룬느의 사용법을 익히느라고 일행들의 이야기는 들은 척도 하지 않았다.

데보라가 차이렌에게 자신이 라일과 만난 계기가 된 곳이 바로 침묵의 숲이었다는 것을 설명하고 나서야 차이렌과 로빈은 그들이 놀라는 이유를 이해할 수 있었다.

"그럼 라일님께서는 봉인이 있을 만한 곳을 아시겠군요?"

로빈의 기대에 찬 표정에 라일은 잠시 생각해 보더니 고개를 흔들었다.

"물론 침묵의 숲을 모두 둘러본 건 아니지만 내 기억으론 봉인이 있을 만한 곳은 없었던 것 같은데……."

말꼬리를 흐리는 라일의 대답에 로빈은 적지 않게 실망한 듯했다. 그러는 동안 차이렌은 사방에 빽빽하게 들어선 나무들을 보고는 고개를 흔들었다.

비록 저녁 시간이 가까워지긴 했지만 아직도 태양의 모습은 분명히 확인할 수 있었다. 그러나 지금 그들이 서 있는 곳은 나무의 그림자로 인해 어두워 초저녁으로 착각할 뻔했다.

데보라가 조금은 불안한 눈길로 주위를 둘러보는 것을 발견한 로빈이 그 이유를 물었다.

"데보라님, 왜 그렇게 불안해하시는 거죠?"

"으응? 조금 신경 쓰이는 것이 있어서."

데보라의 대답에 로빈은 데미안을 제외하고는 조금도 무서워하는 것이 없던 데보라의 신경을 쓰이게 하는 것이 무엇일까 하는 궁금증이 들었다. 헥터 역시 데보라의 모습을 보고 느껴지는 것이 있었다.

"포이라 때문에 그러십니까?"

"뭐? 포이라라고? 여기 포이라가 있어?"

"응. 종류가 다른 포이라가 수십 수백만 마리가 있다고 일전에 들은 적이 있었어."

"포이라가 수백만 마리?"

차이렌의 표정이 창백하게 변했다.

인간의 잠재 능력을 연구하기 위해 수많은 몬스터들을 연구했던 차이렌이 포이라의 존재를 모를 리 없었다. 비록 직접 자신의 눈으로 확인하지는 못했지만 포이라가 가진 흉포성을 생각하면 온몸에서 소름이 돋을 지경이었다.

제아무리 강한 몬스터라고 하더라도 포이라의 적수는 될 수 없었다. 그들의 적수가 될 수 있는 것은 신과 악마, 그리고 드래곤뿐이었다.

그런 생각이 들어서인지 주위에서 들리는 것은 오직 바람 소리뿐, 그 흔한 새의 지저귐도 들리지 않았다. 그 사실을 깨달은 순간 차이렌은 왠지 주위의 침묵이 공포스럽게 느껴졌다.

일단 라일이 거쳐했던 타울의 신전으로 가기로 한 일행들은 빠른 속도로 이동을 했다. 그러나 겨울의 태양은 너무도 빨리 석양을 만들고는 사라져 버렸고, 침묵의 숲은 기이한 정적 속으로 빠져들었다.

앞장서서 일행들을 안내하던 라일의 발걸음이 갑자기 멈춰졌다. 라일이 멈춰 서자 일행들의 발걸음도 자연스럽게 멈추지 않을 수 없었다.

"포이라가 접근하고 있다. 모두 대비해라."

그 말에 일행들은 잔뜩 긴장한 채 주위를 둘러보았지만 포이라의 모습도, 또 어떠한 소리도 들리지 않았다. 일행들은 당황했지만 라일의 말을 듣고 곧 들이닥칠 포이라의 공격에 대비했다. 그러나 한참의 시간이 지나도록 포이라의 공격은 없었다. 일행들이 의아한 생각을 하고 있을 때 라일의 음성이 들렸다.

"긴장을 풀지 마라. 포이라들이 이 지역을 완전히 포위했다. 소리로 들어보건대 수십 만 마리는 되는 것 같다."

라일의 말에 일행들은 본능적으로 두려움을 느꼈다. 수십만 마리라니……. 게다가 주위가 완전히 포위되었다면 도망칠 곳도 없다는 말이 아닌가?

더욱 큰 문제는 아직 타울의 신전까지는 100킬로미터도 더 남았다는 사실이었다.

일행들이 긴장에 긴장을 더하고 있을 때 그들의 귓전을 자극하는 조용한 소음이 들려왔다. 그리고 그 소리가 점점 가까워질수록 일행들의 긴장도 점점 더 팽팽해졌다.

사사사삭—!

마치 어둠이 움직이는 듯했다.

포이라의 모습을 처음 보는 로빈의 놀라움은 상당했다. 특히 달빛에 빛나는 포이라의 집게를 보는 순간 소름이 쫙 끼쳤다. 그 모습을 보면 도저히 포이라가 식욕만 가진 몬스터라고 생각할 수 없을 정도였다.

일행들은 각자의 무기를 꺼내 들었지만 섣불리 먼저 공격할 순 없었다. 게다가 포이라들도 무엇을 기다리는지 포위만 할 뿐 공격을 하진 않았다. 시간이 지날수록 어둠은 더욱 짙어졌고, 포이라의 모습은 어둠에 가려 모습을 확인하기도 힘들었다.

시간이 새벽에 가까워질수록 팽팽했던 긴장감도 서서히 사라져 갔다. 그러나 미동도 하지 않는 포이라 때문에 그 자리에서 꼼짝도 할 수 없었다. 너무도 긴장해서인지 몰라도 로빈은 온몸이 마치 두들겨 맞은 것처럼 뻐근함을 느꼈다. 또 신의 무기를 찾기 위해 무리한 여행을 한 탓인지 피곤 때문에 천천히 눈이 감겼다.

어느새 잠이 들었는지 로빈의 머리가 끄덕일 때 라일의 외침이 들렸다.

"조심해! 공격한다!"

라일의 외침이 끝나기도 전 포이라들이 덮쳐 왔다.

"레비테이션!"

차이렌은 재빨리 로빈의 뒷덜미를 잡아 허공으로 치솟았고, 라일과 헥터, 레오와 데보라는 사방에서 덮쳐 오는 포이라들을 향해 검을 휘둘렀다. 밤이 되자 본래의 기운을 되찾은 라일의 검에 두세 마리의 포이라가 잘려 나간 반면 헥터나 데보라, 그리고 레오는 겨우 부상을 입히는 것이 고작이었다. 정말 질리도록 질긴 가죽이었다.

허공으로 치솟은 차이렌은 재빨리 스펠을 캐스팅했다.

"체인 라이트닝—!"

차이렌의 양손에서 십여 줄기의 번개가 지상으로 떨어져 내렸다. 번개가 떨어진 곳에는 수십 마리의 포이라가 순식간에 재로 변해 사방으로 날려갔지만 그 정도로는 표시도 나지 않았다.

라일은 자신의 롱 소드에 마나를 집어넣은 채 사방을 향해 휘둘렀고, 검기에 휩쓸린 앞쪽은 순식간에 수십 마리의 포이라가 폭죽처럼 터져 나갔다. 그리고 검기가 날아가면서 연속적으로 포이라들을 절단했다.

그 모습에 힘을 얻은 헥터가 자신의 바스타드 소드에 마나를 집어넣고는 자신의 앞을 향해 힘껏 휘둘렀다.

퍼퍼퍼퍽—!

비록 라일만큼 위력적이지는 않았지만 조금 전보다는 훨씬 효과가 있었다. 이십여 마리의 포이라들이 순간적으로 날아간 것이다. 라일의 검기가 포이라들을 깨끗하게 절단한 반면 헥터의 검기는 포이라들을 거의 짓이기다시피 했다는 것이 유일한 차이였다.

아직 검기를 검을 통해 발출하는 법을 익히지 못한 데보라는 자신의 브로드 소드에 힘껏 마나를 집어넣고는 정신없이 휘둘렀다. 브로드 소드가 스치고 지나간 자리에는 깨끗하게 잘려진 포이라의 잔해들이 널려졌다.

그런 반면 레오는 좀 더 효율적으로 포이라들을 상대하고 있었다. 길게 뻗어 나온 더듬이가 포이라들의 약점인 것을 눈치 챈 레오는 손톱으로 포이라들의 더듬이만을 잘랐다.

처음에는 고통도 느끼지 못하는 듯 마구 공격을 하던 포이라들은 곧 이상함을 느끼다가 결국 상대도 확인하지 않은 채 주위에서 움직이는 것은 마구 공격했다. 레오가 무수히 많은 포이라들의 더듬이를 잘랐지만 레오를 향해 덤벼드는 포이라들은 여전히 많아 마치 검은 해일 같았다.

거의 한 시간이 지나자 일행들은 기진맥진해졌다. 몸속의 마나도 고갈되어 이제는 손을 들 힘조차 없었다. 그들이 해치운 포이라의 숫자도 엄청났지만 그들에게 몰려드는 포이라들은 더욱 엄청났다. 그러나 포이라들의 공격은 끊이지 않았다.

라일 또한 계속된 공격으로 소드 마스터임에도 불구하고 지쳐서 조금도 움직일 수 없었다. 단 한 번도 마나의 고갈을 느끼지 못했던 라일이 손 하나 움직일 수 없을 정도이니 다른 사람은 말할 필요도 없었다.

몇 번이나 생명의 위기를 넘긴 로빈의 옷은 이미 걸레처럼 갈가리 찢겨 나갔고, 허우적거리며 피하는 것이 고작이었다. 그러나 포이라의 공격은 끝이 없었다.

로빈을 덮치던 포이라를 두 쪽 낸 데보라가 가쁜 숨을 참지 못하면서 입을 열었다.

"괘, 괜찮아?"

"예, 다행히… 데보라님! 조심하세……."

로빈의 놀란 얼굴에 데보라는 재빨리 쇼트 소드를 휘둘러 덮치는 포이라를 두 동강 냈다. 데보라가 무사한 것을 보고서야 안도의 한숨을 내쉬던 순간 로빈의 머리에 퍼뜩 이 상황에서 빠져나갈 기발한 방법이 떠올랐다.

포이라를 막기에 여념이 없는 데보라에게 로빈은 자신이 생각한 것을 물어봤다.

"데보라님, 혹시 아로네아로 저희가 있는 지역을 제외한 나머지에만 물을 솟게 하는 것이 가능한가요?"

"그, 글쎄, 해보지 않아서 자신은 없는데……."

"아니, 꼭 돼야만 해요."

포이라의 공격을 정신없이 막으며 데보라는 열심히 기억을 더

듬었다. 한 가지 공격 주문을 떠올린 데보라가 쇼트 소드를 휘두르며 큰 소리로 외쳤다.

"얼마나 물이 솟아나게 해야 하는데?"

"그냥 지면이 충분히 젖을 정도면 돼요. 분수처럼 솟구치면 더 좋고요."

"알았어."

데보라의 대답을 들은 로빈은 라일과 헥터에게 큰 소리로 외쳤다.

"두 분께선 잠시만 포이라를 막아주세요. 그리고 차이렌님은 빨리 체인 라이트닝의 스펠을 캐스팅해 주세요."

나머지 사람들은 이유도 모른 채 로빈의 말대로 움직였다. 라일과 헥터의 공세에 포이라들이 잠시 주춤하는 사이 로빈이 소리쳤다.

"데보라님, 지금이에요!"

로빈의 외침에 데보라는 아로네아를 힘껏 지면에 박았다.

"대지의 미소(Smile of Earth)!"

아로네아가 지면에 박히는 순간 지면 여러 곳에서 물이 흥건히 스며 나오기 시작했다. 게다가 어떤 곳에서는 분수처럼 물이 솟구치기도 했다.

갑작스런 사태에 포이라들은 잠시 행동을 멈추기는 했지만 곧 다시 움직이기 시작했고, 그 순간 로빈의 외침이 들렸다.

"차이렌님, 지금이에요. 공격하세요!"

"체인 라이트닝—!"

차이렌의 손에서 뻗어져 나온 번개는 허공으로 치솟았다가 지상으로 떨어졌다. 그러자 놀라운 일이 발생했다.

물에 떨어진 번개는 지면을 하얗게 물들이며 순식간에 사방으로 퍼져 나갔다. 물론 번개에 직격당한 포이라들은 순식간에 재가 돼버렸고, 근처에 있던 포이라들의 몸은 마치 폭죽처럼 터져 나갔다.

근처 2백 미터 안에 있던 포이라들이 단 한 번의 체인 라이트닝에 재로 변하거나 폭죽처럼 터져 나가는 모습에 일행들은 순간적으로 멍한 표정을 감추지 못했다. 좀처럼 감정을 드러내지 않는 라일까지도 자신이 신음을 흘리고 있다는 것을 느끼지 못하고 있을 정도였다.

로빈 역시 설마 자신의 생각이 이렇게 잘 들어맞을 줄은 상상도 못했다. 그저 데미안의 일행이 되기 전 스승과 함께 환자를 치료하러 가던 중 낙뢰가 강에 떨어져 수많은 물고기들이 죽었던 모습을 보고 혹시 포이라에게도 효과가 있을지 모른다는 생각을 했던 것이다.

이미 일행들은 완전히 지쳐 조금이라도 시간을 더 지체했더라면 무슨 일을 당했을지 모를 일이었다. 로빈은 자신의 생각대로 일행들을 구하게 되었다는 것에 무척 다행으로 여겼다.

포이라들이 재로 변하거나 폭발을 일으키는 모습에 차이렌은 흡사 미친 사람처럼 웃고는 사방을 향해 연속적으로 체인 라이트닝을 날렸다. 그때마다 포이라들은 폭죽처럼 터져 나갔고, 차이렌은 더욱 신이 나 사방을 향해 계속해서 체인 라이트닝을 날렸다.

그러는 사이 일행들은 상당한 거리를 이동할 수 있었다. 드래곤마저도 무서워하지 않는다고 알려진 포이라가 마치 겁을 먹은 것처럼 그 자리에서 조금도 움직이지 않았던 것이다.

결국 차이렌은 서너 번의 공격을 퍼붓고는 그대로 기절을 했고,

그를 안아 든 라일은 타울의 신전을 향해 빠르게 이동했다. 헥터도 로빈을 안고 데보라와 함께 라일의 뒤를 따라 달렸다. 그들이 타울의 신전에 도착한 것은 뿌옇게 새벽이 밝아올 때쯤이었다.

신전에 도착한 그들은 신의 무기를 찾을 생각도 하지 못한 채 그대로 쓰러져 잠 속에 빠져들었다. 저주를 받은 후 단 한 번도 피곤이라는 것을 느껴보지 못했던 라일마저도 이런 것이 피곤이었던가 하는 생각이 들 정도였다.

나머지 일행들은 저녁에 되어서야 겨우 깨어났다. 그러나 깨어났다고 해도 축 늘어져 꼼짝도 하지 못했다. 평소와 다름없었던 사람은 특이 체질(?)을 가진 라일과 레오뿐이었다.

헥터조차 전신에 이는 근육통과 나른함에 꼼짝도 하기 힘들 지경이었고, 차이렌도 극심한 심력의 고갈 때문인지 그저 헝겊 인형처럼 늘어져 멍한 표정만 짓고 있었다.

그렇기는 데보라도 마찬가지였지만 억지로 몸을 일으키며 말했다.

"이렇게 넓은 지역을 어떻게 뒤지지? 뭐, 좋은 방법이 없을까?"

"함부로 돌아다니기에는 포이라 때문에 힘들지 않겠어요?"

"빌어먹을! 로빈, 뭐 좋은 생각 없어?"

"잠깐 생각할 시간을 주세요."

로빈은 조는 것인지 생각을 하는 것인지 구별하기 힘든 묘한 자세로 한동안 생각을 해보았지만 뾰족한 방법이 없었다. 이렇게 광활한 지역을 몇 사람만이 돌아다니며 봉인을 찾는다는 것은 너무도 힘든 일이었다. 게다가 시간적인 여유도 없었다.

그때 헥터가 조금은 지친 표정으로 자리에서 일어났다.

"이곳에 있을 것으로 예상되는 무기가 태양의 방패라고 했습니까?"

"응. 전쟁의 신 타울께서 사용했던 무기라는 전설이 있는 방패야. 엄청난 빛과 열기를 뿜어내는 무기라고 간략하게 설명만 적혀 있더군. 왜, 짐작이 가는 곳이 있어?"

"제가 과거 이곳에 들렀을 땐 골리앗을 찾는 것이 목적이라 다른 것은 주의 깊게 살펴보지 않았었습니다. 하지만 이 신전 주위에는 달리 의심 갈 만한 곳이 없으니 우선 이곳부터 찾아보는 것이 좋겠습니다."

말을 마친 헥터는 걸음을 옮겨 자신이 과거에 들른 적이 있었던 곳으로 향했다. 그러는 사이 일행들은 간단한 식사와 휴식으로 체력을 회복하고 있었다. 그러나 헥터는 무슨 일이 있는지 좀처럼 나타나지 않았다.

일행들이 그에 대한 걱정으로 자리에서 일어나려고 할 때 둥근 물건을 든 채 걸음을 옮기는 헥터의 모습이 보였다. 조금은 초췌해 보이는 얼굴이었지만 그의 얼굴에는 하나 가득 미소가 걸려 있었다.

일행들은 헥터의 얼굴에 걸려 있는 미소와 그의 손에 들려 있는 가죽에 감싸여진 물건을 보고 그가 태양의 방패를 얻었다는 것을 직감했다. 그런 일행들의 생각에 호응이라도 하듯 오른손에 들고 있는 것을 감싸고 있던 가죽을 벗겨냈다.

그러자 어두운 통로가 일순간에 환해지는 것을 일행들은 확실하게 느꼈다.

헥터가 들고 있는 것은 라운드 실드Round Shield로 화려하기 이를 데 없는 것이었다.

1미터 정도 되는 크기의 3개의 붉은색 동심원이 겹쳐 있었고,

바닥에 황금으로 정밀하게 세공되어 있었고, 동심원과 동심원 사이에는 알아보기 힘든 문자들이 깨알같이 박혀 있었다. 그리고 가장 중앙에는 갖가지 보석으로 만든 타울의 모습이 있었다.

또 방패의 안쪽에는 두 개의 팔걸이가 있어 왼쪽 팔에 장착할 수 있게 만들어져 있었다.

"그게 태양의 방패야?"

"예, 태양의 방패 '블레이즈' 입니다."

"블레이즈?"

"멋있는데요. 정말 멋있어요, 헥터님."

일행들은 무사히 태양의 방패까지 자신들이 회수했다는 사실에 안도의 한숨을 내쉬었다.

"그럼 이제 남은 것은 신기루의 반지와 불의 검인가?"

"그렇긴 합니다만 이미 신기루의 반지 '쿠로얀'은 마브렌시아가 가져갔을 것이고, 남은 것은 불의 검 '누바케인'뿐입니다. 그마저 마브렌시아가 차지했을지 모르지만 말입니다."

일행들의 얼굴에 긴장이 돌았다. 비록 자신들이 여섯 개의 무기 가운데 네 개를 회수했다고는 하지만, 상대는 2천 5백 살의 레드 드래곤 마브렌시아였다.

일행들이 조급해하는 모습을 본 라일이 충고를 했다.

"지금은 완전히 체력을 회복하지도 못한 상태이니 내일 아침에 출발하도록 하지."

라일의 말에 데보라는 지금 당장 떠나자는 말을 하고 싶었지만 솔직히 아직도 체력이 회복되지 않아 움직이기 힘들다는 것을 시인하지 않을 수 없었다.

"그 누바케인이라는 것이 있는 곳은 어디야?"

"이 침묵의 숲에서 동남쪽으로 약 천오백 킬로미터쯤 떨어진 곳이야. 지도상에는 에티하이란 산에 있다고 나와 있거든."

"에티하이?"

"내일 하루도 먼 길을 가야 할 것 같으니 어서들 휴식을 취하게. 불침번은 내가 서도록 하지."

일행들은 그런 라일의 말에 미안함을 느끼면서도 빠르게 잠 속으로 빠져들었다.

*   *   *

페인야드에 도착한 마브렌시아는 트렌실바니아 왕국에서 가장 많은 책을 보유하고 있는 곳이 왕립 아카데미의 도서관이라는 것을 알고는 그곳으로 잠입했다. 그리고는 신의 무기나 신의 봉인에 관련된 서적을 찾았다.

그녀는 먼저 쿠로얀이 가진 힘을 이용해 자신을 십여 개의 몸으로 나눈 다음 무서운 속도로 도서관의 책들을 읽어 내려갔다. 긴 역사를 가진 나라이기 때문인지 확실히 루벤트 제국의 도서관보다는 새로운 내용이 많았다.

마브렌시아는 처음엔 자신의 몸을 수백 개로 나누어 찾으려고 했지만 그러기에는 그녀의 정신력이 모자랐다. 작은 단서 하나라도 놓치지 않기 위해서는 자신이 한번에 받아들일 수 있는 정보의 양이 한계가 있다는 것을 알고 열두 개로 만든 것이었다.

그리고 3일째 되던 날 마브렌시아는 한 가지 단서를 찾을 수 있었다. 마브렌시아는 흥분한 마음을 억지로 진정시키며 그 내용을 확인했다.

그 한 장의 양피지에 나온 것은 바람의 활 파륜느에 관한 것이었다. 대략적인 위치와 함께 파륜느가 가진 힘에 대한 설명이 되어 있었다.

마브렌시아는 파륜느의 힘을 설명한 대목에서 그것이야말로 자신이 가지고 싶었던 무기라고 생각했다. 파륜느가 가진 최강의 공격 주문에 자신의 브레스를 합쳐서 공격을 한다면 제아무리 에인션트 드래곤인 카르메이안이라고 하더라도 속수무책으로 당할 수밖에 없을 것이란 생각이 들었다.

생각이 거기까지 미치자 마브렌시아는 더 이상 참고 있을 수 없었다. 마브렌시아는 지도를 다시 한 번 살펴보았다. 그러나 대략 어느 지역이라는 것만 알 수 있었을 뿐, 정확한 지점은 알 수 없었다.

일단 그 지역에 가서 다시 한 번 워프를 하든, 아니면 샅샅이 뒤지든 그때 판단을 하기로 하고 마브렌시아는 빠르게 시동어를 외쳤다.

"매직 서클!"

순식간에 그녀의 앞에 불타는 듯 보이는 원형의 홀이 생겼고 마브렌시아는 서슴없이 홀 안으로 모습을 감추었다. 도서관의 매직 서클이 사라지는 순간 다른 공간의 문이 열리며 허공에 마브렌시아가 나타났다.

그녀는 천천히 지상으로 내려오며 주위를 둘러보았다.

산간 지형이기 때문인지는 모르지만 사방에 나무들의 모습만 보일 뿐 움직이는 것은 별로 보이지 않았다. 가만히 눈을 감은 마브렌시아는 주위에서 생명체의 존재를 찾았다.

그녀가 찾는 범위를 조금씩 늘려갈 때 그녀의 감각에 포착되는 존재들이 있었다. 느낌으로 보건대 상대는 엘프들이었고, 거리는 대략 30킬로미터쯤이었다.

"워프!"

그녀의 외침이 끝나자마자 그녀의 모습은 엘프들의 마을 입구에 서 있었다. 갑작스럽게 나타난 그녀의 모습에 놀고 있던 어린 엘프들은 겁을 먹은 듯 꼼짝도 하지 못했다. 비록 상대가 인간의 모습을 하고 있기는 하지만 눈앞의 여자는 절대 인간이 아니라는 생각이 들었기 때문이다.

자신도 모르게 벌벌 떨고 있는 어린 엘프들의 모습에 마브렌시아는 짜증이 났지만 곧 무표정한 모습으로 입을 열었다.

"촌장은 어디 있느냐?"

그러나 어린 엘프들이 그저 떨기만 할 뿐 자신의 질문에 대답을 하지 않자 마브렌시아는 순간 라이트닝 마법을 캐스팅하고는 손을 번쩍 들었다.

그때 그녀의 손에서 번개가 방전되는 것을 보고 놀라 달려오는 엘프 노인이 있었다. 데보라 일행에게는 그렇게 당당한 모습을 보이던 엘프 노인은 비굴할 정도로 허리를 숙인 채 입을 열었다.

"위대한 분이시여! 무슨 일로 그렇게 노여워하십니까?"

"네가 이 마을의 촌장이냐?"

"예, 그렇습니다."

"물을 것이 있어 왔다."

"말씀하십시오."

엘프 노인이 굽실거리는 모습을 본 마브렌시아는 마음이 풀렸는지 캐스팅했던 라이트닝 마법을 풀었다. 그 모습에 엘프 노인이 안도의 한숨을 쉬는 사이 마을 사람들은 두려운 표정으로 두 사람의 대화를 듣고 있었다.

비록 상대가 인간의 모습을 하고 있다고는 하지만 폴리모프를 한 드래곤이 분명하다는 것을 알고 있기 때문이었다. 만약 자신들의 촌장이 조금이라도 저 빌어먹을 드래곤의 성미를 자극한다면 자신들이 사는 마을은 브레스 한 방에 사라져 버릴 것을 알고 있었다.

"이 마을에 신의 봉인이 있느냐?"

"신의 봉인이라니, 무슨 말씀이신지?"

"감히 네놈이 날 희롱하는 것이냐? 폴리모프 디솔루션!"

순간 머리에서 발끝까지의 높이만 90여 미터, 꼬리까지 포함하면 거의 150여 미터는 족히 돼 보이는 엄청난 크기의 레드 드래곤 하나가 모습을 드러냈다.

"감히 천하기 이를 데 없는 엘프 주제에 나 마브렌시아를 희롱하다니…….내 너의 마을을 통째로 태워주마."

마브렌시아의 말이 끝남과 동시에 주위의 온도가 급격하게 올라갔다. 엘프 노인은 그것이 레드 드래곤이 브레스를 쏟아내기 전의 현상이란 것을 깨닫고 그대로 지면에 머리를 조아렸다.

"위대한 분이시여! 제발 노여움을 푸십시오. 그리고 이 어리석은 엘프에게 가르침을 주십시오."

엘프 노인이 무릎을 꿇고 머리를 조아리자 마을의 엘프들도 일제히 머리를 조아렸다.

브레스를 막 쏟아내려던 마브렌시아는 자신이 너무 화를 냈다는 것을 깨달았다. 만약 자신이 화를 참지 못하고 엘프들을 죽여 버린다면 혼자서 봉인을 찾아하는데 그런 귀찮은 짓을 굳이 할 필요는 없다는 생각이 들었다.

"좋다. 내 특별히 한 번 용서를 하지. 다시 묻겠다. 신의 무기가 봉인되어 있는 장소가 어디냐?"

"아! 신의 무기가 봉인되어 있는 곳 말씀이십니까? 그곳이라면 제가 알고 있습니다."

"이런 괘씸한 놈이 알면서도 감히 날 속이려 들다니!?"

"그, 그런 것이 아니오라 저는 신의 봉인과 신의 무기가 봉인된 곳이 같은 것인지 몰랐기 때문에 그렇게 대답을 드린 것입니다. 부, 부디 자비를 베푸십시오."

"좋다. 안내해라."

이미 있지도 않은 신의 무기 때문에 마을 사람들이 몰살당할 수는 없는 일이었다. 엘프 노인이 자리에서 일어났을 때, 이미 마브렌시아는 다시 인간의 모습을 하고 있었다.

엘프 노인은 그녀를 데리고 마을의 뒤편으로 갔다.

처음 마브렌시아는 자신이 쿠로얀을 찾은 곳처럼 거대한 마법진이 있을 것이라고 생각했었다. 그러나 보이는 것은 잔디로 뒤덮인 높고 낮은 둔덕뿐이었다. 막 화를 내려던 마브렌시아는 무슨 생각이 들었는지 스펠을 캐스팅했다.

"레비테이션!"

그녀의 몸은 순식간에 허공으로 치솟았고, 그런 그녀의 눈에 거의 2킬로미터는 되어 보이는 거대한 마법진의 모습이 보였다. 게다가 마법진에서 느껴지는 힘의 파동 역시 신이 만든 것이 분명해 보였다.

그러나 한 가지 이상한 점은 마법진이 작동을 멈추고 있었다는 점이었다. 설마 하는 생각에 마브렌시아는 마법진의 중앙에 내려섰지만 역시 어떤 힘도 느낄 수 없었다.

쿠로얀을 얻었을 때만 하더라도 남아 있던 마법진은 겨우 하나였지만 자신의 전력을 다한 브레스를 세 번이나 뿜어내고서야 겨우 파괴할 수 있었다. 그런데 어떻게 이곳은 이렇게 깨끗한 모습으로 마법진이 남아 있을 수 있는지 그 이유를 알 수 없었다.

생각이 거기까지 미치자 마브렌시아는 불길한 느낌이 들었다. 황급히 마법진의 중앙으로 달려가 보았지만 그녀가 발견한 것은 텅 빈 사각의 석단뿐이었다. 그 모습에 마브렌시아는 미칠 것만 같았다.

대체 누가 겁없이 자신의 물건에 손을 댄 것이란 말인가?

막 발광을 하려던 마브렌시아는 조금 전 자신이 무엇을 발견한 것 같다는 생각이 들었다. 다시 허공으로 치솟은 마브렌시아는 찬찬히 마법진의 형태를 살피기 시작했다.

그 모습을 발견한 엘프 노인은 틀림없이 마브렌시아가 발작을 일으키리라 생각을 했는데 뜻밖에 그녀가 다시 마법진을 살피자 영문을 알 수 없었다. 그러나 그녀가 마음을 돌림으로 해서 마을이 무사할 수 있다면 그것으로 족했다.

마브렌시아는 뜻밖에 마법진에서 여러 가지 정보를 알아낼 수 있었다.

첫째, 마법진은 신의 무기가 가진 힘을 증폭시켜 이스턴 대륙을 밀어내며 봉인을 유지시키고 있었고, 둘째, 마법진의 구성을 보면 다른 봉인의 위치를 어느 정도는 짐작할 수 있다는 것이었다. 그리고 셋째는 조금 의외이기는 하지만 마법진을 조금 재구성하면 이스턴 대륙으로 장거리 워프를 할 수 있다는 사실이었다.

자신이 세상에 태어나기도 전에 있었던 일이지만 드래곤이 악마의 노예가 되어 신에게 대적했다는 사실이 그녀의 자존심을 상하게 했던 기억이 있었다. 그런데 잘하면 자신의 눈으로 직접 악마를 만나볼 수 있는 기회가 생길지도 모르는 일이었다.

마브렌시아는 자신의 능력을 믿었다. 게다가 이미 자신에게는 신기루의 반지 쿠로얀이 있지 않은가? 카르메이안이 조금 신경 쓰일 뿐 악마 따위는 안중에도 없었다.

마브렌시아는 마법진에서 확인한 다음 봉인의 위치를 기억하고는 그대로 매직 서클 안으로 모습을 감추었다. 마브렌시아의 모습이 갑자기 사라지고도 한참 동안 엘프 노인은 움직일 줄을 몰랐다.

조심스럽게 다가온 마을 청년이 엘프 노인에게 물었다.

"저어 촌장님, 그 빌어먹을 레드 드래곤 녀석이 또 오지는 않겠죠?"

"낸들 알겠나. 그저 아무 피해도 없이 무사히 사라져 준 것만 해도 고맙지. 모두 페트리앙스의 은총일세."

"드래곤들은 모두 나쁘지만 특히 레드 드래곤은 도저히 살아 있을 가치가 없는 녀석들이라고 생각해요."

"글쎄……"

엘프 노인은 마브렌시아가 사라진 공간을 하염없이 바라보고만 있었다.

제59장
마지막 전투 I

　데미안은 자신이 수집한 정보를 피지엔에게 보고했고, 피지엔은 그 사실을 다시 총군 사령부에 전달했다. 총군 사령부에서는 며칠에 걸쳐 세밀한 작전 계획을 세우고는 다시 각 급 부대에 명령을 전달했다.
　카라딘 외곽에 주둔하고 있던 트렌실바니아 왕국군의 진영에도 팽팽한 긴장감이 돌고 있었다. 동부 전선 최대의 격전이 될지도 모를 전투가 점점 다가오고 있다는 것을 모두들 직감하고 있는 듯했다.
　게다가 트렌실바니아 왕국의 제2공작인 단테스가 직접 모습을 드러내면서 긴장감은 도를 더해갔다.

　커다란 막사 안.
　십여 개의 마법등으로 비춰야 할 정도로 넓은 막사 안에는 지금 사십여 명의 중무장한 지휘관들이 앉아 있었다. 긴 테이블의 좌우에 앉아 있는 그들의 얼굴에는 왠지 초조함이 어려 있었고 가장 상석은 비어 있었다. 그리고 중간쯤에 앉아 있는 데미안의 모습도 보였다.

다른 사람에 비해 옅다고는 하나 그 역시 긴장하기는 마찬가지였다.

"체로크 공작 각하께서 드십니다."

막사 밖에서 들려온 음성에 자리에 앉아 있던 지휘관들은 모두 자리에서 일어나 허리를 숙였다. 자신의 자리에 앉은 단테스는 그들의 얼굴을 바라보았다.

"어서 자리에 앉도록."

자리에 앉은 지휘관들의 얼굴이 어두운 것을 발견한 단테스는 그들의 심정을 이해할 수도 있을 것 같았다.

"일단 현재 전선의 상황을 간략하게 설명하겠다. 귀관들이 목숨을 걸고 싸운 덕분에 우리는 몬테야와 토바실 전역을 탈환할 수 있었다. 또 후로츄의 대부분도 이미 탈환한 상태, 남은 것은 카라딘뿐이다."

지휘관들의 얼굴은 더욱 굳어졌다.

"그러나 적들도 카라딘의 중요성을 알고 있기에 전군을 카라딘에 집중시키고 있는 중이다. 예상되는 적의 병력은 약 150만에서 200만 명이다."

그 말에 일부 지휘관들은 안색이 허옇게 변했다.

"현재 우리에게 남은 병력은 부상자를 제외하고 130만 명, 그 가운데 이곳에 있는 병사들의 수가 100만 명이니 적과 상당한 차이를 보이는 것이 현실이다. 상황에 따라서는 두 배에 가까운 적과 교전을 해야 할지도 모른다."

단테스의 말에 지휘관들은 더욱 질린 표정을 지었다.

이건 승산이 없는 전투였다. 이미 적은 성안에 있는 상태, 일반적으로 성을 공격하려면 성안에 있는 병력보다 최소 5배는 많아야 겨우 공격을 성공시킬 가능성이 있다고 했다.

그런데 상대보다 불리한 위치에, 거기다 병력까지 절반에 불과하다면 무슨 수로 적과 싸워 승리할 수 있단 말인가?

"다행히 바이샤르 제국이 루벤트 제국의 병력 가운데 절반과 대치하는 상황이기에 우리에겐 다행이라고 할 수 있다. 이제 본인과 귀관들이 해야 할 일은 이번 전투에서 반드시 적을 격파해 실지(失地)를 회복하고, 루벤트 제국이 다시는 우리 트레디날 제국을 침범할 생각을 못하도록 만드는 것이다. 알겠나?"

언제나 미소를 잃지 않던 단테스의 얼굴에도 웃음기가 사라졌다. 그렇지 않아도 긴장하고 있던 지휘관들은 이제 숨 쉬기도 힘든지 창백한 표정을 지었다.

단테스의 눈짓에 그의 부관은 곧 테이블에 커다란 작전 지도를 펼쳤다. 작전 지도에는 카라딘 시 주위의 지형이 세밀하게 표시되어 있었다.

지도에 표시된 것을 보면 비록 트렌실바니아 왕국군이 포진한 곳이 높은 지형이었지만 카라딘 시까지 너무 완만하게 이어져 있어서 지형적인 이득은 조금도 볼 수 없었다. 물론 주위에 숲이 없었기 때문에 적의 화공(火攻)을 염려할 필요는 없었지만 만약 적에게 밀린다면 도주하는 데 상당한 피해가 염려되는 곳이었다.

이제 지형적인 조건마저 불리한 상황에서 대체 총군 사령부에서는 어떤 작전 계획이 있기에 이런 무모한 공격 결정을 내렸는지 모를 일이었다.

"이틀 후 새벽에 우리는 전면 공격을 시작한다. 방향은 카라딘 시 외곽을 포위하고 있는 성곽과 우측 두 곳, 그리고 좌측 두 곳을 동시 공격한다."

"저어, 체로크 공작 각하. 그건 너무 무모하지 않습니까?"

고개를 돌려 상대를 확인하니 얼마 전 새롭게 후작으로 임명된 네오시안 드 보르도 후작이었다. 그 말에 그 자리에 있던 넬슨 그라시아스, 쎄인버 미놀테, 피지엔 화렌시아, 세무엘 맥시밀리언 등은 조심스럽게 단테스의 눈치를 살폈다.

6명의 후작 가운데 자렌토 싸일렉스가 이 자리에 없는 것은 크로네티아 왕국에 협조 요청을 하기 위해 사신 자격으로 방문하러 갔기 때문이었다. 하지만 그도 지금 카라딘을 향해 돌아오는 중이었기에 실질적으로 총군 사령부는 이곳이라고 해도 과언이 아니었다.

총군 사령관인 체로크 공작의 말에 토를 단다는 것은 너무 위험한 돌출 행동이었다.

"그렇게 생각하는 이유는?"

"체로크 공작 각하께서도 방금 말씀하셨지만 지금 적의 숫자가 저희보다 많습니다. 그런 상황에서 전면전을 펼치는 것은 너무 위험하다고 판단됩니다."

"그럼 귀관의 생각은?"

"물론 신속한 병력의 이동이 전제되기는 하지만 저라면 적의 측면을 포위 공격하겠습니다. 그렇게 된다면 저희는 전군의 전력을 쏟을 수 있지만 적은 얼마 되지 않는 병력으로 저희를 상대해야 하기 때문에 승리를 거두는 것이 어려운 일은 아니라고 생각합니다."

 네오시안의 말에 대부분의 지휘관들이 고개를 끄덕였다. 그 모습을 본 단테스는 속이 답답해졌다. 일선 지휘관이란 사람들이 자신보다 더 정보가 어둡다니······.

 "귀관들은 지금 우리가 적을 기습해서 이득을 얻어 전쟁을 지속할 만큼의 식량이 없다는 사실을 잊었나? 게다가 총군 사령부에서는 이미 이번 전투가 마지막이라고 결정을 내렸단 말일세!"

 답답한 마음에 언성이 올라간 단테스의 질책을 들은 지휘관들은 꿀 먹은 벙어리처럼 아무 말도 못했다.

 "저어, 체로크 공작 각하. 한 말씀 올려도 되겠습니까?"

 그 자리에 모인 사람들의 고개가 자연스럽게 음성이 들린 곳으로 향하자 약간 얼굴을 붉힌 데미안이 서 있는 것이 보였다. 누가 뭐라고 해도 이번 전쟁을 통해 가장 혁혁한 전공(戰功)을 세운 사람은 데미안이었다.

 그렇지 않아도 데미안에 대해 호감을 가지고 있던 단테스의 얼굴이 부드러워진 것은 당연한 일이었다.

 "무슨 말인가?"

 "이건 제 생각입니다만 적의 사령관인 스캇 루벤트는 철저하게 상식에서 벗어난 작전을 세워 무너질 뻔한 전선을 지킨 인물입니다. 그러니만큼······."

 한동안 데미안의 말을 듣던 지휘관들의 얼굴이 묘하게 변했다. 한쪽에서는 그럴지도 모른다는 표정을, 또 한쪽은 애송이가 그러면 그렇지 하는 표정을 지은 것이다. 단테스도 데미안의 의견에 쉽사리 어떻다고 판단을 내릴 수 없었다.

 확실히 데미안의 말에는 타당성이 있었다. 그렇지만 데미안의 말은 단지 예상에 지나지 않는다. 혹, 그의 말대로 된다면 트렌실바니아 왕국군이 불리한 것은 사실이지만 한번 붙어볼 상태가 될 것은 분명했다. 그러나 이 일은 정확성이 요구되는 것이었다.

"싸일렉스 백작의 의견에 동조하는 사람은 손을 들어보게."

그러자 약 반수 정도의 지휘관들이 손을 들었다. 그 모습을 본 단테스는 잠시 의자에 머리를 기대고는 지그시 눈을 감고 생각에 빠졌다.

*　　　*　　　*

"지금 적과의 거리가 10킬로미터라고 했던가?"

"그렇습니다, 스캇 전하."

"병력은?"

"적으면 90만, 많으면 110에서 120만 명 정도입니다."

"그럼 대략 100만 정도이군."

르네의 대답에 스캇은 잠시 생각에 잠겼다.

아마 적들도 이곳 카라딘의 중요성을 알기에 병력을 집중시켰을 것이다. 어쩌면 이번이 이 전쟁에서 가장 중요한 순간일지도 모르는 일이었다.

"적의 사령관이 단테스 체로크 공작이 분명한가?"

"그렇습니다. 그뿐만 아니라 새로 임명된 후작을 포함, 6명 모두가 모였다는 정보를 입수했습니다."

"그럼, 적은 우리의 수가 180만 명에 달하는 대군(大軍)이라는 사실을 모른단 말인가?"

"이건 제 판단이기는 하지만 그렇지는 않을 것으로 사료됩니다."

"알면서도 공격을 한다? 공작이 아는 단테스 체로크란 자의 성격은 어떠한가?"

"한마디로 표현하기가 힘든 인간형입니다. 전쟁이 발발하기 전만 해도 그는 그저 놀기 좋아하는 망나니 귀족으로 알려졌습니다. 그러나 전쟁이 시작되어서는 전선 사령관으로 항상 최전선을 떠나지 않은 것으로 알고 있습니다."

"철저하게 자신을 숨기는 인간이군."

"그렇기도 합니다만 이번에 그가 승리를 거둔 전투의 전개 상황을 보면 항상 완벽한 계획 하에 움직인다는 것을 확인할 수 있었습니다. 물론 전투란 항상 변수가 숨겨져 있는 것이지만, 그에 대해서도 거의 완벽하게 대비했습니다."

"치밀한 작전과 완벽한 임기응변이라…… 상당히 까다로운 인물이군."

"조심해야 할 상대인 것만은 확실합니다."

르네의 말에 스캇은 골치가 아팠다.

"공작이 생각하기에 나란 존재는 어떤가?"

"예? 무슨 말씀이신지?"

"소문이라는 것 있지 않은가? 나에 대한 소문이 어떻냐고 묻고 있는 것이네."

그 말에 르네는 어색한 미소를 지었다. 당사자를 바로 앞에 두고 직접적으로 하기 힘든 말이었다.

"아무 말이라도 좋으니까 어서 해보게."

"스캇 전하께선 상식을 벗어난 작전으로 전군의 붕괴를 막아내신……"

"우리 군에 퍼진 소문 말고 적의 진영이나 피난민 사이에 퍼진 소문은 없나?"

"거의 비슷한 소문입니다. 정상적이고 상식적인 작전보다는 상식을 무시한 작전으로……"

"그래? 그럼 트렌실바니아 왕국군의 사령관인 체로크 공작은 날 어떻게 판단하고 있을까?"

어색한 미소를 짓고 있던 르네는 스캇이 무슨 생각을 하는지 도무지 알 도리가 없었다.

"지금 즉시 비상 작전 회의를 개최한다. 각 급 지휘관들을 모두 부르도록 하라."

"이미 집합해 있습니다, 스캇 전하."

"그래? 그럼 가지."

자신만만한 표정의 스캇을 바라보던 르네는 대체 그가 무슨 계획을 세웠기에 저렇게 자신만만한 것인지 궁금했다.

*   *   *

"저, 저게 불의 검 누바케인이야?"

"그, 그런 것 같은데……"

정말 숨 쉬기도 힘들 정도의 열기가 사방에서 뿜어져 나오고 있었다.

지금 데보라 일행들이 위치한 곳은 에티하이 산의 분화구 밑 약 1킬로미터쯤 되는 지점이었다. 그들이 가진 파륜느나 아로네아 때문인지는 모르지만 찾는 것은 크게 힘들지 않았다. 그러나 누바케인이 있는 곳에서 전해지는 열기만큼은 정말 참기 힘들었다.

그들이 도착한 곳에는 약 1킬로미터쯤 되어 보이는 공동(空洞)

이 있었고, 그곳에 들끓고 있는 용암으로 만들어진 약 8백 미터쯤 되는 크기의 마법진이 있었다. 쉽게 찾은 것에 비해서는 마법진에 진입하기가 쉽지 않았다. 또 문제는 과연 누가 들어갈 것이냐 하는 것이었다.

헥터나 레오, 그리고 데보라와 로빈은 이미 신의 무기를 가지고 있거나 그에 필적하는 아티펙트를 가지고 있었다. 남은 사람은 라일과 차이렌뿐이었다.

그렇지만 라일은 이미 소드 마스터였기에 굳이 누바케인을 필요로 하지 않았고, 또 누바케인이 신성력을 가지고 있는 물건이기에 욕심을 낸다고 가질 수 있는 물건이 아니었다. 그런 반면 차이렌은 마법사였기에 설사 누바케인을 얻는다고 하더라도 무용지물이었다.

"일단 주인을 결정하는… 헉헉헉, 것은 나중에… 하기로 하고…… 헉헉, 어서 꺼내 이곳을… 헉헉, 나가죠."

로빈은 짧은 몇 마디의 말을 하면서도 숨을 몰아쉬었다.

정말 이곳에서 느껴지는 열기는 지독했다. 로빈과 차이렌이 몇 겹의 방어막을 치고, 데보라와 헥터까지 아로네아와 블레이즈를 들고 가세해서야 겨우 숨이라도 쉴 수 있었다.

이런 상황에서 차이렌이 빠진다는 것은 일행들에게 위험한 일이었다. 결국 비교적 열기를 덜 느끼는 체질(?)인 라일이 가기로 했다.

라일의 모습이 일행들의 시야에서 완전하게 사라졌다 다시 나타나는 데는 불과 10초 정도의 시간밖에 지나지 않았다. 그러나 그사이 라일의 모습은 크게 변해 있었다.

먼저 누바케인을 손으로 직접 잡을 수 없어 자신의 망토로 둘

둘 말아서 들고 있었지만 가죽 망토는 검은색 연기를 뿜으며 타오르고 있었다. 게다가 라일의 막강한 마나를 뚫고 전해진 열기는 그가 걸치고 있던 의복을 순식간에 재로 만들고, 그의 검마저 녹여 버릴 정도였다.

지금 라일의 모습은 누가 스켈레톤이라고 오해를 한다고 해도 할 말이 없을 정도였다. 그나마 뼈 위에 감겨 있던 헝겊마저 순식간에 재로 날아가서 앙상한 뼈가 고스란히 드러나 있었다.

재빨리 자신의 망토를 일행들에게 던진 라일은 괴로운 듯 입을 열었다.

"어서 밖으로."

너무 놀라 멍한 표정을 짓고 있던 차이렌은 재빨리 이곳으로 들어오기 전 미리 만들어두었던 워프 포인트의 위치를 떠올렸다.

"워프!"

순식간에 그들의 모습은 동공에서 사라졌고, 누바케인을 잃은 마법진의 열기는 천천히 사라져 갔다.

밖으로 나온 일행들은 전부 가쁜 숨을 몰아쉬었다. 그런 그들의 전신은 땀으로 뒤범벅이 되어 마치 옷을 걸친 채 목욕을 한 듯 보였다.

데보라는 더 이상 참을 수 없는 듯 등에 메고 있던 아로네아를 꺼내 지면을 내려쳤다.

"스파우트Spout!"

순간 아로네아가 닿은 지면이 폭죽처럼 터지며 어른의 팔 굵기 정도 되는 물줄기가 분수처럼 솟구쳐 올랐다. 일행들은 움직일 힘도 없는 듯 지면에 누운 채 자신의 몸으로 쏟아지는 차가운 물의 시원함을 즐겼다.

　가장 먼저 추위를 느낀 로빈이 자리에서 일어나 정신을 차리고 보니 어디에도 라일의 모습이 보이지 않았다.

　"헥터님, 라일님을 보셨어요?"

　"아니."

　대답을 하면서 일어난 헥터는 혹시 라일이 햇볕을 받았기 때문에 예전처럼 모래로 변해 버린 것이 아닌가 하는 생각이 들었다. 지친 몸을 일으킨 헥터는 주위를 둘러보다가 그리 멀리 떨어지지 않은 곳에 잿빛 모래가 소복하게 쌓여 있는 것을 발견했다.

　헥터의 모습에 일행들이 다가왔다.

　"라일님이 왜 이렇게 되신 거지?"

　"아마도 누바케인 때문인 것 같아요."

　"누바케인이라니? 아! 신성력 때문에……."

　"누바케인이 가지고 있는 신성력은 어지간한 아티펙트가 가지고 있는 힘과는 비교도 할 수도 없어요. 특히 저주에 걸리셨기 때문에 신성력을 가까이 할 수 없는 라일님에게는 치명적이라고 할 수도 있을 거예요."

　로빈의 말에 일행들은 어쩔 수 없이 라일이 부활하는 저녁까지 기다리는 수밖에 없었다. 간단히 요기를 하면서 기다리던 일행들은 잿빛 모래에서 검은색의 연기 같은 것이 피어 오르는 것을 발견했다.

　검은색 연기에 휘말려 잿빛 모래들이 허공으로 치솟아오르면서 서로 엉겨 작은 뼈 조각을 만들었고, 그것들이 다시 하나둘 결합하면서 머리가 되고, 가슴이 되고, 팔과 다리가 되는 모습을 일행들은 묵묵히 바라보았다.

불과 숨을 몇 번 내쉬는 사이 라일의 몸은 완벽하게 이전의 상태를 되찾았다. 미리 붕대를 준비하고 있던 로빈은 꼼꼼한 솜씨로 라일의 전신을 묶어주기 시작했다.

약간의 시간이 지난 후 로빈의 작업이 끝나자 라일은 헥터가 건네준 검은색의 가죽 옷을 입었다. 잠시 후 착용을 마친 라일은 일행들에게 감사의 인사를 했다.

"나 때문에 이곳에서 지체를 했군. 고맙네."

"라일님, 신성력 때문입니까?"

로빈의 질문에 라일은 간단하게 고개를 끄덕였다.

"이제부터는 데미안을 찾아가야죠?"

"아무래도 그래야겠지. 다행히 우리가 마브렌시아보다 빨라 다섯 개의 무기를 회수했다고는 하지만 반대로 신의 봉인이 완전히 파괴되었다는 의미가 아닌가? 그러니만큼 한시라도 빨리 데미안을 찾아 이스턴 대륙으로 가야겠지."

라일의 말에 고개를 끄덕이면서도 데보라는 어이가 없었다. 대체 두 마리의 드래곤끼리의 내기가 어디까지 사건을 불러일으킬 것인지 전혀 짐작할 수가 없었다.

처음에는 그저 데미안이 드래곤인 부모에게 버림을 받은 사실을 안 것으로 끝날 줄만 알았다. 그러나 데미안은 자신을 버린 두 드래곤에게 강한 적개심을 가지고 복수를 계획한 것이다.

누가 보아도 정신 나간 짓이 분명했지만 마브렌시아를 조사하는 과정에서 신의 무기가 등장했고, 지금은 두 드래곤은 고사하고 이스턴 대륙으로 가서 악마들과 목숨을 건 결전을 벌여야 할 판이었다.

제정신을 가지고는 도저히 할 수 없는 일이란 생각밖에 들지 않았다. 자신들은 겨우 천 몇백 살밖에 되지 않았던 타이시아스와 싸우면서도 몰살당할 뻔하지 않았던가? 그런데 이젠 드래곤을 종처럼 부리던 악마와 싸워야 한다니……

비록 자신이 신의 무기를 가지고 있다고는 하지만 과연 그것이 악마에게 통할지는 자신이 없었다. 만약 그녀 혼자만이었다면 훨씬 전에 그만두었을지 모른다. 아니, 그만두었을 것이다. 그러나 지금은 그녀 곁에 생사를 같이 한 동료가 있고, 무엇보다 데미안을 위한 일이기에 그런 생각은 속으로만 하고 있었다.

데보라가 그런 생각을 하는 동안 차이렌은 십여 미터쯤 되는 장거리 이동 마법진을 완성했다. 목표는 페인야드. 그러나 서너 차례의 장거리 워프를 해야만 도착할 수 있었다. 트렌실바니아 왕국군 사령부에 들러서 데미안의 현 위치를 확인한 다음 데미안과 함께 이스턴 대륙으로 갈 예정이었다.

일행들이 마법진 중앙에 선 것을 확인한 차이렌은 힘찬 음성으로 외쳤다.

"워프!"

그들과 마법진의 모습이 사라지고 얼마 되지 않아 엄청나게 거대한 존재가 에티하이 산을 찾아왔다. 그 존재는 분화구에서 내뿜어지는 가공할 열기에도 아랑곳하지 않고 뛰어들었다. 그리고 얼마 후 에티하이 산의 분화구에서는 하늘을 향해 시뻘건 불기둥이 치솟았다.

"어떤 놈들이야? 내 누바케인을 내놓으란 말이야!"

굉음과 함께 수백 년 동안 잠들어 있던 에티하이 산은 분화를 시작했다. 그리고 치솟는 용암 속에서 거대한 한 쌍의 날개를 활짝 편 레드 드래곤의 모습이 보였다.

허공에서 주위를 둘러보던 마브렌시아는 곧 마나의 흐름이 아주 약하기는 하지만 한쪽으로 흘러가는 것을 느꼈다. 방향을 보니 서북쪽이었다.

마브렌시아는 지체하지 않고 서북쪽을 향해 날아갔다.

*   *   *

"부디 네 예상이 맞아야 할 텐데 걱정이구나."

"아마도 스캇은 제 예상대로 움직일 겁니다. 그리고 설사 틀리다 하더라도 적을 포위 공격하는 것이니 저희로서는 손해볼 것이 없습니다."

담담하게 말하는 데미안의 모습에 자렌토는 흐뭇한 자신의 감정을 속일 수 없었다. 이 전쟁에서 데미안이 끝까지 무사하다면 틀림없이 큰 포상을 받을 것임이 확실했다.

비록 데미안이 자신의 친자식은 아니지만 그에게 느끼는 감정은 친자식 이상이었다. 그가 집으로 돌아왔을 때 자신의 과거에 대한 기억을 되찾았다는 것을 눈치 챘지만 아무 일도 없었다는 듯 자신과 마리안느를 대하는 데미안의 태도에 고마움마저 느꼈다.

볼 때마다 성장하는 듯한 데미안의 모습에 자렌토는 기쁨을 감출 수 없었다. 그와 동시에 어느 날 갑자기 데미안이 자신과 마리안느의 곁을 떠날지 모른다는 불안감이 드는 것도 숨길 수 없었다.

"이번 전쟁이 끝나면 무엇을 할 생각이냐?"

"여행을 하고 싶습니다. 이 뮤란 대륙 곳곳을 다니면서 많은 친구도 사귀고 싶고, 또 기사의 한 사람으로서 약자를 돕고 싶습니다."
"그래, 하긴 네 나이에는 여행이 좋을 수도 있겠지."
자렌토는 고개를 끄덕였다.
"휴우, 내일은 정말 힘든 하루가 될 것 같구나. 그만 가서 쉬도록 하거라."
"스승님과 헥터를 만났다면 무척 반가웠을 텐데, 어디를 가신 건지 모르겠군요."
"중요한 일이 있기 때문이겠지."
데미안이 자신의 거처로 가고 난 후 침대에 누운 자렌토는 어째서 샤드가 이 전투에 참가하지 않은 것인지 궁금했다. 그가 참가한다는 말만 들려도 병사들의 사기가 올라갈 것은 분명할 텐데…….

새벽에 일어난 데미안은 이틀 전 지시를 받은 대로 카라딘 시의 우측 12킬로미터쯤 되는 거리로 병력을 이동시켰다. 물론 트렌실바니아 왕국군의 절반에 해당되는 숫자와 함께였다.
목표로 했던 장소에 도착한 데미안은 병력을 재빨리 매복시키기 시작했다. 그러나 워낙 많은 숫자이기 때문일까? 상당한 시간이 지나서야 매복을 마칠 수 있었다.
이제 남은 것은 기다리는 일뿐이었다. 적어도 자신의 예상이 틀리지 않다면 하루가 가기 전에 적의 움직임이 포착될 것이다. 생각이 거기에 미치자 데미안은 자연스럽게 스캇의 얼굴이 떠올랐다.
만약 이 전쟁만 아니었다면 친구로 사귀고 싶을 정도의 매력을 가진 인물이었다. 비슷한 나이에 사내답게 생긴 얼굴도 마음에 들었다. 그러다 보니 문득 과거에 그가 첫눈에 자신을 남자로 알아보았다는 것에 기뻐했던 기억이 났다.

쓴웃음을 지은 데미안은 조금은 편한 자세로 누웠다.

　　　　　*　　　　　*　　　　　*

"스캇 전하께서 날 부르셨단 말이지?"

"그렇습니다. 그러니 내일 저녁까지는 꼭 오셔야 합니다."

"알았다. 그럼 스캇 전하께 오후에 황제 폐하께 인사를 드리고 가겠다고 전해드려라."

"알겠습니다. 그렇게 전해드리겠습니다."

수정 구슬에서 상대의 얼굴이 사라진 것을 보고는 가볍게 목을 푼 네미서스는 곧 침대에 누웠다.

자신이 루벤트 제국의 황궁 마법사가 된 지도 벌써 60년에 가까운 세월이 지났다. 그동안 몇 명의 황제를 모셨지만 얼마 전 황제가 된 빈센트 폰 루벤트 5세처럼 냉철하고, 잔인하고, 현명한 인물은 본 적이 없었다.

아직 십대의 나이임에도 불구하고 모든 상황을 이끌어 나가는 지도력이나 자신에게 복수심을 심어주었던 황후 네포리아와 앤드류 왕자에게 고개를 돌릴 정도로 잔인하게 복수를 한 것이나, 또 여태껏 황후에게 충성을 하던 자라고 하더라도 필요에 따라서는 웃는 얼굴로 맞아들이는 현명함.

그 모든 것이 마음에 들었다. 그가 몇 년 후 성년이 된다면 루벤트 제국은 어쩌면 이전보다 훨씬 강력한 제국으로 다시 태어날

지도 모르는 일이었다. 물론 스캇도 뛰어난 능력을 가지고 있었지만 그것은 단지 군 계통에서나 통할 뿐이었다.

지금 루벤트 제국은 어떤 상황에서도 능동적으로 대처할 수 있는 인물을 필요로 했다. 그리고 그 인물이 바로 빈센트였던 것이다.

그를 생각하면 왠지 든든한 마음이 들었다.

막 잠을 청하려던 네미서스는 이상한 느낌이 들었다. 주위에서 갑자기 모든 기척이 사라진 것이다. 이것은 일정한 지역의 모든 소리를 제거하는 사일런스Silence 마법이 작용할 때 일어나는 현상이라는 것을 직감한 네미서스는 재빨리 스펠을 캐스팅했다. 그러나 그의 예상과는 달리 마나의 움직임이 없었다.

당황한 네미서스는 대체 지금 무슨 일이 벌어진 것인지 모르지만 자신에게 위험이 닥친 것이라 판단하고는 7싸이클의 스펠을 캐스팅했다.

"일루젼 이미지Illusion Image! 프로텍트 프롬 포스Protect form Force—!"

평소 같으면 순식간에 자신의 모습이 사라지고 자신과 똑같은 분신이 나타났을 것이지만 지금은 움직이는 마나의 양이 작아서인지 속도가 너무 느렸다.

네미서스는 조바심이 났지만 지금으로서는 속수무책이었다. 숨을 두세 번 쉴 정도의 시간에 불과했지만 네미서스로서는 수십 년의 시간이 지난 것처럼 느껴졌다.

결국 네미서스의 몸은 완전히 실내에서 사라졌고, 그의 분신이 대신 침대에 누워 있었다. 자신의 외부를 둘러싼 마나의 존재를 느끼는 순간, 방문이 두 쪽이 나며 시커먼 그림자가 뛰어드는 것을 확인할 수 있었다.

모든 소리가 사라졌기 때문인지 더욱 공포스럽게 느껴졌다. 네미서스가 막 그런 생각을 했을 때 침입자는 분신의 모습에는 아랑곳하지 않고 벽에 붙어 있는 자신을 향해 달려들었다.

그 모습을 보고야 네미서스는 자신이 상대의 실력을 너무 경시했다는 생각이 들었다. 상대의 롱 소드가 자신의 심장에 파고드는 순간 네미서스는 시동어를 외쳤다.

"파이어 블레이드Fire Blade!"

순간 네미서스의 손에서 뿜어져 나온 검처럼 생긴 불꽃이 침입자의 가슴에 틀어박혔다. 그러나 이미 침입자의 롱 소드는 자신의 심장을 꿰뚫고 벽까지 관통했다.

침입자 역시 상당한 부상을 입은 듯 자신의 가슴을 움켜잡고 괴로워했다. 어느 틈에 나타났는지 또 다른 침입자가 그를 부축하고 있었다.

"대, 대체 너, 너희들은 누구냐?!"

사일런스 주문이 어느새 풀렸는지 네미서스의 음성이 실내를 울렸다. 네미서스의 말에 두 명의 침입자들은 천천히 자신들이 쓰고 있던 검은색 복면을 벗었다.

한쪽은 40대로 보이는 작은 키의 사내였고, 또 한 사람은 탐스러운 수염을 가진 60대의 노인이었다. 네미서스는 아무리 기억을 떠올리려고 해도 기억이 나지 않았다. 그런 네미서스의 모습을 보던 작은 사내가 입을 열었다.

"본인은 트레디날 제국의 에이라 폰 샤드 공작이다."

"그리고 본인은 궁정 마법사인 유로안 디미트리히라고 하지. 이렇게 만나게 되어서 유감이군."

"그, 그렇다면……?"

"우리에게 그대는 지극히 위험스러운 존재, 이번 전쟁에 우리가 승리하기 위해서 그대는 꼭 제거되어야만 할 상대이기 때문에 본인이 직접 나선 것이다. 그대의 마법이 통하지 않았던 이유는 여기 있는 유로안이 마법진의 도움을 받아 이 지역을 안티 매직 존 Anti magic zone으로 만들었기 때문이다. 기사로서 기습을 한다는 것이 얼마나 수치스러운 일인지 모르는 것은 아니나 트레디날 제국의 재건을 위해서라면 기사로서의 명예마저도 포기할 수 있다는 것을 부디 그대가 이해해 주길……."

샤드도 이미 네미서스의 영혼이 육체를 벗어난 것을 알았지만 말을 멈추지 않았다.

"공작 각하, 더 이상 이곳에서 머무는 것은 위험합니다. 어서 떠나시는 것이 좋겠습니다. 상처는 이곳을 벗어난 다음 치료하도록 하겠습니다."

"휴우, 갑시다."

뜻을 알 수 없는 한숨을 내쉬고 샤드와 유로안은 그곳을 벗어났다. 벽에 매달린 네미서스의 시신에서 흘러내린 선혈이 풍기는 비릿한 내음은 그의 죽음을 애도하듯 실내에 천천히 퍼졌다.

*   *   *

지그시 눈을 감은 채 명상에 빠져 있던 데미안은 온몸에 마나가 충만한 것을 느꼈다. 이제는 과거같이 굳이 마나를 몸으로 받아들이려고 하지 않아도 자연스럽게 몸으로 스며드는 것이 느껴졌다.

게다가 감각마저 예민해져 이전보다 훨씬 먼 곳의 움직임도 감지할 수 있었다. 헥터가 자신에게도 알리지 않고 어디로 간 것일까 생각하던 데미안의 귓가에 뭔가 자연스럽지 않은 움직임이 포착되었다.

일정한 속도로 움직이는 물체는 하나둘이 아니었다. 규칙적으로 들려오는 소리에 데미안은 그것이 잘 훈련된 병사들의 발자국 소리라는 것을 직감했다.

조심스럽게 모습을 드러낸 데미안은 소리가 들린 쪽을 바라보았다. 어둠 속에서 조용히, 그러나 빠른 속도로 이동하는 검은색 물체는 틀림없는 사람의 모습이었다. 아군을 기습하려는 루벤트 제국의 병사들이었다.

역시 스캇은 트렌실바니아 왕국군보다 월등히 많은 병력을 쪼개어 기습을 감행하기로 한 모양이었다. 어둠 속에서 조용히 움직이는 루벤트 제국의 병사들은 끝도 없었다.

지루하리만치 오랜 시간이 지나서야 루벤트 제국의 병사들은 어둠 속으로 완전히 사라졌다. 이제 공격 신호가 떨어지면 매복해 있던 트렌실바니아 왕국군은 루벤트 제국군의 배후를 공격할 것이다.

다만 트렌실바니아 왕국군이 기습할 기회를 얻었다는 것일 뿐 병력의 열세는 여전했다. 데미안은 공격 신호를 기다리며 자신이 왕립 아카데미에서 살고 있는 트렌실바니아 왕국이 너무도 작게 표시된 것에 불만을 터뜨렸던 기억이 떠올랐다.

그 작은 지도에서 더욱 작게 표시된 트렌실바니아 왕국이 과거의 영광을 되찾기 위해서는 얼마나 많은 사람들이 죽어야 하고, 얼마나 많은 피를 흘려야 하는 것인지 이번 전쟁을 통해 뼈저리게 느끼고 있었다.

　자신이 던전을 찾기 위해 여행하던 도중 오크를 죽였을 때 느꼈던 손의 감각이 아직 잊혀지지도 않았는데, 이젠 몇 사람의 목숨을 빼앗았는지 기억도 나지 않는다. 헥터가 말했던 강해야만 지킬 수 있다는 정의가 과연 진정한 정의라고 할 수 있는 것인지 의문이 생겼다.

　설사 이 전쟁이 트렌실바니아 왕국의 승리로 끝나 트레디날 제국의 이름을 되찾는다고 하더라도 그것이 수많은 사람들의 생명을 앗아간 결과라는 것만은 변할 수 없는 사실이다. 다시 한 번 프레드릭의 말이 떠올랐다.

　인간은 무엇을 위해 사는 것인가?

　그 질문에 데미안은 아직도 명확한 대답을 할 자신이 없었다. 다만 다른 사람과 함께 살기 위해서가 아닐까 하는 생각을 요즘 하고 있을 뿐이었다. 타인을 지배하기 위해서 사는 것도 아니고, 또 다른 사람들에게 착취를 당하거나 고통받기 위해서 사는 것도 아니라는 생각. 그것이 데미안이 생각하고 있는 대답이었다.

　그리고 자신은 사제들처럼 무조건 인간을 사랑할 자신도 없고, 또 남을 지배하는 것에도 별 관심이 없는 것 같았다. 그저 여러 사람을 만나고, 또 사귀고, 만약 고통받고 힘들어하는 사람들이 있다면 그저 자신의 힘이 닿는 대로 도와주는 그런 삶을 살고 싶다는 생각뿐이었다.

　펑!

　데미안이 그런 생각을 하고 있을 때 어두운 밤하늘에 붉은색의 폭죽이 터졌다. 드디어 기다리던 공격 신호가 떨어졌다.

　데미안은 큰 소리로 공격 명령을 내렸다.

"바로 앞에 적이 있다. 공격!"

와—!

 엄청난 함성 소리와 함께 매복해 있던 트렌실바니아 왕국군들이 지면을 박차고 일어서면서 앞을 향해 달려갔다.

제60장
마지막 전투 II

    그렇지 않아도 심장이 터질 것 같은 긴장을 느끼며 전진하던 루벤트 제국의 병사들은 자신들의 뒤에서 갑자기 들린 함성에 머리털이 쭈뼛 설 정도로 놀랐다.
    깜짝 놀라 재빨리 뒤로 돌아선 루벤트 제국의 병사들에게 다가온 것은 무수히 많은 화살들이었다. 칠흑 같은 어둠 속에서 날아든 화살은 루벤트 제국군의 목숨을 사정없이 앗아갔다. 갑자기 날아든 화살에 루벤트 제국군들의 대열은 사정없이 흐트러졌고, 본능적인 두려움을 이기지 못하고 사방으로 도주하기 시작했다.
    지휘관들은 다시 대열을 정비해 반격을 가하려 했지만 그것은 단지 그들의 생각일 뿐, 이미 도주하기 시작한 병사들의 귓전에는 아무 소리도 들리지 않았다. 사방으로 도주하던 루벤트 제국군은 갑자기 어둠 속에서 무엇인가가 자신들의 앞길을 가로막고 서 있는 것이 보였다. 도주하는 것에만 신경을 썼던 병사들은 자신의 발이 무엇인가에 걸린다는 것을 느끼는 순간 중심을 잃고 그 자리에 쓰러졌다.

뒤이어 따라오던 병사들의 대부분은 쓰러진 앞 병사의 몸에 걸려 다시 쓰러졌고, 일부 병사들은 쓰러진 동료의 등을 밟고 앞으로 달려나갔다. 그러나 그들을 반기는 것은 싸늘한 검이었다.

미리 대기하고 있던 트렌실바니아 왕국의 용병단들은 자신들에게 다가온 루벤트 제국군들을 향해 사정없이 검을 휘둘렀다. 대부분의 병사들은 반항다운 반항도 해보지 못한 채 목숨을 잃어갔다. 한마디로 혼전이었다.

피아(彼我)를 구분할 수 없이 뒤섞여 버린 양국 군은 자신에게 무기를 휘두르는 사람에겐 그가 누구든지 무조건 검부터 휘둘렀다. 그 과정에서 동료의 손에 목숨을 잃은 사람들도 속출했다. 그러나 서로 팔만 뻗으면 닿을 만한 거리에서 롱 소드나 바스타드 소드같이 긴 무기를 마구 휘둘렀으니 억울하게 목숨을 잃은 사람이 왜 안 생기겠는가?

혈전을 벌이고 있는 양국의 병사들을 바라보던 데미안의 눈에 트렌실바니아 왕국 병사들의 목숨을 잔인하게 빼앗고 있는 일단의 무리들이 보였다. 그들은 풀 플레이트 메일에 베틀 엑스와 쇼트 소드, 모닝 스타 같은 무기로 중무장을 한 채 마치 트렌실바니아 왕국군의 중앙을 관통하기라도 하려는 것처럼 끝없이 전진하고 있었다.

숫자는 약 2백 정도 되어 보였다.

"다이몬 자작, 저들이 보이는가?"

"플레이트 메일을 걸친 녀석들 말입니까?"

"그렇다. 저들을 죽여라."

"알겠습니다, 사령관 각하."

가르시아가 자신의 부하들과 함께 그들에게 달려가는 모습을 보면서 데미안은 주먹을 불끈 쥐었다. 이런 혼전 속으로 부하를 보내는 짓은 죽으면 죽었지 하기 싫은 일이었지만 어쩔 도리가 없었다.

전체적으로 보면 기습을 한 트렌실바니아 왕국군이 유리한 듯 보였지만 꼭 그렇지만도 않았다. 루벤트 제국의 병사들은 기습을 당한 상태에서도 될 수 있으면 대열을 흩뜨리지 않으려고 노력을 하고 있었다. 결코 하루 이틀의 훈련으로 가능한 일이 아니었다.

"사령관 각하, 혹시 저기 있는 저자가 사령관 중에 한 명이 아닐까요?"

문슬로가 손으로 가리킨 곳을 보니 육중한 체격에 커다란 베틀엑스를 들고 지시를 내리고 있는 사람이 있었다. 문슬로의 지적대로 군단장 급의 지휘관이 분명해 보였다.

"테이스 자작, 지금 즉시 유니콘 기사단 가운데 우리에게 배속된 기사들에게 내가 신호를 하면 즉시 골리앗을 불러낼 수 있게 준비하도록 하시오."

"알겠습니다."

문슬로의 대답을 들은 즉시 데미안은 상대를 향해 달려갔다. 데미안의 몸이 희미해진다고 느끼는 순간 문슬로는 데미안의 모습을 놓쳐 버렸다. 엄청난 속도로 사라진 데미안의 모습에 문슬로는 고개를 흔들면서 곧 유니콘 기사단의 기사들에게 데미안의 명령을 전달하기 위해 움직였다.

시간은 새벽 5시를 넘고 있었지만 아직 뮤란 대륙은 어둠에 싸여 있었고, 특히 이곳은 더욱 짙은 어둠에 싸여 있는 듯 보였다. 빠른 속도로 달려간 데미안은 곧 상대 앞에 도착할 수 있었다. 그의 주위에 있던 병사들은 데미안의 존재를 발견하고 달려들었다. 그러나 데미안의 바스타드 소드, 미디아에 의해 모조리 죽음을 당했다.

그들에 대한 죄책감을 느낄 사이도 없이 데미안은 상대를 향해 미디아를 휘둘렀다. 또한 자신을 향해 날아드는 바스타드 소드의 예리함이 보통이 아니라고 느끼고는 곧 자신의 베틀 엑스에 마나를 주입하고 상대의 바스타드 소드를 막아냈다.

쾅—!

요란한 폭음과 함께 주위에 엄청난 충격이 전해졌다. 그리고 두 사람은 상대의 공격에 상당한 반발력을 느끼며 뒤로 물러섰다.

"본인은 트레디날 제국의 11군단의 군단장인 데미안 싸일렉스요. 귀하는?"

"본인은 크리스 드 세미어 후작이다. 그대가 루이스 드 벨리스크 후작을 전사시킨 인물인가?"

"실력보다는 운이 많이 따랐던 승부였소."

예의를 잃지 않는 데미안의 모습에 크리스는 상대에게 호감이 생기는 것을 느꼈다.

"그대 같은 인물이 우리 루벤트 제국 사람이 아니라는 것이 아쉽군. 그럼."

크리스가 베틀 엑스를 세우는 모습을 보고 데미안도 미디아를 잡은 손에 힘을 주었다. 잠시 상대를 바라보던 두 사람은 곧 서로에게 공격을 퍼부었다.

너무도 빠른 움직임에 다른 사람들은 개입할 엄두도 내지 못했다. 루벤트 제국의 병사들은 소드 마스터인 크리스와 대등하게 싸우고 있는 데미안이란 존재를 믿을 수 없다는 눈으로 바라보고 있었다. 그렇다면 데미안 역시 소드 마스터란 말이 아닌가?

두 사람의 움직임이 더욱 빨라졌다고 느끼는 순간 두 사람은 상대를 향해 최후의 공세를 퍼부었다.

"크레센트 포스Crescent Force—!"

"블러드 라이트닝—!"

크리스가 만들어낸 초승달 모양의 검기와 미디아에서 뻗어 나온 붉은색 번개가 정면에서 부딪쳤다.

순간 크리스의 눈의 부릅떠졌다. 믿을 수 없게도 붉은색의 번개가 자신의 공격을 너무나도 쉽게 뚫은 것이다. 부릅떠진 크리스의 눈이 무섭게 회전을 하면서 자신의 가슴을 향해 날아오는 붉은색을 발견하는 순간, 그는 가슴이 타는 듯한 통증을 느꼈다.

퍽!

고개를 숙이고 보니 심장이 있던 곳에 커다란 구멍이 뚫려 있었다. 크리스는 상대에게 승리를 축하한다는 말을 해주고 싶었지만 사신은 그 시간을 허락하지 않았다.

방금 데미안이 사용한 블러드 라이트닝은 블랙 드래곤 타이시아스와 싸울 때 사용했던 것과는 비교도 할 수 없을 정도 미약한 것이다. 그럼에도 불구하고 소드 마스터인 크리스는 너무도 간단하게 목숨을 잃은 것이다.

데미안이 뜻밖의 결과에 잠시 당황하고 있을 때 그의 등 뒤로 달려드는 사람이 있었다.

"죽어라!"

상대의 발소리를 감지한 데미안은 오히려 상대에게 다가들며 미디아를 뒤로 뺐다. 자신의 공격이 성공할 것을 믿어 의심치 않았던 상대는 재빠른 데미안의 반격에 허무하게 당하고 말았다.
"크윽… 분하다."
"그대는?"
"세미어 후작… 각하의 부관이다……."
그 말을 마지막으로 상대는 고개를 떨구었다. 그 순간 주위에 있던 루벤트 제국의 병사들이 함성을 지르며 달려들었다. 데미안은 재빨리 스펠을 캐스팅했다.
"레비테이션!"
순간 데미안의 몸은 허공으로 치솟았고, 루벤트 제국의 병사들은 갑자기 마법을 사용한 데미안의 모습을 멍하니 바라만 보았다.
"마, 마검사다!"
"세상에 진짜 마검사가 있었다니……."
그러는 사이 데미안의 모습은 까마득히 사라졌다.

*　　　　*　　　　*

"호호호, 상당히 훌륭하게 자랐군."
처절한 전투가 이어지는 카라딘 시의 외곽.
지상 3백 미터 정도에 마법사들이 입는 검은색 로브를 걸친 금발의 사내 모습이 보였다. 카르메이안이었다.
그의 눈은 데미안의 모습을 쫓고 있었다. 그러나 어떠한 감정도 깃들어 있지 않은 눈빛이었다.
"그래. 죽이고 또 죽이고, 이 세상 모든 것들을 모두 죽여라! 크하하하!"

통쾌한 듯 웃음을 터뜨리던 카르메이안은 금세 무표정하게 변했다. 자신의 예상대로라면 오후 늦게나 되어야 데보라 일행이 이곳에 도착할 것이다. 그리고 또 전쟁이 끝나야 데미안과 함께 이스턴 대륙으로 출발할 것이다.
　데미안 일행이 무사히 이스턴 대륙으로 출발하려면 그들의 뒤를 쫓고 있는 마브렌시아를 자신이 잠시 붙잡아둘 필요가 있었다. 하지만 카르메이안이 마브렌시아를 제지하는 이유는 결코 데미안 일행이 악마들을 다시 봉인시키게 하려는 것이 아니었다. 오히려 데미안 일행이 이스턴 대륙에 감으로 인해 자신의 목적이 완성되기 때문이었다.
　"호호호, 이제 조금만 더, 조금만 더 기다리면 살아 있는 모든 것들이 죽음을 맞이할 것이다. 그것이 설사 신이든 악마든……. 흐호호, 지난 5천 7백 년도 기다렸는데 겨우 몇 달을 기다리지 못할 이유가 없지. 크하하하! 워프!"
　미친 사람처럼 웃음을 터뜨리던 카르메이안의 모습은 순식간에 사라졌다. 그러나 그의 미친 듯한 웃음소리는 계속해서 들리는 듯했다.

*　　　*　　　*

　"지금 전황은 어떤가?"
　"아직 혼전 중이라 정확하게 판단하기는 무리입니다. 다만 저들이 저희의 기습을 어떻게 눈치 챈 것이지 그것이 의문입니다, 스캇 전하."
　루벤트 제국이 주위의 국가들과 전쟁을 치르면서 수많은 왕국들을 정복해 보기는 했어도 지금처럼 곤란한 경우를 당해보기는 처음이었다. 특히 루벤트 제국으로서는 어떤 상황에서도 뒤로 물러설 수 없는 입장이었다.

만약 자신들이 이 전쟁에서 패하기라도 하는 날이면 국가의 존립마저도 위험스러울 수 있었다. 설사 트렌실바니아 왕국에게 패하지 않는다고 하더라도 이전 루벤트 제국에게 정복당했던 왕국들의 유민들이 그대로 참고 있을 리 만무한 일이기 때문이다.

"그건 그렇고, 네미서스는 왜 아직까지 도착하지 않은 것이지? 연락은 되는가?"

"저, 그것이 이상한 일이 생겼습니다. 네미서스 경과 그를 경호하던 기사들의 모습이 감쪽같이 사라졌습니다."

"뭐? 네미서스가 사라지다니…… 그게 무슨 말인가?"

"저희의 연락을 받은 황실의 근위기사들이 네미서스 경의 집에 도착해 샅샅이 뒤졌지만 네미서스 경의 흔적을 찾을 수 없었다고 합니다."

"그렇다면……."

"암살자의 습격을 받았을 경우도 완전히 배제할 수는 없습니다. 하지만 네미서스 경은 7싸이클의 대마법사인데 대체 누가 그를 암살할 수 있겠습니까? 만약 트렌실바니아 왕국에서 그를 암살하려면 샤드나 체로크 공작이 나서야 할 텐데, 설사 그들이 나선다고 하더라도 네미서스 경은 충분히 자신의 몸을 피신할 수 있는 능력이 있습니다."

르네의 말은 상당히 논리적이었다. 자신의 생각에도 그의 말이 옳다는 것을 느끼지만 그렇다면 왜 지금껏 나타나지 않고 있단 말인가?

그런 생각을 하던 스캇의 머리 속에 네미서스가 6번째 왕자인 하르넨을 지지하고 있었다는 사실이 스치고 지나갔다. 그의 입장에서는 새롭게 황제에 등극한 빈센트를 못마땅해하는 것을 충분히 이해할 수 있었다. 그러나 그것은 평화스러울 때나 가능한 일, 지금같이 위급한 상황에서 황제에게 반항하기 위해 이곳에 나타나지 않는 것이라면 도저히 용서할 수 없는 일이었다.

일단은 불리한 전세를 회복하는 것이 우선이었다.

"라이포트 공작의 생각으로는 어떻게 하는 것이 좋을 것 같은가?"

"이미 기습을 하려던 계획이 무산되었으니 중앙에 남아 있는 병력을 둘로 나눠 다시 트렌실바니아 왕국군의 후미를 공격하는 것이 좋을 듯합니다."

"흐음, 양쪽에서 공격을 하자는 말이군."

고개를 끄덕이던 스캇의 생각은 길지 않았다.

"지금 즉시 중앙군을 둘로 나눠 트렌실바니아 왕국 놈들의 배후를 친다."

"알겠습니다, 전하."

르네가 나가고도 스캇은 한참 동안 생각에 빠졌다. 트렌실바니아 왕국군을 사이에 두고 양쪽에서 공격을 한다면 그들로서도 어쩔 수 없을 것이 분명했다. 그렇게 된다면 자신들의 승리는 분명했지만 왠지 자꾸 불길한 생각이 들었다. 그와 동시에 자신을 향해 환하게 웃던 데미안의 얼굴이 눈앞을 스치고 지나갔다.

*   *   *

이미 태양은 하늘 높이 걸렸건만 새벽에 시작된 전투는 끝날 줄 몰랐다.

대지는 이미 양쪽 병사들이 흘린 선혈로 붉게 물들어 있었고, 사상자가 속출하고 있었다. 새벽부터 시작된 전투로 병사들의 피로는 극에 달했지만 잠시도 긴장을 늦출 순 없었다.

처음에는 허공으로 치솟거나 자신의 몸으로 뿌려지는 선혈의 비릿한 내음에 질색하던 병사들도 지금은 거의 본능적으로 검을 휘두를 뿐, 인간의 피에 대한 거부감은 느낄 새도 없었다. 게다가 자신의 곁에서 함께 싸우던 동료들이 하나둘 쓰러져 가면서 병사들의 핏발 선 눈은 상대에 대한 적개심으로 더욱 불타올랐다.

개전 처음 유리한 상황에서 루벤트 제국군들을 상대하던 트렌실바니아 왕국군들은 얼마 후부터 자신들의 후미를 공격하는 루벤트 제국의 중앙군 때문에 고전을 면치 못하고 있었다. 후퇴를 하는 것도 쉽지 않았다.

조금 높은 산정에서 전체적인 전세를 살피던 단테스의 안색은 약간 초조해 보였다.

역시 루벤트 제국군은 예상대로 상대적으로 우세한 병력을 최대한 활용할 수 있는 정석적인 포위진으로 트렌실바니아 왕국군을 공격하려고 했다. 만약 단테스의 작전 계획대로 전투가 시작되었다면 적에게 포위되어 막대한 타격을 입었을 것이다. 다행히도 데미안의 의견을 일부 받아들인 것이 전세를 트렌실바니아 왕국군에게 유리한 쪽으로 작용했다.

모든 병력을 이동해 나누어진 루벤트 제국의 병력을 각개격파하자는 데미안의 의견에 반대하는 지휘관들의 의견을 받아들여 병력을 둘로 나누지만 않았어도…….

조금씩 천천히 뒤로 후퇴를 하는 트렌실바니아 왕국군의 모습이 보였다. 전사자의 시신이나 부상자들을 챙길 사이도 없이 뒤로 후퇴하는 트렌실바니아 왕국군의 얼굴은 분노와 원통함뿐이었다.

뒤로 후퇴하던 트렌실바니아 왕국의 병사들이 한곳에서 합류를 했고, 루벤트 제국군들은 삼면을 포위한 채 매섭게 몰아치고 있었다. 단테스는 당장 극도로 지친 병사들에게 후퇴를 명령하고 싶었지만 그럴 수가 없었다.

병사들의 팽팽하던 긴장감이 한순간에 풀어졌을 때 무슨 사태가 일어날지 너무도 잘 알고 있기 때문이었다. 이제 조금만 더 후퇴를 한다면 골리앗을 소유하고 있는 유니콘 기사단과 알렌 기사단 전원을 출동시킬 것이다.

지난 한 달여의 전투에서 트렌실바니아 왕국이 잃은 골리앗의 숫자는 20여 대, 하나 자신들에게 파괴된 루벤트 제국의 골리앗의 숫자는 80대가 넘는 것으로 확인되었다.

페인야드를 지키기 위한 최소한의 골리앗과 다른 전선에 배치된 골리앗의 숫자를 제외한 220대의 골리앗을 동원해 루벤트 제국군들을 쓸어버릴 것이다. 인간들끼리의 전투에서 골리앗을 동원하는 것이 수치스럽기는 했지만 수적인 열세를 만회하려면 방법이 없었다.

자신들이 골리앗을 동원한 것에 대응해 루벤트 제국군들이 자신들의 골리앗을 호출한다고 하더라도 약간의 시간이 걸릴 것이다. 바로 그 틈을 타 루벤트 제국군들을 공격한다면 몰리고 있는 전세를 어느 정도 만회할 수도 있을 것이다.

그러는 사이 트렌실바니아 왕국의 병사들은 처절한 혈전을 치르며 단테스가 원하던 지역까지 후퇴를 했다. 그 모습을 발견한 단테스는 지체없이 명령을 내렸다.

"기사단에게 신호를 보내라!"

단테스의 명령에 수십 발의 폭죽이 공중을 선명하게 붉은색으로 물들이는 순간 양군의 중앙에 갑자기 200여 대의 골리앗이 모습을 드러냈다. 그리고 트렌실바니아 왕국 기사들의 무차별 살인이 시작되었다.

루벤트 제국 병사들의 공포는 극에 달했고, 비명을 지르며 뒤로 물러서려고 했지만 뒤에서 밀어붙이는 동료들 때문에 물러설 곳도 없었다. 그런 루벤트 제국군의 머리 위로 골리앗의 무지막지한 검이 휩쓸고 지나갔다.

너무 좁은 지역에 몰려 있었는지라 짧은 시간 동안 루벤트 제국군의 피해는 극심했다.

카라딘 시 성곽에 마련되어 있던 차양에서 그 모습을 지켜보던 스캇은 골리앗의 모습에 아차 하는 생각이 들었다. 자신도 트렌실바니아 왕국이 보유하고 있는 수량 미상의 골리앗을 염두에 두지 않은 것은 아니지만 일단 병력의 수가 자신들이 월등히 앞섰고, 또 상대가 보유하고 있는 골리앗이 아무리 많다고 하더라도 자신들이 월등히 앞설 것이라는 생각 때문에 방심했던 것이었다.

그런데 갑자기 모습을 드러낸 트렌실바니아 왕국의 골리앗 숫자가 무려 200여 대나 되었던 것이다. 조금만 늦는다면 치명적인 타격을 입을 것이 분명했다.

"라이포트 공작, 지금 즉시 모든 골리앗을 보내 저들을 막도록 하시오."

"알겠습니다."

르네가 통신 마법을 이용해 명령을 전달하는 소리를 들으며 스캇은 이를 부드득 갈았다.

"비겁한 놈들! 부드득. 병사들끼리의 전투에 골리앗을 투입시키다니……. 네놈들에게 아레네스의 저주가 있어 영원히 곡식을 거두지 못할 것이다."

*　　　　*　　　　*

비록 루벤트 제국의 골리앗 라이더들이 빠르게 투입하기는 했지만 그러는 사이 루벤트 제국군들은 막대한 타격을 입었다. 거의 5, 6만 명의 병사들이 한순간에 목숨을 잃은 것이다.

4백 대의 골리앗이 중앙에서 혼전을 벌이자 자연스럽게 양국의 병사들은 뒤로 물러서야 했고, 몇 킬로미터에 달하는 원형의 공터에서는 수백 대의 골리앗이 서로의 목숨을 노리며 눈부시게 움직이고 있었다.

골리앗끼리 격전이 벌어지는 곳에서 조금 떨어진 곳에 있던 데미안은 문슬로를 찾았다. 그러나 격전에 휘말렸는지 그의 모습은 어디에서도 찾아볼 수 없었다. 그의 무사함을 빌며 고개를 돌린 데미안은 한 치의 양보도 없이 서로의 목숨을 노리는 양국의 골리앗 라이더들의 움직임을 주시했다.

양국의 골리앗 숫자는 거의 비슷했다. 게다가 실력이 거의 비슷한 만큼 쉽게 승패를 가늠할 수 없을 것 같았다. 골리앗 라이더들끼리의 격전인만큼 병사들은 잠시 쉴 수 있었지만 전투가 끝난 것은 아니었다.

"선더볼트!"

데미안은 자신 앞에 모습을 드러낸 청동 색 거인의 몸속으로 순식간에 사라졌다.

"플레임!"

데미안의 부름에 새끼손가락 크기의 붉은 머릿결을 가진 아름다운 모습의 플레임이 허공을 빙그르르 돌며 모습을 드러냈다.

"안녕하셨어요, 데미안님?"

"잘 있었어?"

"그럼요, 데미안님께서 자주 불러주시지 않아서 조금 불만이지만, 그래도 반가워요."

"지금 선더볼트의 상태는 어때?"

"완벽해요."

"그래? 그럼 한바탕 신나게 움직여 볼까?"

데미안의 말에 환한 미소를 지으며 플레임은 데미안의 오른쪽 어깨에 앉았다.

"호호호, 언제든지. 저와 선더볼트는 준비가 됐어요."

"그럼."

말을 마친 데미안은 천천히 움직이면서 선더볼트의 움직임을 점검했다. 선더볼트에 이상이 없다는 것을 확인한 데미안은 즉시 골리앗끼리 격전을 벌이고 있는 곳을 노려보며 큰 소리로 외쳤다.

"워프!"

비록 선더볼트와 격전을 벌이고 있던 골리앗들과 3킬로미터쯤 거리가 떨어져 있었지만 아무런 문제도 되지 않았다.

지상으로부터 10미터쯤 높이에서 갑자기 나타난 선더볼트는 지상으로 뛰어내리며 자신 앞에 있던 루벤트 제국의 골리앗을 그대로 두 쪽으로 만들었다.

갑작스런 선더볼트의 출현에 양국의 골리앗 라이더들은 골리앗을 움직여 뒤로 물러섰지만 선더볼트의 움직임은 더욱 빨랐다.

그대로 지면을 박차고 허공으로 떠오른 선더볼트는 전면을 향해 4미터짜리 검을 힘차게 휘둘렀다.

"헬 버스트!"

순간 선더볼트 전면으로 4, 50미터 정도 거리까지 엄청나게 압력이 올라가 제대로 서 있기 힘들었다.

루벤트 제국의 골리앗 라이더들은 미친 듯이 불어오는 흙먼지와 온몸을 짓누르는 듯한 압력에 당황하며 뒤로 물러서려 했지만 골리앗은 꼼짝도 하지 않았다. 게다가 무엇이 자신들을 공격하는 것인지는 모르지만 골리앗에 충격이 전해질 때마다 강철보다 몇 배 강한 골리앗의 동체가 푹푹 파였다.

그 시간은 불과 7, 8초에 불과했지만 그사이 공격을 받은 골리앗들은 모두 처참한 모습으로 변했다.

데미안은 자신이 직접 공격했을 때보다 선더볼트의 힘과 합쳐 공격한 것이 훨씬 위력적이라는 것을 알고는 다시 한 번 헬 버스트 공격을 했다. 두 번의 공격으로 선더볼트의 검이 박살나자 데미안은 즉시 검을 버리고 바닥에서 두 자루의 검을 집어 들고는 루벤트 제국의 골리앗을 향해 달려들었다.

자신들을 향해 빠른 속도로 선더볼트가 달려드는 것을 보고 루벤트 제국의 골리앗들은 어떻게든 골리앗을 움직여 보려고 했지만 골리앗은 엄청난 충격을 받은 듯 꼼짝도 하지 않았다.

데미안은 선더볼트를 움직여 꼼짝도 못하는 골리앗의 심장에 정확히 공격을 가했다. 한 번의 공격에 한 대씩 루벤트 제국의 골리앗이 파괴당했다. 눈 깜짝할 사이 30여 대의 골리앗이 파괴되자 그제야 공격을 받고 있는 루벤트 제국의 골리앗 라이더들도, 또 트렌실바니아 왕국의 골리앗 라이더들도 정신을 차렸다.

미묘하게 균형을 이루던 골리앗끼리의 전투는 데미안과 선더볼트의 개입으로 인해 트렌실바니아 왕국 쪽으로 유리하게 기울기 시작했다.

산정에서 골리앗의 투입을 명령했던 단테스는 눈부신 활약을 벌이고 있는 선더볼트를 보며 부관에게 물었다.

"대체 저 골리앗에는 누가 타고 있는 것인가? 게다가 왕가의 문장인 선더버드의 문양을 새긴 골리앗이라니……."

루벤트 제국의 골리앗을 공격하는 것으로 보아서는 아군의 골리앗이 분명한데 단 한 번도 본 적이 없는 골리앗이다. 트렌실바니아 왕국이 보유하고 있는 모든 골리앗을 알고 있는 단테스로서는 그 골리앗 라이더가 누구인지 너무나 궁금했다.

선더볼트의 존재에 대해서는 스캇 역시 너무나 궁금해했다. 단 한 대의 골리앗 때문에 자신들에게 유리했던 전세가 다시 팽팽한 상황이, 아니, 어찌 생각해 보면 불리한 상황이 됐기 때문이었다.

"라이포트 공작! 지금 즉시 후작들을 투입시키시오."

르네는 스캇의 말에 잠시 머뭇거렸다. 지금 상황에서 전력의 마지막이라고 할 수 있는 후작들을 투입시킨다는 것은 거의 도박에 가까운 것이기 때문이었다. 그러나 그것 말고는 다른 방법이 없다는 것을 알기에 즉시 명령을 전달했다.

잠시 후 선더볼트의 활약으로 트렌실바니아 왕국에게 유리한 것처럼 전개되던 골리앗끼리의 전투는 루벤트 제국의 소드 마스터들이 대거 투입되면서 급격히 역전되어 갔다. 단테스 역시 6명의 후작들을 투입했지만 루벤트 제국의 소드 마스터들보다 상대적으로 적은 수였기에 일시에 상황을 바꾸지는 못했다.

단테스가 한참 조바심을 느끼고 있을 때 부관이 다가왔다.

"저어… 공작 각하, 지금 각하를 만나뵙기를 청한 사람들이 있습니다."

"뭐? 지금 자네 제정신인가? 지금이 어떤 상황인데!"

"그, 그것이 상황을 역전시킬 방법이 있다고 해서……."

서슬 퍼런 단테스의 모습에 부관은 쩔쩔매었다.

대체 무슨 수로 지금의 상황을 역전시킬 수 있단 말인가. 그렇지만 자신에게도 없는 방법이 만약 상대에게 있다면…… 하는 생각에 곧 고개를 끄덕였다.

잠시 후 자신의 막사를 찾아온 사람들의 모습에 단테스는 뭐라고 해야 좋을지 몰랐다.

검은색 가죽으로 온몸을 감싼 자나 중성적인 매력이 감도는 여자 용병, 그리고 근육질의 청년까지는 그래도 봐줄 만했다. 그렇지만 어린 사제나 비실거리는 청년에, 가죽으로 아랫도리만 가린 자를 보아서는 도저히 자신에게 도움이 될 만한 구석이 없을 것 같았다.

"그대들은……?"

"우린 데미안의 동료들이에요. 지금 즉시 데미안을 불러주세요."

너무나 직설적인 여자의 말에 단테스는 어이가 없었다. 이렇게 혼란스런 상황에서 데미안을 불러달라니…….

"저희는 데미안님을 찾아 페인야드에서 온 사람들입니다. 물론 이곳의 상황이 급한 것은 알지만……"
"데미안은 저기 있다."
라일이 손으로 가리킨 곳을 보니 골리앗끼리 전투를 벌이고 있는 곳에 선더볼트의 모습이 보였다.
"그럼, 저 골리앗이 데미안 싸일렉스 백작의 골리앗이란 말이오?"
라일의 모습이 특이해서일까? 아니면 그에게서 느껴지는 기질이 무시할 수 없어서일까? 단테스는 라일에게 말을 함부로 할 수 없었다.
"그렇소."
"싸일렉스 백작은 지금 전투 중이오. 그리고 그는 우리에게 없어서는 안 될 소중한 인재란 말이오."
"저들 때문이오?"
라일의 손이 가리킨 것은 트렌실바니아 왕국의 골리앗을 무자비하게 공격하는 루벤트 제국의 골리앗들이었다. 단테스는 자신도 느끼지 못하는 사이에 고개를 끄덕였다.
"일단 병사들을 이곳으로 후퇴시켜 주시오."
"지, 지금 뭐라고 했소?"
"병사들을 후퇴시키라고 했소. 그렇지 않으면 큰 피해를 입을 것이오."
무감정한 라일의 말에 단테스는 부관에게 병사들을 은밀하게 후퇴시키란 명령을 내렸다. 병사들이 산정으로 거의 이동을 마쳤을 때쯤 데보라와 차이렌의 모습이 단테스의 시야에서 순식간에 사라졌다.

단테스가 그들의 모습을 다시 찾은 곳은 후퇴한 트렌실바니아 왕국군과 전투가 한창인 골리앗들의 중간 지점이었다. 대체 무엇을 하려는 것인지 전혀 짐작할 수 없었다.

그렇기는 스캇 역시 마찬가지였다. 슬금슬금 후퇴하는 트렌실바니아 왕국군의 모습을 보지 못한 것은 아니지만 내버려 둔 것은 그들이 정말 후퇴할 리가 없다는 것을 알기 때문이었다. 그렇지만 갑자기 모습을 드러낸 두 사람에 대해서 만큼은 그도 알 도리가 없었다.
"저들이 누구인지 알겠소?"
"글쎄요… 한 명은 여자 용병으로 보이고, 또 한 명은 허약한 체격을 한 청년입니다만 무엇을 하려는 것인지는 전혀 모르겠습니다."
르네의 대답에 스캇은 머리가 복잡해졌다.

데보라는 아로네아를 꺼내며 차이렌에게 물었다.
"이렇게 넓은 지역에 물을 솟아나게 할 수 있을까?"
"아로네아가 가진 힘을 믿어. 너도 봤잖아. 데미안이 가지고 있던 미디아의 능력 말이야."
"알았어."
데보라는 나직하게 신성 주문을 영창(詠唱)했다. 그리고는 힘차게 아로네아를 지면에 내리꽂았다.

정신없이 골리앗끼리의 전투를 구경하던 루벤트 제국의 병사들은 어느 순간부터 자신들의 발 밑이 축축해져 오는 것을 느꼈다.

물론 대부분의 병사들은 골리앗의 전투를 구경하느라 느끼지도 못했고, 설사 지면이 젖어온다는 것을 느낀 병사들이 있었더라도 대수롭지 않게 생각했다.

지면이 충분히 젖었다는 것을 확인한 차이렌은 체인 라이트닝의 스펠을 캐스팅했다. 그리고는 전력으로 정면을 향해 손을 뻗었다.

체인 라이트닝은 빠른 속도로 지면을 타고 루벤트 병사들에게로 뻗어갔다. 그러나 차이렌과 루벤트 제국군과의 거리는 무려 1킬로미터 이상 떨어졌기에 가장 앞 열의 병사들만 잠시 쩌릿했을 뿐 전혀 타격을 줄 수 없었다.

몇 번 더 체인 라이트닝을 날려보았지만 소용이 없었다. 그 모습을 본 데보라는 데미안을 떠올렸고, 즉시 차이렌에게 자신의 생각을 전했다.

전투에 여념이 없던 데미안의 귓가에 갑자기 누군가의 음성이 들려왔다.

"데미안! 데미안! 내 말 들려!"

"누구야?"

"바보야, 나 차이렌이야."

"어디서 떠드는 거야?"

"잔말 말고 지금부터 내가 시키는 대로 해. 지금 즉시 그곳을 빠져나와서 루벤트 제국의 병사들이 있는 데로 가서 전력을 다해 체인 라이트닝을 사용해 지면을 공격해."

"지면?"

"그래. 틀림없이 지면이어야 돼. 알겠어?"

데미안은 지금 차이렌이 말하는 것을 도저히 이해할 수 없었다. 그가 잠시 머뭇거릴 때 다시 차이렌의 음성이 들렸다.

"뭐 하고 있어? 이 전쟁에서 지고 싶어?"

그 말이 결정적이었다.

데미안은 상대 골리앗의 공격을 피하면서 전투 지역을 벗어났다. 그리고 루벤트 제국군들을 향해 달려갔다. 루벤트 제국군들과의 거리가 400미터 정도 떨어졌을 때 데미안은 힘껏 마나를 모은 다음 체인 라이트닝으로 지면을 공격했다.

"체인 라이트닝!"

선더볼트의 손이 눈부신 백광으로 빛난다고 느끼는 순간 선더볼트의 손은 지면으로 떨어졌고, 그 순간 체인 라이트닝은 주변을 하얗게 물들이며 엄청난 속도로 주위로 퍼져 나갔다.

데미안은 잠시 선더볼트에 마나가 차기를 기다렸다가 가득 찬 것을 확인하고는 재차 공격을 하려고 그 자리에서 일어섰다. 그런 그의 눈에 도저히 눈뜨고 볼 수 없는 비극의 현장이 마치 그림처럼 펼쳐져 있었다.

폭죽처럼 인간들이 터져 나갔던 것이다. 사방으로 날아간 시신의 조각들과 순간적으로 타버린 시신들은 불어오는 바람에 힘없이 무너져 내렸다. 또 거리가 조금 떨어져 있던 곳에는 신체의 일부분이 터져 나간 부상자와 체인 라이트닝에 감전되어 거품을 문 채 쓰러진 병사들이 수도 없이 많았다.

단 한 번의 공격에 루벤트 제국군의 병사들 중 10만에 가까운 숫자가 쓰러진 것이다.

300만 명에 가까운 병사들이 죽고 죽이던 전쟁터에 갑자기 정적이 찾아왔다. 어느 누구도 움직이는 사람이 없었다.

극심한 공포로 하얗게 질려 있던 루벤트 제국의 병사 가운데 누군가가 비명을 지르며 도망치기 시작했다.

"으아아아—! 악마다!"

"크아아아—!"

도저히 의미를 알아들을 수 없는 괴성을 지르며 도주하는 병사들의 모습을 양군의 지휘관들은 그저 멍하니 바라보고만 있었다. 특히 루벤트 제국의 지휘관들 가운데에서는 병사들에 휩쓸려 함께 도주하는 자도 적지 않았다.

일방적으로 도주하는 패자와 그것을 멍하니 바라보고만 있는 승자, 그리고 그 가운데 데미안이 서 있었다.

도저히 어떻게 된 영문인지 알 수 없었다. 데미안의 어깨에 앉아 있던 플레임이 고개를 갸웃거렸다.

"데미안님, 왜 공격을 안 하세요?"

"으응?"

"빨리 공격하세요. 적들이 도망가잖아요."

플레임의 말에도 데미안은 그저 멍하게 도주하는 루벤트 제국군들을 바라보고만 있었다.

잠시 후 차가운 겨울바람이 불어오는 전장에 남아 있는 사람은 트렌실바니아 왕국의 병사들뿐이었다. 그러나 그들은 승리의 기쁨보다는 조금 전 자신들의 눈으로 보았던 악몽 같은 모습에 겁을 먹은 표정이 역력했다.

데보라와 차이렌은 멍한 표정을 하고 있는 데미안을 데리고 단테스의 막사를 찾았다. 이미 배석하고 있던 지휘관들은 데미안에게 무슨 말을 해야 좋을지 몰랐다.

"…수고했소, 싸일렉스 백작."

"예?"

그 순간이었다. 데미안의 얼굴에 격렬한 감정이 솟아나기 시작한 것은. 데미안은 자신의 손으로 그런 짓을 했다는 것을 도저히 용서할 수 없었다. 갑자기 자신의 곁에 있던 차이렌의 멱살을 와락 움켜잡았다.

"왜! 왜 나에게 그런 짓을 시킨 거야? 왜?!"

"그런 짓이라니… 무슨 말인지 모르겠군."

미리 대답을 생각해 두었던 것인지 차이렌은 태연한 표정으로 대답했다.

"모르겠다니? 지금 그걸 말이라고……."

"이 손 놔. 그럼 10만 명이 죽는 것은 그렇게 엄청난 일이고 100만, 아니, 수백만 명이 죽는 것은 아무렇지도 않단 말이냐? 이 덜떨어진 애송아! 이 손 놔!"

데미안의 손을 거세게 뿌리친 차이렌이 옷을 매만지는 동안 라일이 입을 열었다.

"데미안, 너는 네가 한 행동 때문에 큰 충격을 받은 것 같은데 그런 너의 모습은 이해할 수 있지만 네 생각은 틀린 것이다."

"예? 틀리다니 무엇이 틀렸다는 겁니까? 스승님도 보시지 않으셨습니까? 제가 한 번에 무려 10만 명의 목숨을 빼앗았단 말입니다. 그런데 어떻게……."

"그렇지만 네가 그렇게 하지 않았다면 더욱 많은 병사들이 죽었겠지. 어쩌면 트렌실바니아 왕국군들이 몰살했을지도 모르는 일이고, 또 그만한 숫자의 루벤트 제국군들도 목숨을 잃었겠지. 물론 그 일을 한 너로서는 충격이었겠지만 결국 양국 모두 최소한의 피해를 입은 채 전쟁을 끝낼 수 있으니 다행이라고 할 수 있을 것이다. 그리고 한마디하겠는데 네가 목숨을 빼앗은 그들은 사람이 아니다."

라일의 말을 사람들은 전혀 이해할 수 없었다. 그저 단테스만이 그 뜻이 짐작 가는지 고개를 끄덕일 뿐이었다.

"그들은 적이다. 즉, 인간이 아닌 것이다. 적을 동정하면서 그들의 손에 죽어간 동료의 복수를 한다는 것을 넌 궤변이라고 생각하지 않느냐? 지금 너의 행동은 루벤트 제국군의 손에 목숨을 잃은 많은 트렌실바니아 왕국군들의 희생을 무가치하게 만들고 있다는 것을 잊지 마라."

라일은 그 말만을 남기고 그대로 막사를 빠져나갔다.

"싸일렉스 백작, 나도 저분의 의견에 동감하네. 자네의 활약으로 많은 병사들이 살아서 고향의 가족들에게 돌아갈 수 있으니 결과적으로 자넨 누구도 하지 못한 훌륭한 일을 한 것이네. 피곤할 테니 일단 가서 쉬도록 하게."

단테스의 말에 데미안은 데보라에게 이끌려 힘없이 막사를 빠져나갔다. 데미안 일행들이 막사를 나가자 단테스는 지휘관들과 함께 앞으로 전개될 상황에 대해 논의하기 시작했다.

자신의 막사로 돌아온 데미안은 아주 피곤한 얼굴로 침대에 누워버렸고, 그 곁에 앉아 있던 데보라가 데미안의 얼굴을 쓰다듬고 있었다.

"데미안, 그렇게 괴로워하지 마. 라일님의 말대로 데미안은 큰 일을 한 거야."

"그렇지만……"

눈을 감은 데미안은 그저 그 말만 되풀이할 뿐이었다.

갑자기 데보라가 고개를 숙여 데미안의 입에 가볍게 키스를 했다. 깜짝 놀라 눈을 뜬 데미안을 바라보며 데보라는 애써 부드러운 미소를 지으며 입을 열었다.

"물론 데미안이 괴로워하는 마음은 알지만 지금은 그럴 때가 아니야. 지금부터 데미안은 우리와 함께 이스턴 대륙으로 가야 해."

"이스턴 대륙?"

"그래, 데미안이 전쟁을 치르는 동안 우리가 남아 있던 신의 무기 가운데 신기루의 반지 쿠로얀을 제외하고는 나머지를 모두 찾았어. 이제 남은 것은 이스턴 대륙으로 가 깨어지기 시작한 신의 봉인을 다시 만드는 거야. 그러니까 힘을 내. 네가 이런 모습을 보이면 내 가슴이 아프단 말이야."

데보라의 눈에 언뜻 물기가 고인 것처럼 보였다. 데미안은 다시 눈을 감으며 데보라의 머리를 끌어 가슴에 안았다.

"알았어. 기운 낼게. 그렇지만 오늘 밤만은 봐줘."

　　　　　　*　　　　　*　　　　　*

카라딘 시 외곽에서 벌어진 전투의 결과를 전해 들은 총군 사령부의 기쁨은 이루 말할 수 없을 지경이었다.

알렉스와 제로미스, 그리고 샤드는 크게 기뻐하며 앞으로의 일을 상의했다.

"다행히 싸일렉스 백작의 활약으로 전투를 승리로 이끌었다니 정말 다행이오."

"저 역시 루벤트 제국의 병력에 비해 너무나 열세였기에 내심 걱정을 많이 했었는데 너무나 다행스러운 일입니다, 폐하. 모든 것이 우리 트레디날 제국을 돌보시는 선더버드의 은총과 황제 폐하의 탁월하신 영도력 덕분이옵니다."

"즉위한 지 얼마 되지 않은 내게 무슨 덕이 있어 이렇게 기쁜 일을 맞이할 수 있는 것인지 모르겠소."

"정말 다행스러운 일입니다, 폐하. 잃었던 제국의 영토를 되찾으신 것을 진심으로 축하드리옵니다."

"형님께서 저를 많이 도와주셨기 때문에 가능했던 일입니다. 하하하, 오늘을 제2의 건국일로 지정해야만 하겠습니다. 그리고 싸일렉스 백작이 우리 트레디날 제국에 있었기에 이 모든 것이 가능했으니 크게 포상을 해야겠습니다."

알렉스가 환한 웃음을 터뜨리자 마주 앉아 있던 제로미스나 샤드의 마음도 가벼워졌다.

"게다가 싸일렉스 백작은 루벤트 제국의 소드 마스터인 두 명의 후작과 네 명의 백작을 전사시키거나 사로잡았습니다. 정말 눈부신 활약이라고밖에 할 수 없는 전과입니다."

샤드의 말에 고개를 끄덕인 알렉스가 입을 열었다.

"이제 남은 것은 루벤트 제국과 평화 조약뿐인데, 그 점에 대해서 형님께서는 어떻게 생각하십니까?"

"그렇지 않아도 크로아 제국의 황제이신 필립 폐하와 상의를 해 평화 조약의 기본을 정해봤습니다. 폐하께서 읽어보시고 보충을 해주십시오."

제로미스가 건넨 종이를 받아 든 알렉스는 찬찬히 내용을 읽고는 궁금한 것을 제로미스에게 되묻곤 했다. 그리고 샤드에게 건네

주었고 샤드가 다 읽기를 기다렸다.

"공작의 생각은 어떻소이까?"

"다른 것은 다 이해하겠는데, 루벤트 제국이란 국호를 그대로 쓰게 한다는 것은 이해하기 힘듭니다, 대공 전하."

"물론 나도 그 생각을 안 해본 것은 아니지만 필요 이상으로 상대를 자극할 필요는 없다고 생각하오. 게다가 아직 루벤트 제국은 막강한 전력을 보유하고 있으니 그에 대한 대비도 생각을 해야 하지 않겠소?"

"그건 나도 형님의 생각에 동감하는 바이오. 과거 우리가 루벤트 제국에게 핍박을 받을 때 가장 분했던 것은 빼앗긴 영토보다 부를 수 없었던 나라의 이름이었소. 우리가 그렇게 생각을 했다면 상대 역시 그럴 가능성이 많다고 생각하오."

"물론 평화 협상을 하는 것도 중요하지만 더 중요한 것은 내가 사신으로 가서 직접 루벤트 제국의 황제를 만나보기 위해서요. 황제를 보면 우리 트레디날 제국과 루벤트 제국의 앞날을 짐작할 수 있지 않겠소?"

두 사람의 말을 곰곰이 생각한 샤드는 곧 고개를 끄덕였다.

"제 생각이 짧았습니다. 그럼 협상단은 언제 파견해야 할지 결정을 내려주십시오."

"폐하, 작전 참모인 제크 레이먼의 지적도 있었습니다만 한시라도 빨리 파견하는 것이 좋을 듯합니다."

"알겠습니다. 그럼 협상단의 대표는 형님께서 맡아주십시오. 그리고 준비가 되는 대로 출발을 해주시고, 인원 구성도 형님께서 알아서 해주십시오."

"명심하겠습니다, 폐하. 그리고 반드시 협상을 성공시키고 돌아오겠습니다."

"수고해 주십시오, 형님."

서로의 손을 잡은 형제는 상대에게 따뜻한 미소를 보냈다.

*　　　　*　　　　*

다음날 잠에서 깬 데미안은 격전이 벌어졌던 카라딘 시의 외곽을 바라보다 깜짝 놀랐다.

조금 낮은 지역에 위치하고 있던 카라딘 시가 마치 거대한 호수로 변한 듯 보였기 때문이었다. 겨울 햇살에 물결이 빛나고 있는 모습이 어제 있었던 피비린내나는 혈전이 모두 거짓말처럼 여겨졌다.

"일어났어?"

"으응? 데보라, 저게 어떻게 된 일인지 알아?"

데미안의 지적에 데보라는 난처한 표정을 지었다.

"그게 말이야, 아로네아를 얻기는 했는데 아직 사용하는 것이 익숙하지 않거든. 그래서… 하지만 오늘 물을 뺄 거야."

"뭐? 그럼 저걸 데보라가 했단 말이야?"

"어제 저녁에 말했잖아. 나머지 신의 무기를 모두 회수했다고. 그리고 저건 내가 했다기보다 내가 가진 물의 창 아로네아의 능력으로 벌어진 일이야."

"아로네아라고? 햐~ 정말 대단한데……."

데미안은 벌린 입을 다물지 못했다.

"그것보다 데미안, 언제 출발할 거야?"

"아마 협상 사절단이 루벤트 제국으로 출발했을 거야. 정오쯤이면 결과가 나오지 않겠어? 그때까지만 기다리면 결과를 알 수 있을 거야."

데미안의 말에 고개를 끄덕인 데보라는 그의 팔을 잡아끌었다.

"어서 밥이나 먹으러 가자. 어제 저녁부터 굶었더니 배고파 미칠 지경이야."

"알았으니까 그만 당겨. 팔 빠지겠어."

데미안은 힘없이 데보라에게 끌려갔다.

* * *

"폐하, 트렌실바니아 왕국에서 사절단을 보내왔습니다."

"사절단?"

근위 기사단장인 제이슨의 말에 빈센트의 눈꼬리가 올라갔다. 제이슨은 그 모습에 찔끔하면서도 말을 이었다.

"제로미스 대공이 사신의 대표로 와 폐하를 만나뵙기를 청하고 있습니다. 어떻게 할까요?"

잠시 곰곰이 생각하던 빈센트는 곧 입을 열었다.

"알았다. 그들을 데리고 와라. 그리고 그전에 아버님을 그 자리로 모셔라."

"명심하겠습니다."

제이슨이 물러간 후 빈센트는 턱을 어루만지며 생각에 빠졌다. 상대가 발 빠르게 사절단을 파견했다는 것은 전쟁을 이 정도 선에서 그만두자는 것이 분명했다. 그러나 트렌실바니아 왕국에게 빼앗긴 몬테야, 후로츄, 토바실 지역은 루벤트 제국의 대략 1/4에 해당되는 너무나 광활한 곡창 지역이었다.

마음 같아선 계속 전쟁을 지속하고 싶지만 동부 전선이 무너질 조짐을 보이는 것이 심상치 않았다. 게다가 올라오는 보고의 대부분이 극심한 식량난으로 인해 농민들이 폭동을 일으키려고 하니 식량을 보내주든지, 아니면 병력을 증강시켜 달라는 요청뿐이었다. 일단은 상대의 말을 들어보기로 했다.

잠시 후 접견실에서 루벤트 제국의 황제를 기다리던 제로미스와 샤드는 이곳 황궁에 도착해서야 루벤트 제국의 황제가 바뀌었다는 사실을 알 수 있었다. 그렇다면 선전 포고를 하기 전 입수되었던 정보대로 쿠데타가 있었던 것은 분명하지만, 스캇은 전방 사령관이니 대체 누가 황제로 등극한 것인지 궁금하지 않을 수 없었다.

그러던 중 두 사람이 접견실로 들어오는 것을 발견했다. 자리에서 일어서 상대를 맞이하고 보니 부자 간으로 보이는 중년인과 소년이었다.

"본인은 사절단의 대표로 온 트레디날 제국의 대공 제로미스 폰 트레디날이라고 합니다. 실례지만 두 분께서는?"

"이분은 본 황제의 아버님이신 나인그라드 폰 루벤트 4세이시고, 본인은 루벤트 제국의 현 황제인 빈센트 폰 루벤트 5세요. 저 사람은?"

상대의 신분을 확인하는 순간, 샤드는 두 사람의 목숨을 단숨에 빼앗고 싶은 마음을 억누르느라 안간힘을 써야 했다. 비록 자신에게 검이 없다고는 하지만 두 사람의 목숨을 빼앗는 것은 숨 쉬기만큼 간단한 일이었다. 샤드는 겨우 빈센트의 말에 대꾸를 할 수 있었다.

"본인은 트레디날 제국의 공작인 에이라 폰 샤드라고 합니다, 빈센트 폐하."

 "호오, 그대가 트렌실바니아 왕국의 제1공작인 샤드 경이시라니…… 만나게 되어 반갑소이다."

 상대가 샤드라는 것을 알면서도 빈센트의 표정은 조금도 변함이 없었다.

 "말씀 중에 죄송합니다만 이미 저희는 트레디날이라는 과거의 이름을 사용하고 있습니다. 그 점에 주의해 주셨으면 감사하겠습니다."

 제로미스의 지적에 빈센트의 얼굴에 희미하게 조소가 떠올랐다가는 곧 사라졌다.

 "일단 앉아서 상의를 합시다."

 그들 네 사람은 자리에 앉고도 한동안 아무런 말도 하지 않았다. 먼저 입을 연 사람은 제로미스였다.

 "저희가 이렇게 황제 폐하를 찾아 뵌 것은 전쟁의 종결을 짓기 위해섭니다."

 "후후후, 그대들이 먼저 일으킨 전쟁이오. 그런데 이제 와서 전쟁을 끝내자는 것이 말이 된다고 생각하오?"

 비록 빈센트가 웃음을 터뜨리기는 했지만 그의 얼굴에는 조금의 웃음기도 남아 있지 않았다. 그러나 제로미스의 반격도 만만치 않았다.

 "제가 협상을 하기 위해 이곳에 온 것은 사실이지만 이건 제 뜻이 아닙니다. 저 개인적인 판단으로는 지금 귀국의 식량 사정이 극도로 좋지 않다는 것을 알고 있기에 전쟁을 지속하면 우리 트레디날 제국이 승리하리라 확신합니다."

샤드는 상대를 사정없이 자극하는 제로미스의 말에 식은땀이 흐를 지경이었다. 그러나 제로미스는 여유있는 미소를 지은 채 말을 이었다.

"아마 폐하께서는 저희가 일시적으로 받아들인 유민들 때문에 저희도 식량난에 시달리고 있을 거란 생각을 하고 계실지 모르겠습니다. 그러나 저희가 그런 대책도 마련하지 않은 채 전쟁을 시작했다고는 생각하지 마십시오."

"후후후, 정말 그렇소?"

빈센트와 제로미스는 웃음을 터뜨리면서 눈빛을 주고받았다. 오히려 나이를 먹은 나인그라드와 샤드가 더욱 긴장했다.

"또 한 가지, 지금 폐하의 형님이신 스캇 전하가 카라딘 시에서 고립되었다는 것을 모르시지는 않으시겠죠? 협상이 결렬되는 순간 스캇 전하는 물론이고, 140만 명의 병사들과 100만 명의 카라딘 시의 시민들은 황제 폐하를 원망하면서 목숨을 잃게 될 것입니다."

그 말에 빈센트의 얼굴은 아무런 변화도 없었지만 테이블 밑의 그의 손은 주먹을 불끈 쥐었다.

"그대들이 정말 그렇게 할 수 있을까?"

"협상이 결렬된다면 틀림없이 그렇게 될 것입니다."

"만약 그렇게 된다면 그대들도 살아서 돌아갈 수는 없을 텐데……."

"후후후, 폐하, 제가 이곳에 왔을 땐 이미 목숨은 포기하고 온 것입니다. 만약 저의 목숨이 아까웠다면 이곳에 올 생각도 하지 않았을 겁니다. 그리고 협상이 결렬되는 순간 여기 있는 샤드 경께서 가만히 계실까요? 어쩌면 꽤 여러 사람이 함께 목숨을 잃을 듯한데……."
 도무지 빈틈이 없었다. 비록 제로미스가 웃으며 말을 하지만 그의 말처럼 빠져나갈 길은 하나도 없었다.
 "협상의 내용은?"
 "여기 있습니다."
 상대가 한발 양보하는 태도라고 판단한 제로미스는 재빨리 품에서 한 통의 편지를 꺼내 빈센트에게 건네주었다.
 묵묵히 평화협정서를 읽어 내려가던 빈센트의 얼굴에 조금은 의외라는 표정이 떠올랐다.
 평화협정서의 가장 큰 골자는 지금 즉시 전쟁을 끝내고 현재 루벤트 제국과 전쟁을 벌이고 있는 크로네티아 왕국, 바이샤르 제국, 트렌실바니아 왕국이 차지한 지역을 그들의 영토로 인정한다는 것이었다. 특히 인상적인 부분은 루벤트 제국에 대한 어떤 내정 간섭도 하지 않겠다는 구절이었다.
 "그리고 저희 폐하께서는 루벤트 제국의 대지가 척박하다는 것에 깊은 관심을 보이시고 만약 귀국에서 곡식을 구입하실 의사가 계시다면 얼마든지 파시겠다는 말씀이 계셨습니다. 단, 군대의 비축 식량으로만 전용하지 않겠다는 황제 폐하의 약속이 있어야겠지만 말입니다."
 확실히 귀가 솔깃해지는 제의였다. 여태껏 루벤트 제국이 다른 나라를 침범한 것에는 곡식을 생산할 수 있는 비옥한 영토에 대한 욕심 때문이었다.
 "가격은?"
 "통상 거래되는 가격의 4/5입니다."
 "절반으로 한다면 기꺼이 협상에 응하지."

빈센트의 말에 샤드는 속으로 안도의 한숨을 내쉬었다. 모든 것이 트레디날 제국의 의도대로였다.

"그건 안 될 말입니다. 저희가 비날레 평야를 다시 비옥한 토지로 만들려면 엄청난 시간과 인력을 투입해야 하는 일입니다. 그 점에 대해서는 황제 폐하께서 양해를 해주십시오."

"루벤트 제국에서는 영토를 빼앗겼소. 절대 양보할 수 없소."

단호한 빈센트의 말에 제로미스는 신중하게 고심하는 빛이 역력했다. 샤드는 제로미스가 쉽게 결말을 지을 수 있는 협상을 왜 어렵게 만드는 것인지 이해할 수 없었다.

"폐하, 저에게 부여받은 권한은 아니지만 제가 목숨을 걸고 말씀을 드린다면 저희 황제 폐하께서도 허락을 하실 겁니다. 통상 가격의 3/5까지 해드리겠습니다. 그 이상은 설사 이 자리에서 절 죽이신다고 하더라도 안 됩니다."

입을 다문 제로미스의 얼굴을 빈센트가 한동안 바라보자 다시 접견실에는 긴장감이 떠돌았다. 잠시의 시간이 지나고 마침내 빈센트가 입을 열었다.

"내가 어디에 서명을 하면 되는 것이오?"

"이곳입니다. 그리고 이곳에도 서명을 해주십시오."

빈센트의 말에 제로미스는 안도의 한숨을 쉬며 같은 내용의 평화협정서를 꺼내었다. 서명을 마친 빈센트는 여전히 표정없는 얼굴로 입을 열었다.

"귀국에서 제의한 대로 무역이 확대되고 사이좋은 이웃 나라가 되었으면 좋겠소, 제로미스 대공."

"저희 트레디날 제국은 어떤 순간에도 약속을 지킵니다. 반드시 좋은 결과가 있을 것이옵니다, 빈센트 황제 폐하."

"간단한 식사라도 같이 하겠소?"

"아닙니다. 어서 이 기쁜 소식을 저희 황제 폐하께 알리고 싶은 생각뿐입니다. 무례를 용서해 주십시오."

"그렇다면 다음에 다시 한 번 찾아주시오."

"꼭 찾아 뵙겠습니다."

서둘러 황실을 빠져나온 제로미스에게 샤드가 물었다.

"조금 전 식량 대금에 대해 왜 그렇게 따지신 겁니까, 대공 전하. 전 협상이 결렬되는 줄 알았습니다."

"샤드 공작, 우리가 비날레 평야를 되찾은 것이 루벤트 제국에게 식량을 대주기 위해서가 아니지 않소. 3/5 정도라면 약간의 이득을 얻을 수 있지만 루벤트 제국의 황제가 말한 대로라면 고생은 우리가 하고 실질적인 이득은 그들이 얻을 것 아니겠소? 그래서 버텼던 거요."

"대공 전하, 제 생각이 짧았습니다. 무례를 용서하십시오."

"아니오, 어서 갑시다. 황제 폐하께 이 사실을 어서 알려드려야겠소."

제로미스는 함께 온 마법사에게 페인야드로 향하는 이동 마법진을 설치하라고 전했다.

제61장
이스턴 대륙으로

 무사히 협상이 끝났다는 연락을 전해 들은 데미안은 곧 단테스를 찾아갔다.
 "무슨 일인가?"
 "공작 각하께 드리고 싶은 말이 있어 왔습니다."
 "그래? 무슨 말이든 해보게."
 "아닙니다. 아버님이 오시면 그때 말씀드리겠습니다."
 데미안의 얼굴이 조금 불안하게 보이는 것이 신경 쓰이기는 했지만 단테스는 전쟁이 끝났다는 사실에 그리 심각하게 생각하지 않았다.
 잠시 후 자렌토가 오자 데미안은 신중한 얼굴로 자신이 알고 있는 모든 것을 이야기했다. 데미안이 자신의 기억을 완전히 찾았다는 것을 이미 짐작을 했는지 자렌토는 크게 놀라지는 않았다. 그러나 데미안의 부모가 드래곤이었다는 사실, 신의 무기를 둘러싼 여러 가지 일들, 블랙 드래곤 타이시아스를 죽인 일, 그로 인해 봉인이 깨져 악마가 봉인된 이스턴 대륙이 다가오고 있다는 사실, 그렇기 때문에 지금 이스턴 대륙으로 출발을 해야 한다는 사실 모두를 이야기했다.

데미안의 말에 두 사람은 할 말을 잃었다.

한 사람이 겪은 일로서는 너무나 파란만장한 일들이었다. 게다가 신의 무기에 대해서는 한 번도 들어보지 못했다. 두 사람이 결정적으로 놀란 것은 데미안이 옛날 책에서나 나옴직한 드래곤 슬레이어가 되었다는 사실이었다.

자신들은 구경조차 해보지 못했던 드래곤을 직접 만나 격전을 치러 직접 죽였다니 정말 기절하고 싶은 심정이었다.

데미안의 이야기를 다 듣고 난 자렌토는 데미안을 향해 무슨 말을 해주어야 할지 아무 생각도 나지 않았다. 자신이 우연하게 발견했던 데미안이 드래곤의 몸에서 태어난 아이였다는 것을 과연 누가 믿을 것인가?

더욱이 이제는 생사를 알 수 없는 길을 떠나야 한다니…….

갑자기 단테스가 입을 열었다.

"그럼 싸일렉스 백작은 지금 즉시 이스턴 대륙으로 떠날 예정인가?"

"그렇습니다, 공작 각하."

"그렇다면 지금 즉시 그 자리에 무릎을 꿇어라, 싸일렉스 백작."

갑자기 단테스가 엄숙하게 말하자 데미안은 영문도 모르면서 그 자리에 무릎을 꿇고 앉았다.

"그대에게 시간에 있다면 황궁에서 모든 귀족들이 참여한 가운데 황제 폐하께서 직접 작위를 수여하실 일이지만, 그대가 지금 출발한다고 해서 약식으로 거행을 하겠다. 여봐라, 지금 즉시 각급 지휘관들을 불러라."

영문도 모르고 불려온 지휘관들이 막사 안으로 들어오자 단테스는 지체없이 자신의 롱 소드를 뽑아 들었다. 그리고는 엄숙한 음성으로 말했다.

"나 단테스 폰 체로크 공작은 황제 폐하께서 나에게 부여하신 권한으로 데미안 싸일렉스 백작을 데미안 싸일렉스 후작으로 봉하는 바이다. 그대는 트레디날 제국 후작의 한 사람으로서 트레디날 제국을 위해 충성을 다하겠는가?"

"네, 충성을 다하겠습니다."

"황제 폐하께 충성을 다하겠는가?"

"네, 다하겠습니다."

"기사도를 지킬 것을 맹세하는가?"

"맹세합니다."

"데미안 싸일렉스, 그대를 알렉스 폰 트레디날이란 이름으로 트레디날 제국의 후작에 봉한다."

말을 마친 단테스는 데미안의 양쪽 어깨와 머리에 가볍게 롱 소드를 대었다가 떼었다. 단테스가 롱 소드를 거두자 데미안이 일어섰고, 멍청하게 그 광경을 지켜보던 지휘관들에게 단테스는 호통을 쳤다.

"그대들은 축하할 줄도 모르나?"

"축하합니다, 싸일렉스 후작 각하."

"경하드립니다, 후작 각하."

"벌써 우리와 같은 후작이 되다니…… 정말 환영하는 바이오. 축하하오, 싸일렉스 후작."

"그런데 아버지도 후작이고, 아들도 후작이니 우리가 어떻게 불러야 좋을지 모르겠소. 하하하."

막사 안은 금세 시끌벅적해졌다.

잠시 후 막사를 빠져나온 자렌토와 데미안은 잠시 서로의 얼굴을 바라보고 있었다. 자렌토는 잠시 데미안을 바라보다가 곧 와락 끌어안았다.

"데미안, 잊지 마라. 넌 누가 뭐라고 해도 이 자렌토 싸일렉스의 자랑스러운 아들이다."

"아버지, 고맙습니다. 정말 고맙습니다······."

데미안은 가슴속 깊은 곳에서 뜨거운 것이 왈칵 솟구치는 것을 느끼며 눈시울이 젖어왔다. 애써 참으려고 했지만 기어코 눈물이 흘러내리고야 말았다.

곧 팔뚝으로 눈가를 닦은 데미안은 밝은 음성으로 입을 열었다.

"아버지 금세 다녀올게요. 그동안 어머니하고 누나, 그리고 네로브를 부탁드려요."

"걱정하지 마라. 우리는 언제까지나 널 기다릴······."

미처 자렌토가 말을 마칠 사이도 없이 데미안은 뛰어갔다. 자렌토는 그런 아들의 뒷모습을 하염없이 지켜보고 있었다.

일행들이 기다리는 곳으로 온 데미안은 명랑한 음성으로 외쳤다.

"많이 기다렸지? 이제 출발하자고."

"후작님께 모두 말씀드렸어?"

"응."

데보라의 말에 대답하던 데미안이 갑자기 뭐가 생각난 듯 그녀의 귓가에 조용히 소곤거렸다. 그 말을 들은 데보라의 얼굴이 갑자기 홍당무처럼 변하더니 데미안을 마구 두들겨 패는 것이었다.

"아니, 왜 그러시는 겁니까?"

"저 인간이 글쎄, 싸일렉스 후작 가문의 안주인답게 이제 임신과 출산에 신경 쓰는 것이 어떻겠냐고 하잖아. 내 저 인간을 어떻게 죽여 버리지…… 어머!"

데보라를 말리던 헥터와 로빈은 그녀가 말한 내용보다 그녀가 마지막에 놀라는 소리에 더욱 놀랐다.

세상에 데보라의 입에서 '어머'라는 말이 나오다니…….

멍청하게 변한 일행들의 얼굴에 데보라의 얼굴은 더욱 붉어졌다.

데미안 일행은 거리상으로 가장 가까운 봉인이 공간의 검 미디아를 얻었던 곳임을 알고 레토리아 왕국으로 향했다. 물론 신기루의 반지 쿠로얀이 있던 봉인이 더 가깝지만 모든 마법진이 파괴되어 이스턴 대륙으로 이동할 수 없었다.

거대한 마법진의 중앙에선 데미안 일행들의 얼굴에는 긴장감이 어려 있었다.

과연 자신들이 살아서 다시 이곳으로 올 수 있을까? 깨어진 봉인을 다시 부활시킬 수 있을까? 만약 악마와 싸우게 된다면 정말 신의 무기로 악마들을 막아낼 수 있을까?

생각이 꼬리에 꼬리를 물었다.

머리를 흔든 데미안이 입을 열었다.

"이봐, 차이렌. 어서 마법진을 작동시켜 봐."

"그럼 지금부터 내가 정해준 곳에 가서 서 있어."

일행들에게 위치를 정해준 차이렌은 곧 낮은 소리로 무엇인가를 신중하게 캐스팅했다.
"웅— 웅— 웅— 웅—!"
조용하던 마법진이 갑자기 소리를 내기 시작했다. 일행들이 긴장하는 사이 마법진은 푸른 색의 반원형의 막으로 둘러싸였다. 무척이나 신중한 모습으로 중얼거린 차이렌은 비 오듯 땀을 흘리고 있었다.
마법진을 둘러싼 푸른 색이 더욱 짙어진다고 느낄 때 차이렌이 큰 소리로 외쳤다.
"워프!"
순간 데미안 일행의 모습이 순식간에 사라졌다.
과연 데미안과 일행들은 무사히 이스턴 대륙으로 간 것일까?

　　　　　　*　　　　　*　　　　　*

"왜 자꾸 날 쫓아오는 거지? 이젠 너와 볼일이 없단 말이야."
"후후후, 과연 그럴까? 네가 아무리 잘난 척해 봐야 내가 볼 땐 싸우기 좋아하는 레드 드래곤에서 벗어나지 못해."
상대의 말에 힘차게 날갯짓을 하던 마브렌시아가 멈췄다.
"지금 나한테 시비 거는 거야, 카르메이안?"
"쯧쯧쯧, 적어도 상대가 자신에게 호의를 가지고 있는지 아닌지 정도는 구별할 줄 알아야지. 네가 자꾸 이렇게 나온다면 나도 그냥 돌아가 버릴 거야."
거대한 두 쌍의 날개를 움직이는 카르메이안의 모습을 보며 마브렌시아는 대체 상대가 무슨 이유로 자신을 찾아온 것인지 궁금함을 참을 수 없었다.

"좋아, 말해 봐."

"이봐 마브렌시아, 난 적어도 너보다 배 이상 오래 살았거든. 레드 드래곤이 예의가 없다는 걸 알고는 있지만 말을 좀 조심해 주겠어?"

"…말해 봐요."

잠시 쓴웃음을 짓던 카르메이안은 곧 자신이 찾아온 목적을 이야기했다.

"지금 네가 찾고 있는 신의 무기는 이미 다른 녀석들이 차지했어."

"뭐라고! …요? 대체 누가! …요?"

"모르고 있었나? 네가 만들었던 드라시안과 그 동료들이 차지했어."

"크아앙―!"

레드 드래곤의 엄청난 포효가 울려 퍼졌고, 그 지역의 모든 동물들은 드래곤의 포효에 겁을 먹고 사방으로 도망쳤다.

"감히 드라시안 주제에! 그들은 지금 어디 있지?"

카르메이안이 전혀 입을 열 생각을 않자 마브렌시아는 할 수 없이 입을 열었다.

"요."

"이스턴 대륙."

"이스턴 대륙이라니요?"

"글쎄, 왜 갔는지 내가 그걸 어떻게 알 수 있겠어. 다만 드라시안과 동료들이 이스턴 대륙으로 갔다면 그곳에 그들이 찾으려는 뭔가가 있겠지."

"어떻게 하면 이스턴 대륙으로 갈 수 있지요?"

"이스턴 대륙으로 가고 싶나?"

"그야 당연히 가고 싶지요."

"그럼 내 손을 잡아."

카르메이안의 말에 마브렌시아는 자신의 앙증맞은(?) 손을 내밀었다.

"워프!"

잠시 후 그들이 모습을 드러낸 곳은 얼마 전 마브렌시아가 불의 검 누바케인을 찾기 위해 찾은 곳이었다. 이미 싸늘하게 식은 마법진의 중앙에 선 카르메이안과 마브렌시아는 어느새 인간의 몸으로 폴리모프를 한 상태였다.

카르메이안은 빠르게 주문을 외웠고, 그와 동시에 주위는 다시 지독하게 뜨거운 열기에 휩싸였다. 그러나 레드 드래곤인 마브렌시아가 뜨거움을 느낄 리 없었고, 그렇기는 에인션트 드래곤인 카르메이안도 마찬가지였다.

"준비됐나?"

"됐어요."

"워프!"

카르메이안의 외침과 동시에 마브렌시아와 카르메이안의 모습이 마법진 위에서 사라졌다.

마법진은 시뻘건 용암이 들끓고 있었다.

드래곤 체이서
제1부
끝

제1부 『뮤란 대륙』을 마치며…….

벌써 「드래곤 체이서」를 시작한 지 몇 개월이 지났습니다.
저 개인적으로 여러 가지 사건이 있었습니다만, 마침내 1부를 마치게 되었습니다.

지금도 마찬가지이지만 당시도 머리말에 쓴 것처럼 과연 제가 쓴 글이 여러분에게 불쾌감을 드리지는 않았는지, 또 재미가 없지는 않았는지 상당히 두려웠던 것이 사실입니다.
그런 걱정을 하고 있을 때 누군가가 저에게 Daum에 있는 Cafe 중에서 제 소설의 이름을 딴 카페가 개설되었다는 소식을 전해주었습니다.
물론 작품을 발표했을 때의 감동도 큰 것이지만 그 작품의 동호인들이 모여서 만남의 자리를 만들었다는 것에 대한 기쁨을 감출 수 없었습니다.
또 여러분들께서 저에게 힘을 주셨습니다.
Cafe를 개설하신 데미안 싸일렉스님과 실질적인 관리자로 고생이 많으신 마브렌시아님, 바쁜 학교 생활 속에서도 빠지지 않고 좋은 말씀을 많이 해주신 데보라 칸님, 군대 가실 날짜가 며칠 남지 않으신 루빈스키 폰 크로와님, 얼마 전 생일을 맞이한 쿠로얀님, 자주 메일을 보내주신 시그니스님, 활동이 활발한 유로피안님 등등…….
　그외에도 많은 분들께서 응원을 보내주셨고, 특히 마브렌시아님과 이 클립스님의 응원이 큰 힘이 되었습니다.
　고맙습니다.

　이제부터는 제2부로 이스턴 대륙에서 일어나는 일입니다.
　데미안과 일행들의 활약, 그리고 카르메이안의 음모, 봉인을 깨고 나오는 악마들, 마브렌시아의 행동, 또 이스턴 대륙에서 만나게 되는 사람들…….
　좀 더 복잡한 양상을 띠며 이스턴 대륙에서 데미안이 어떤 모험을 하고, 또 악마를 맞이하여 어떤 활약을 할 것인지 기대해 주십시오.

　데미안에 대한 여러분들의 변함없는 사랑을 기다리며…….

최영채.

D·r·a·g·o·n·C·h·a·s·e·r

신인작가 모집

**시작이 반이라고 했습니다.
작가의 길에 대한 보이지 않는 벽을 과감히 깨뜨리십시오!
청어람은 작가 지망생 여러분들의
멋진 방향타가 되어 드리겠습니다.**

저희 도서출판 청어람에서는
판타지 소설 신인 작가분들을 모집합니다.
판타지 소설을 사랑하시는 분들의 많은 참여를 바랍니다.
소정의 원고(A4용지 150매)를 메일이나 우편으로 보내주시면
검토 후 출판 여부를 알려 드리겠습니다.

주소:경기도 부천시 원미구 심곡1동 350-1 남성B/D 3F · 우편번호420-011
TEL:032-656-4452 · FAX:032-656-4453
e-mail:eoram99@chollian.net

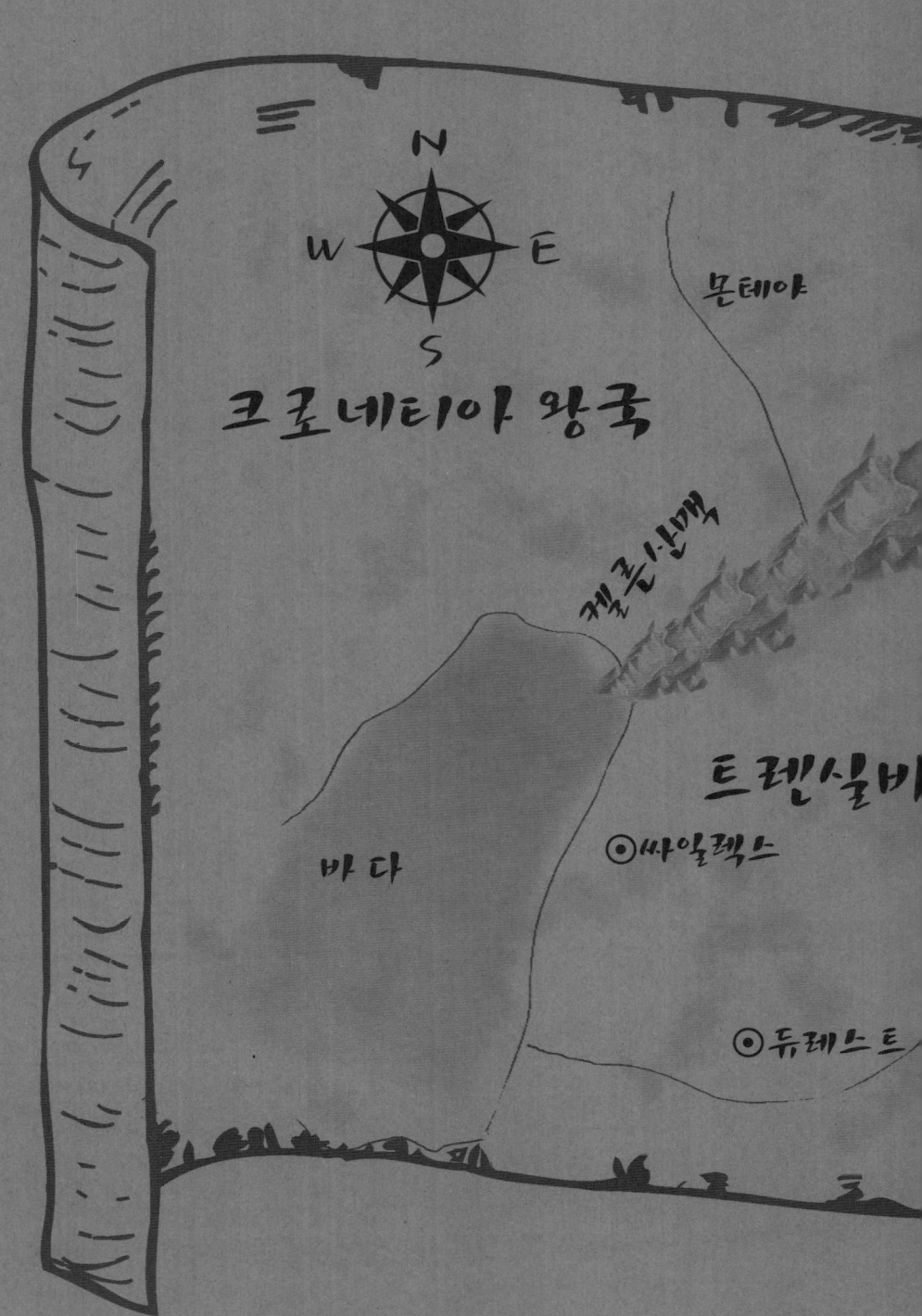

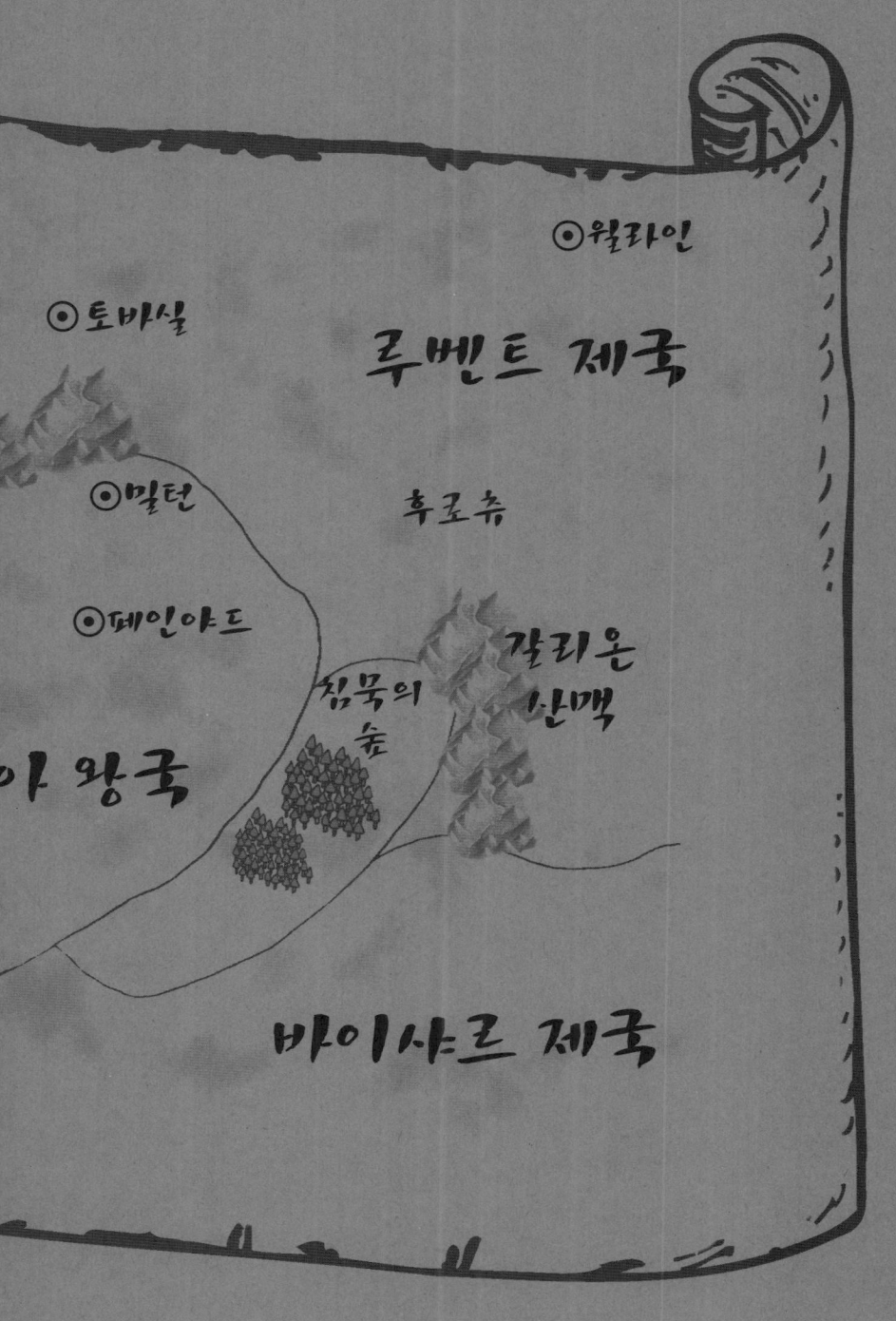